웨딩드레스를 벗기는 방법

1

웨딩드레스를 벗기는 방법 1

2018년 7월 25일 초판 1쇄 인쇄
2018년 7월 30일 초판 1쇄 발행

지은이 요안나
발행인 이종주

기획 편집 정시연 주수지
경영 지원 배진경
마케팅 김정수

발행처 (주)로크미디어
출판등록 2003년 3월 24일
주소 서울시 마포구 성암로 330(상암동) DMC첨단산업센터 318호
Tel (02)3273-5135 Fax (02)3273-5134
홈페이지 rokmedia.blog.me
E-mail romance@rokmedia.com

값 9,000원

ISBN 979-11-294-8487-1 04810 (1권)
ISBN 979-11-294-8103-0 04810 (세트)

요안나
장편소설

웨딩드레스를 벗기는 방법

①

ROCOCO

Contents

프롤로그

깊게 파인 네크라인을 따라서 흘러내리는 레이스 모티브는 마치 수국 꽃잎 같았다. 아름다운 곡선을 감싸듯 내려와 잘록한 허리를 조이는 새하얀 실크 웨딩드레스는 지수의 투명한 피부를 더욱 돋보이게 했다.

도톰하고 작은 입술은 연한 핑크색으로 반짝거렸고, 새까만 눈동자는 흑옥처럼 깊게 빛났다.

"벗겨 줄까, 웨딩드레스?"

낮고 매혹적인 남자의 음성이 등 뒤에서 조용히 울려 퍼졌다. 황금빛 노을을 품고 반짝거리는 한강을 내려다보며 서 있는 지수의 뒷모습을 물끄러미 바라보고 있던 우석이 나지막한 목소리로 물었다.

총천연색으로 물든 하늘과, 하늘빛을 반영해 반짝이는 물빛의 아름다움 따위는 안중에도 없다는 듯 우석의 시선은 굽이치는 강물처럼 흘러내리는 지수의 머리카락을 더듬고 있었다.

내내 창밖을 바라보고 있던 지수가 등 뒤에 서 있는 우석을 향해 천천히 돌아섰다. 그녀가 긴 속눈썹을 들어 올리며 그윽한 눈빛으로 우석을 바라보았다.

우석 역시 아직 턱시도 차림이었다. 보타이만을 풀어 헤친 그에게서는 다소 위압적인 광채가 흘러넘쳤다.

186cm의 장골, 운동으로 다져진 탄탄한 근육 때문만은 아니었다. 세상은 자신을 중심으로 돌아간다고 생각하는 연우석의 자신만만한 눈빛은, 그것 하나만으로 충분히 고압적인 분위기를 풍겼다.

든든한 집안 배경과 더불어 명석한 두뇌와 어마어마한 재산, 우직한 성품, 거기에 야망까지 갖춘 남자, 연우석.

계급이 사라진 한국 사회라지만, 그는 왕족의 권위마저 가진 듯했다.

정 · 재계를 아우르는 이들마저 그를 두려워했고, 보통의 사람들은 그를 경외 어린 시선으로 올려다보곤 했다.

우주에서 딱 한 사람만 빼고.

"뭐라고 했어요?"

지수가 고개를 비스듬히 기울이며 물었다. 그녀의 목소리는 세이렌의 노랫소리처럼 아름다웠고, 또랑또랑한 말투에서는 강단 있는 성격이 또렷이 드러났다.

"벗겨 줄게, 웨딩드레스."

우석이 입꼬리가 길게 올라가도록 유혹적인 미소를 지으며 속삭였다. 은은한 미소를 머금고 있던 지수가 미간을 구기는가 싶더니, 한쪽 입꼬리만 올리며 비소를 띠었다.

"개수작 부리지 마요."

태연한 말투로 짧게 읊조린 지수는 다시 창가 쪽으로 돌아섰다. 그러자 우석이 지수의 곁으로 성큼 다가섰다.

"뭔 수작?"

되묻는 우석의 목소리에서는 희미한 웃음기가 묻어났다.

"개수작."

"이거 혼자 벗기 힘들 텐데."

"내가 할 수 있어요."

"웨딩드레스는 입는 순간보다, 벗고 난 이후가 더 중요하다며?"

지수는 오른쪽으로 고개를 비틀어서 등 뒤로 바짝 다가선 우석을 비스듬히 올려다보았다.

우석의 붉고 도톰한 입술이 시야에 들어온 순간, 지수는 눈을 질끈 감으며 다시 창 쪽으로 고개를 돌려 버렸다. 살짝 벌어진 그의 입술이 지나치게 유혹적이어서 시선을 피할 수밖에 없었다.

우석은 붉고 도톰한 입술을 지수의 귓가에 붙이고는 숨결을 불어 넣듯이 달콤하게 속삭였다.

"웨딩드레스를 벗고 난 이후에 본격적인 결혼 생활이 시작되는 거라며? 그래서 웨딩드레스는 입는 것보다 벗는 게 더 중요하다며? 내가 벗겨 줄게. 혼자 낑낑거리며 힘들게 벗고 싶어? 결혼 생활의 시작을 그렇게 빡세게 하고 싶은 거야?"

우석의 손가락이 지수의 등줄기를 따라 레이스업 된 실크 리본을 훑으며 내려왔다. 리본 끝에 기다란 손가락을 건 그가 묶여 있던 매듭을 천천히 풀어내기 시작했다. 지수는 본능적으로 크게 숨을 들이마셨다가 내쉬었다.

"왜 그렇게 긴장해, 우리 사이에?"

낮게 가라앉은 우석의 목소리에 열기가 감돌았다. 그의 더운 숨결이 지수의 목덜미로 오롯이 떨어져 내렸다.

"연우석 씨."

지수의 목소리가 미세하게 떨리며 흘러나왔다. 지수는 지그시 눈을 감으며 말을 이었다.

"우리가 신혼 첫날밤을 로맨틱하게 보내야 할 이유는 없지 않아요?"

비교적 날카로운 물음이었다며 지수가 안도한 것도 잠시, 그녀의 등 뒤에서 우석이 낮게 웃으며 대꾸했다.

"이지수."

지수의 이름을 부르는 목소리는 부드럽고 달콤했다. 지수는 절대 오늘만큼은 우석의 꼬임에 넘어가지 않겠다고 다짐했다.

우석은 두뇌 회전이 빠를 뿐만 아니라, 기억력 또한 쓸데없이 우수한 편이었다. 정확히 말하면 보고 들은 모든 것을 다 기억하는 듯한 무시무시한 남자였다.

게다가 지나치게 계획적이고 계략적인 사람이어서 지수가

꼼짝없이 궁지에 몰린 적이 한두 번이 아니었다.

"우리가 여느 커플들보다는 목적의식이 뚜렷한 결혼을 한 건 맞아."

또 시작되었다. 우석의 개수작이.

걸려들겠지. 이지수는 속절없이.

"그렇죠."

"목적이 분명하다는 게 뭘 의미하는지 알아?"

지수는 고개를 돌려 우석을 올려다보았다. 이런 이야기를 하고 있는 그의 표정이 궁금해서였다.

진중한 목소리를 내는 것과 달리 그의 미소는 지나치게 달콤했다. 차라리 보지 말 것을.

절대 넘어가지 말자고 되뇌는 머릿속과는 달리 심장은 정신없이 두근거렸다.

"그만큼 각자에게 주어진 의무와 책임도 더욱 분명하다는 뜻이야."

논리적인 설득에 지수는 저도 모르게 고개를 끄덕거리고 말았다.

두어 번 끄덕이다 말고, 이게 뭐 하는 짓인가 싶은 생각이 들며 퍼뜩 정신을 차린 지수는 긴장의 끈을 놓지 말자 다짐했다. 긴장감으로 목과 어깨가 뻣뻣해지며 저절로 힘이 들어갔다.

"긴장 풀라니까."

우석의 커다란 손이 지수의 가녀린 목덜미를 부드럽게 어루만졌다.

무너지지 말지어다.

넘어가지 말지어다.

지수는 어깨를 활짝 펴며, 턱을 치켜 올렸다.

"상식적인 선에서 일어나는 부부 사이의 일을 두고 두 사람은 서로에 대한 의무와 책임을 다해야 한다. 기억나?"

혼인 계약서에 쓰인 조항을 읊은 그의 단호한 목소리는 이미 스위트룸 안 분위기를 이끌고 있는 듯했다.

"나죠, 기억."

"그럼 지금 이지수가 의무와 책임을 다해야 하는 일은 뭘까?"

지나치게 달콤하고, 유혹적인 목소리였다. 모른다고는 할 수 없지만, 그렇다고 곧이곧대로 대답하면 그대로 이루어질 것만 같아서 지수는 입을 꾹 다물었다.

실크 리본이 소리도 없이 바닥으로 사라락 떨어져 내렸다.

아름다운 곡선이 도드라지는 상체를 감싸고 있던 레이스와 실크 조각이 헐렁해짐과 동시에 바닥으로 떨어지자 등줄기를 타고 오스스 소름이 돋아났다.

"그래도 우리 2시간 이따가 내려가서 애프터 파티도 해야 하고."

당황한 지수가 상황을 수습하려 횡설수설했다.

재벌가의 결혼식은 성대하기 마련이었다. 그중에서도 연우석과 이지수의 결혼식은 그 어떤 결혼식보다도 호화찬란했다.

본식에 앞서 소수의 기자단을 모아 놓고 기자회견을 했고, 본식은 굵직한 정 · 재계 인사들이 모인 가운데 장엄한 분위기를 연출하며 화려하게 치러졌다. 거기에 더해 본식이 끝난 후에는 공식 포토타임까지 가졌다.

포토타임까지만 외부에 공개되었고, 2시간 후부터는 가족과 친지, 가까운 친구들과의 애프터 파티가 비공개로 진행될 예정이었다. 직업적 특성상 결혼식에 익숙한 지수였지만, 이렇게 장대한 결혼식은 또 처음이었다.

"2시간이면 충분한데, 난. 내 아내는 2시간이 부족하다고 생각하나?"

웃음기를 머금은 그의 목소리 역시 이제는 미세하게 떨렸다. 그 떨림이 고스란히 느껴지는 것 같아서 지수의 심장이 더욱 세차게 뛰기 시작했다.

"아니거든요! 누가 부족하대?"

"그럼, 됐네."

또다시 낚이고 말았다. 지수는 울상조차 짓지 못했다.

해, 말아?

짧은 연애 기간 동안 그의 설레는 체취와 달콤한 숨결, 뜨거운 손길에 이미 길들여지고, 익숙해진 지수였다. 잠시 머릿속에 떠올리는 것만으로도 혈류가 빨라지는 듯했고, 체온이 오르는 것 같았으며, 눈앞이 아찔해졌다.

연인으로서 시도 때도 없이 지수를 원했던 그는, 결혼 이야기가 나오기 시작한 한 달 전부터 평소와 다르게 지수를 털끝 하나도 건드리지 않았다.

괜히 아쉽고, 감질나게…….

그렇게 없던 오기마저도 생겨나게 하는 남자였다.

연애하는 사이였지만, 서로 목적을 가지고 하게 된 계약 결혼의 아이러니함 때문인지, 지수는 결혼을 결정하고 스킨십을 자제하는 남자에게 절대 쉽게 넘어가지 않겠다며 다짐을 했었다.

그런데 본능은 사람을 참 비참하게 만든다. 게다가 사랑하는 연인이 한 달 동안 거리를 벌렸던 게 무색하리만큼 유혹적인 모습으로 페로몬을 풀로 장착한 채 다가오는 데는 당해 낼 재간이 없었다.

그의 입술이 핑크빛으로 물들어 있는 지수의 볼을 살짝 눌렀다가 떨어졌다.

"열 있네. 어디 아파?"

볼 위에서 그의 살짝 쉰 것처럼 들리는 목소리가 낮게 울려 퍼졌다. 차마 분위기에 휩쓸려 얼굴이 홧홧거린다고는 못 하겠고, 지수는 아랫입술을 슬쩍 깨물었다.

우석의 가라뜬 시선이 그녀의 아랫입술 위로 집요하게 바라보았다.

"어떡하지? 립스틱 지워지겠는데."

그가 안타깝다는 듯이 읊조렸다. 바짝 다가와서는 애간장이 녹도록 뜸을 들이는 남자 때문에 지수는 속이 타들어 가는 듯했다.

까짓 립스틱 다시 바르면 되는 거 아닙니까? 세상 흔한 게 립스틱 아닌가요?

실크 리본은 풀지나 말지. 할 거면 빨리 하고, 말 거면 말고!

스스로가 간사하게 느껴졌지만, 어쩔 수 없었다. 넘어가지 말자고 한 다짐은 처음부터 부질없는 것이었는지도 모른다.

연우석, 그는 언제든 자신을 원하게 만들 수 있는 능력이 있는 남자였다.

"메이크업 다시 받아."

낮게 성긴 그의 목소리가 흘러나온 순간, 심장이 크게 덜컹거린 나머지 지수의 무릎이 휘청 꺾이고 말았다.

그의 커다란 손이 지수의 잘록한 허리를 감싸 쥐듯 어루만졌다. 이윽고 볼 위를 서성이던 그의 부드러운 입술이 지수의 입술을 집어삼키듯이 머금었다.

지수는 그의 단단한 가슴에 등을 기댄 채로 그의 키스를 받아 냈다. 두 사람의 입술은 끊임없이 깊게 맞물렸고, 입 안쪽 뜨겁고 연한 살이 부딪치며, 단단한 혀가 거칠게 비벼졌다. 끓어오르는 열기가 감당되지 않아서, 지수는 오른손을 뻗어 그의 목덜미를 감싸 안았다.

남자다운 선이 도드라진 목이 팽팽한 긴장감으로 단단해져 있었다. 지수는 손끝으로 그의 목선을 따라 어루만졌다.

"하아."

깊게 맞물렸던 입술이 잠시 떨어지고 더운 숨이 흘러나왔다. 지수는 눈을 지그시 감은 채로 오랜만에 감도는 키스의 여운을 즐겼다.

"이지수."

이름을 부르는 그의 목소리는 정염으로 적당히 쉬어 있었다. 허스키한 그의 목소리 때문에 아랫배가 아릿할 정도로 진한 열기가 피어올랐다.

커다란 손이 지수의 턱을 잡아끌었다. 입술을 맞댄 채로 그가 속삭였다.

"너 이제 내 아내야."

진중하게 울리는 그의 목소리에 달아올랐던 심장이 다른 의미로 두근거리기 시작했다.

또다시 의무와 책임을 운운할 필요는 없었다. 이미 애프터 파티까지의 2시간을 그에게 내맡기기로 한 지수였다.

그런데 그는 '내 아내'라는 단어를 힘주어 말하며 다정하고 부드러운 시선으로 지수를 더듬었다.

"그래요, 연우석 씨는 오늘부터 내 남편이고."

포털 사이트를 온종일 장식하고 있는 세기적인 결혼식을 했으니 당연하다는 듯이 대꾸했다. 그러자 그가 지수의 목덜미에 입술을 묻으며 마음에 들지 않는다는 말투로 읊조렸다.

"웨딩드레스는 누가 이렇게 안쪽까지 파인 걸 입으랬어? 어떤 새끼가 눈 돌아가서 달려들면 어쩌려고?"

그의 시선이 반쯤 흘러내린 드레스 위로 드러난 지수의 뽀얀 젖무덤 위에 머물렀다.

결혼과 관련한 것은 전문가인 지수에게 전적으로 맡기기로 해 놓고서는 인제 와서 드레스를 탓하는 그가 얄밉기도 하고, 고압적인 질투에 기분이 묘해졌다.

"내가 달려들고 싶어서 얼마나 참았는지, 알아?"

그가 갈증이 이는 것처럼 타는 듯한 목소리로 덧붙이며 미소를 머금었다.

"침실로 갈까?"

두 사람이 서 있는 곳은 스위트룸 응접실에 달린 테라스 창 앞이었다. 그는 조심스레 물으며 지수의 볼을 부드럽게 어루만졌다.

지수는 대답 대신 그의 입술에 자신의 입술을 살포시 겹쳤다. 지수의 턱을 어루만지던 손이 그녀의 왼쪽 겨드랑이 아래를 받쳤고, 그의 다른 팔은 무릎 아래를 받쳐 안았다.

너른 품에 안긴 지수는 매달리듯 그의 목을 꽉 끌어안았다. 두 사람의 입술은 여전히 맞물린 채였다.

그는 성마르게 지수의 입술을 집어삼키듯 머금었다. 그의 입 안에서 지수의 입술이 말캉하게 뭉개졌다가 이내 틈새를 파고 들어오는 그의 혓바닥으로 인해 벌어졌다.

입안 가득 그의 뜨거운 혀가 들어찼다. 숨이 턱 막힐 정도로 농밀하고 탐욕적인 키스가 계속되는 동안 그의 발걸음은 침실을 향해 가고 있었다.

붉은 장미 꽃잎이 흩뿌려진 침대 위에 지수를 살포시 내려놓은 우석은 턱시도 재킷을 벗어 던지고는 긴 한숨을 내쉬었다.

그가 눈꺼풀을 느릿하게 감았다가 뜨는가 싶더니 집요하고도 강렬한 시선으로 지수를 내려다보았다.

그것은 고압적인 지배자의 눈빛 같기도 했고, 사랑에 미쳐 있는 연인의 눈빛 같기도 했고, 여자를 갈구하는 남자의 눈빛이기도 했다. 그 시선 아래 지수는 명멸하듯 간간이 밭은 숨만 내뱉을 뿐이었다.

그가 허리께까지 손을 들어 올려 드레스셔츠 커프스 링크를 풀어냈다. 파란 핏줄이 도드라진 손등과 외과 의사의 것처럼 섬세한 감각을 지니고 있을 것 같은 기다란 손가락이 지수의 눈에 들어왔다.

저 손이 이제 곧 자신의 몸을 타고 오를 것이라고 생각하니, 순식간에 몸속 열기가 치솟아 올랐다.

그는 손을 뻗어 다이아몬드와 백금으로 장식된 커프스 링크를 테이블 위에 올려 두었다. 통유리창으로 들어오는 햇살에 다이아몬드가 반짝거렸다.

영롱한 빛에 지수가 잠시 시선을 빼앗긴 사이 그가 몸을 숙이며 읊조렸다.

"성혼선언문이 낭독된 이후 처음인데, 한눈을 파네?"

목덜미에 소름이 오스스 돋아날 정도로 낮은 그의 목소리가 귓가에 울려 퍼졌다. 그의 뜨거운 숨결이 여전히 귓바퀴를 맴돌고 있었다.

침대 위에 반쯤 상체를 세우고 있는 지수의 몸 위로 그가 타고 오르듯 몸을 겹쳤다. 단단한 허벅지 사이에 지수의 말랑말랑한 허벅다리가 갇히는가 싶더니, 서로의 상체가 아슬아슬하게 맞닿았다. 배꼽 언저리에서 잔뜩 성이 난 그의 분신이 느껴지자, 심장이 달음질치기 시작했다.

"나만 이렇게 속이 타는 건가?"

그의 목소리는 충분한 자극이 될 만큼 정염에 젖어 있었다.

지수는 손을 뻗어 그의 가슴팍에 자리한 드레스셔츠 단추를 풀어 내려갔다. 단추가 하나하나 풀어지는 동안 그는 가만히 지수의 얼굴을 내려다보기만 했다.

마치 먹잇감을 두고 보면서 더 겁먹기를 바라는 짐승의 시선처럼 그의 눈빛은 탐욕스러웠다. 다른 점이 있다면 그는 지수가 겁먹기를 바라는 것이 아니라, 더 흥분하고, 더 긴장하기를 바란다는 것이었다.

단추를 모두 풀어내자 그가 상체를 일으켜 세우며 한숨을 훅 내쉬고는 드레스셔츠를 벗어 던졌다. 보기 좋게 자리 잡은 그의 상체 근육에 시선을 빼앗긴 것도 잠시였다. 그가 순식간에 지수의 등과 매트리스 사이에 팔을 집어넣는가 싶더니, 허리를 당겨 안으며 입술을 깊게 맞물렸다.

무방비한 상태로 벌어져 있던 입술 사이로 그의 혀가 미끄러져 들어왔다. 아슬아슬하게 드러난 젖무덤에 닿는 그의 상체는 부풀어 있는 그의 분신만큼이나 뜨겁고 단단했다.

그의 다정하지만 성마른 손길이 지수의 어깨에 걸쳐 있던 드레스 자락을 끌어 내렸다.

그의 손이 등허리를 더듬는가 싶더니, 입술이 떨어졌다.

"하아."

잠시 입술을 떼어 낸 그가 평범한 속옷과는 모양이 좀 다른 뷔스티에를 보고 한숨을 내쉬었다.

"이렇게 성가신 건 누가 입힌 거야?"

그가 허리를 끌어안은 팔을 잡아 빼면서, 지수의 몸을 홱 돌려 버렸다. 지수는 매트리스에 가슴을 붙이고 엎드린 채로 숨을 몰아쉬었다.

그가 호크를 하나씩 풀어 내려가며 읊조렸다.

"이딴 거 다시는 입을 생각도 하지 마."

그의 목소리에서 짜증이 묻어났다. 앞으로 2시간이 평소보다 훨씬 뜨겁고 농밀해질 것 같은 예감이 들었다.

마침내 마지막 호크를 풀어낸 그가 지수의 배 아래로 손을 집어넣으며, 몸을 겹쳤다. 그의 입술이 지수의 등허리에 부드럽게 내려앉았고, 납작한 배를 쓸어 올리던 그의 손은 가슴을 움켜잡았다.

"흐음."

이미 딱딱해진 유두가 그의 손바닥 안에서 뭉그러지자 지수의 입에서 신음이 흘러나왔다.

그런 반응의 시작이 만족스럽다는 듯이 그가 낮게 웃는 소리가 들려왔다. 미소를 머금은 그의 입술이 지수의 등을 타고 내려가는 게 느껴졌다.

골반에 걸려 있던 드레스 자락은 그의 손길을 따라 바닥으로 떨어졌다. 그가 후 하고 길게 숨을 내쉬었다.

"이건 괜찮네."

하얀색 레이스 팬티와 스타킹, 가터벨트를 마주한 그가 쉰 음성으로 속삭였다. 그는 지수의 양다리를 잡아끌었고, 지수는 그의 힘에 의지해 몸을 뒤척였다.

등을 매트리스에 대고 바로 누운 자세가 되자, 그가 지수의 다리 사이에 무릎을 꿇은 채로 웃으며 말했다.

"이건 입으로 벗겨야 하는 건가?"

지수의 왼쪽 허벅지 중간에 자리한 웨딩 가터를 바라보는 그의 눈빛은 갈증으로 타들어 갈 듯했다. 시간이 얼마 없다며 성급하게 달려들 줄 알았는데, 그는 몹시 농밀하게 움직였다.

새하얀 허벅지 사이로 고개를 숙이며 그는 지수의 얼굴에서 시선을 떼지 않았다. 자신이 어떻게 하는지 똑똑히 보고 느끼라고 자극하는 듯한 눈빛이었다.

"흐웃."

그가 허벅지 언저리를 움켜잡는가 싶더니 그의 엄지손가락 끝이 허벅지 사이를 긁어 댔다. 그의 뜨거운 입술이 웨딩 가터 근처에 닿았고, 말랑말랑한 허벅지 살을 살짝 깨물고는 웨딩 가터를 입에 물었다.

"하앗."

허벅지에 그의 이가 닿는 순간, 숨이 멎는 듯했다. 그와 처음 몸을 섞는 것도 아닌데, 결혼식을 치른 직후였고, 한동안 그의 손길이 닿지 않았기 때문인지 성적 긴장감이 극에 달했다. 단지 그의 손길이 닿고, 입술이 닿았을 뿐인데도 농염한 신음이 터져 나왔다.

마침내 웨딩 가터를 지수의 발끝까지 빼낸 그가 이로 물고 있던 레이스 조각을 바닥으로 떨어뜨렸다.

"이거 설마 사람들이 보는 피로연장에서 시키려고 했어?"

그럴 생각은 전혀 없었다. 그런데 순간 그를 자극하고 싶은 욕구가 치솟았다.

"피로연장에서 하는 게 서구권 결혼 전통이기는 하죠."

지수가 달뜬 목소리를 가라앉히려 노력하며 대꾸했다.

"그쪽 남자들은 인내심이 대단한가 봐? 저걸 벗겨 내고도 멀쩡히 피로연장에 서 있을 수 있나?"

그가 드레스 팬츠 버클을 풀며 물었지만, 대답을 원하는 것 같지는 않았다. 지수의 시선이 잠시 아래로 향했다가 그의 얼굴로 다시 돌아왔을 때, 그는 외설적인 미소를 머금으며 되물었다.

"내 아내도 인내심이 바닥난 것 같은데?"

그가 상체를 숙이며 뭐라 대답하려는 지수의 입술을 집어삼켰다. 극도로 예민해진 살갗에 다시 그의 손길이 닿자 가슴에 통증이 일 정도로 심장이 빠르게 뛰기 시작했다.

"으음."

그의 커다란 손안에서 가슴이 부드럽게 뭉개졌다. 가슴 뿌리가 뽑힐 정도로 꽉 움켜잡는가 싶더니 이내 부드럽게 어루만지는 손길에 살갗이 녹아내리는 듯했다. 가슴을 주무르던 그의 손길이 납작한 배를 타고 내려가 단번에 팬티 안을 더듬거렸다.

"흐음."

저절로 아랫배에 힘이 들어가면서 뭉근한 열기가 치솟았다. 무릎 뒤가 간질거려서 다리를 움찔거리자, 그가 레이스 팬티를 순식간에 벗겨 버렸다. 아래를 덮고 있던 얇은 천 조각이 사라지자, 엉덩이 아래로 애액이 미끈하게 흘러내리는 게 느껴졌다.

그 순간 잠시 입술이 떨어졌고, 그가 버클을 푼 드레스 팬츠와 드로어즈를 한꺼번에 내려 버렸다. 그의 배꼽 언저리까지 부풀어 오른 페니스 끝에 이슬이 맺혀 있었다.

그는 탐욕스러운 눈빛으로 지수를 내려다보며 방울진 물기를 엄지로 슥 닦아 내고는 한숨을 내쉬었다.

지수는 그와 호흡을 다투듯 길게 숨을 내쉬었지만, 벅차오른 숨을 가다듬기엔 역부족이었다. 그는 지수의 허벅지 사이에 무릎을 꿇은 채, 가라뜬 눈으로 내려다보았다.

지수의 얼굴에 닿아 있던 눈빛이 오르락내리락하는 가슴을 타고 내려가 순식간에 은밀한 곳을 응시했다.

농염하고도 집요한 눈빛에 애액이 울컥 흘러나오는 게 느껴져서 지수는 저도 모르게 엉덩이를 움찔했다.

그 모습을 짙은 시선으로 내려다보던 그가 지수의 허벅지 바깥쪽을 양손으로 움켜잡는가 싶더니, 자신의 허벅지 위로 끌어당겼다. 지수의 엉덩이가 그의 허벅지 위에 올랐고, 순식간에 젖은 틈새로 그의 페니스가 뚫고 들어왔다.

"흐읏."

가벼운 통증과 함께 쾌락이 일었다. 배 속 깊은 곳까지 파고든 그의 몸짓에 숨이 턱 끝까지 차올랐다. 숨을 몰아쉰 순간 몸을 뒤로 뺐던 그가 단번에 치고 들어왔다. 젖은 살이 부딪히는 외설적인 소음이 방 안 가득 울렸다.

"하앙."

지수는 고개를 뒤로 한껏 젖히며 신음을 내질렀다. 그가 지수의 허벅지를 더 넓게 벌리는가 싶더니 허벅지 안쪽을 어루만지고는 지수의 무릎 뒤와 종아리를 잡아끌어서는 자신의 가슴 앞으로 모았다.

그는 지수의 다리를 끌어 모아 안은 채로 허리를 뒤채기 시작했다.

"하아, 아앗!"

그가 몸을 뒤로 길게 뺐다가 치고 들어올 때마다 납작한 배가 불룩해질 정도로 몸 안이 차올랐다. 그 모습을 그가 검게 젖은 시선으로 내려다보았다. 자신의 분신이 지수의 몸 안을 뚫고 나올 듯이 파고드는 모습을 보며 그의 흥분이 고조되는 듯했다.

마치 영역 표시를 하듯 그는 지배자의 고압적인 시선으로 그것을 바라보았다. 매끈한 배 위로 불퉁하게 튀어나오는 것을 보며 그는 자신의 위치를 확인하는 것처럼 보였다.

"보여? 얼마나 깊숙이 들어갔는지?"

"흐으응."

대답을 하려 했지만, 신음이 흘러나왔다. 다리 사이에서 시작된 열감이 무릎 뒤를 간질이기 시작했고, 땀구멍에서조차 끈적거리고 미끈미끈한 애액이 흘러나오는 듯했다. 침대 시트를 움켜잡으며 숨을 몰아쉬었지만 역부족이었다.

너무 높은 곳까지 오르고 있어서, 순식간에 추락해 버릴 것만 같은 위기감마저 느껴졌다. 극도의 성적 긴장감과 불안감이 엄습했다. 지수의 눈가에 물기가 어리기 시작했다. 그의 단단한 가슴에 안겨서 그의 목을 와락 끌어안고 싶은 간절함에 손끝이 저릿저릿할 정도였다.

지수는 시트를 움켜잡고 있던 손을 그에게 뻗었다. 그러자 그가 기다렸다는 듯이 가슴 앞에 모아서 안고 있던 지수의 다리를 활짝 벌리며 상체를 숙였다.

그의 허벅다리 위에 있던 지수의 엉덩이가 침대 시트로 가라앉음과 동시에 그가 다시 한 번 몸속 깊숙이 파고들었다.

"아앙."

신음을 내지르며 그의 목덜미에 얼굴을 묻자, 그가 지수의 등허리 아래로 손을 넣어 바짝 끌어당겨 안았다. 두 사람의 몸이 한 치의 어긋남도 없이 맞닿았다. 끝 간 데를 모르고 치솟는 열기에 숨이 끊어져 버릴 것만 같아서 두려웠지만, 이 순간이 영원했으면 하는 아이러니한 열망 역시 함께 피어났다.

"흐으윽."

살이 부딪치는 소음이 점점 크고 빠르게 울리기 시작했다.

"아아앗!"

침대 시트가 엉망이 되어 등에 휘감겼다. 노을 때문에 타들어 가는 듯 붉게 물든 방 안 풍경만큼이나 두 사람의 열기도 최고조에 이르렀다.

어둠에 잠식되기 직전에 가장 붉게 끓어오르는 태양처럼 쾌감이 두 사람을 뒤덮었다.

"으음."

그는 짧게 신음을 내뱉으며 지수의 목덜미에 얼굴을 묻고는 호흡을 골랐다. 목덜미에 닿았다가 떨어지는 그의 숨결이 명멸할 때마다 가슴이 저릿했다.

이 남자와의 만남도.

이 남자와의 사랑도.

이 남자와의 연애도.

뜻하지 않게 시작되었다.

결혼도 마찬가지였다.

단지 지금까지와는 다른 게 있다면, 이 결혼은 끝이 정해져 있다는 것이었다.

1화 - 채무의 시작

"신부 입장!"

결혼식의 주인공은 단연코 신부다. 오늘의 주인공을 소개하는 결혼식 사회자의 목소리는 적당히 고조되어 있었다.

여체를 따라 흐르는 레이스 디자인이 근사한 웨딩드레스를 입은 신부는 눈이 부실 만큼 아름답다.

당연하다.

지수가 웨딩플래너로 일하면서 가장 많은 드레스를 퇴짜 놓은 신부가 바로 지금 버진 로드를 걷고 있는 여자다.

모 건설사 고명딸인 그녀는 얼마 전 동갑내기 사촌보다 훨씬 더 돋보여야 한다며 드레스를 고르고, 또 고르고, 캔슬 놓고, 또 캔슬 놓았다.

성질 같아서는 드레스고 나발이고 새 신부 머리채라도 잡고 싶은 심정이었다.

나비라도 날아들 듯 생동감 있는 플라워 패턴 레이스로 장식된 D사의 신상 드레스를 어렵게 공수해서 내밀었을 때, 비로소 드레스 전쟁은 끝이 났다. 물론 그 이후에도 참혹한 우여곡절을 겪어야만 했다.

변덕이 장날 죽 끓듯 하는 신부 때문에 결혼 진행 못 하는 거 아닌가, 했는데…… . 웨딩드레스를 입고 곱게 서 있는 신부를 보니 눈물 날 지경이다.

고생했다, 나.

버진 로드 끝까지 걸어 들어간 그녀는 친정아버지를 향해 아주 바람직하게 눈시울을 붉힌 뒤, 수줍은 미소를 머금으며 신랑의 팔에 손을 얹었다.

알 만한 사람은 다 알 텐데, 오늘 우리 신부님 연기가 수준급이시다.

건설사 사장인 아버지가 부도를 막기 위해 급히 자금을 끌어오느라 손잡은 저축은행장의 아들과 혼사가 정해졌을 때, 그녀는 모 호텔 지하에 있는 VIP클럽에서 양주 댓 병을 마시고 대성통곡했다고 전해진다.

사람이 외모만 갖고 그러면 못써요, 아가씨.

진부한 조언이라도 해 주고 싶었다. 그런데 언제 그랬느냐는 듯 새 신부는 동화 속 공주가 사교계에 첫발을 내딛는 순간처럼 수줍게 얼굴을 붉히고 있다.

당신의 그 찬란하게 빛나는 가증스러움에 치얼스!

속으로 그렇게 외치며 옅은 미소를 머금은 순간이었다.

"감히 너 같은 년이 우리 오빠한테!"

호텔 I의 대연회장인 그랜드볼룸은 원탁을 배치하는 연회 형식으로 인원을 채웠을 때, 무려 1천 명이 넘게 착석할 수 있는 곳이었다.

뒤쪽에 서 있는 인원과 언론사 기자들까지 감안한다면 지금 이 연회장 안에 모인 인원은 대략 1천 2백 명 정도 될 터였다.

무려 1천 2백 명의 시선이 한 여자에게 주목되었다. 뒤쪽에서 '우리 오빠'를 부르짖으며 존재감을 드러낸 여자는 몹시 빠른 속도로 신랑과 신부가 서 있는 쪽으로 뛰어왔다.

그런데…… 어라?

쫙! 하는 소리와 함께 뺨을 맞은 이는 신부가 아닌 나?

이제는 1천 2백 명의 시선이 지수를 향했다.

"네가 감히 저년이랑 우리 오빠 결혼식을!"

뭐라고라.

차마 재벌가 고명딸의 뺨을 때릴 수 없었는지 애먼 데로 불똥이 튀고 말았다.

여자의 덩치는 어마무시했다. 상대적으로 왜소한 몸을 가진 지수는 여자에게 속절없이 멱살을 잡혔다가 웨딩 케이크가 있는 쪽으로 던져졌다.

"꺄악!"

던져진 건 지수인데, 소리는 다른 데서 들려왔다.

아니, 이 결혼식에 동원된 경호원이 몇 명인데…… 왜 나는 아무도 지켜 주지 않는 거죠?

케이크를 뒤집어쓴 지수가 서러움에 울컥하려는 찰나, 여자가 웨딩 케이크 옆에 놓여 있던 샴페인 병을 집어 들었다.

아가씨, 그거 내려놔요. 그거 돔페리뇽 리미티드 에디션이야! 나 그거 구하느라 똥줄이 다 타서 재만 남았어!

우아한 모양새를 자랑하는 돔페리뇽 병이 지수의 머리를 가격하려는 순간, 경호원이 다가와 여자를 저지했다.

웨딩플래너는 결혼식에서 눈에 띄면 안 되는 존재 중 하나다. 그래서 결혼식 날 상복 같은 검은 옷을 주로 입는다.

보통 플래너가 웨딩플래닝을 한 뒤에 본식은 본식 전용 도우미가 투입되지만, 지수는 1일 1예식만을 담당했고 본식을 끝까지 지키는 역할도 당연히 수행했다.

그렇게 알음알음 소문이 나다 보니 재벌가 자제들의 결혼식 전담 플래너가 되어 있었다.

아무튼 지수의 유수한 커리어에 대한 설명은 여기까지 하고.

그래서 오늘도 검은색 바지 정장을 입고 있던 지수는 하얀 생크림 케이크를 뒤집어쓴 채 신부보다 더 찬란하게 빛났다.

물론 신부보다 더 많은 카메라 플래시 세례도 받았다.

태어나서 이런 엄청난 주목을 받은 건 처음이니까 오늘은 꼭 SNS질을 해야겠다. 젠장. 해시태그는 뭐로 붙이지?

지수를 웨딩 케이크에 메다꽂은 여자는 경호원에게 붙잡혀 연회장 밖으로 끌려 나갔다. 그러면서 그녀는 방언이 터진 듯 소리를 고래고래 질러 댔다.

"오빠! 나랑 같이 산다고 했잖아. 결혼 안 한다고 했잖아! 엊그제 이 호텔 스위트룸에서 홀딱 벗고 나한테 그랬잖아!"

홀딱 벗고 그러셨쎄요?

1천 2백 명의 시선이 이번에는 이 결혼식의 새신랑 자리를 지킬 수 있을지 의심되는, 턱시도를 입은 남자에게로 향했다.

그 시선 중에 상당수는 신랑의 사타구니를 향해 있다는 데 지수는 손목이라도 걸 수 있지 싶었다.

"내가 제일 잘한다며!"

대체 뭘요?

이번에는 사람들의 시선과 카메라 렌즈가 그녀를 향해 갔다. 이제 신랑 자리를 거의 잃은 것 같은 남자가 여자에게 제일 잘한다고 했던 게 뭔지 다들 깨달은 눈치다.

이걸 어떻게 수습한다?

지수는 망연히 자리에서 일어났다.

"사장님, 괜찮으세요?"

조용히 다가와 묻는 이는 호텔 연회장 지배인 강진필이었다. 올해 서른다섯이라는 강 지배인은 나이가 무색하게 느껴질 만큼 동안이다.

아이돌 뺨치는 얼굴과 몸매를 내세운 그는 호텔 I 연회장 영업에 혁혁한 공을 세우고 있다고 들었다.

지수는 강 지배인을 향해 안타까운 미소를 한 번 머금을 뿐, 이렇다 할 대꾸는 하지 않았다.

그때 신부의 아버지가 혼주석에서 벌떡 일어나더니 사회자가 있는 곳으로 저벅저벅 걸어갔다. 사위가 쥐 죽은 듯 조용해졌다. 1천 2백 명의 시선이 신부 아버지를 좇았다. 마침내 마이크 앞에 선 신부 아버지가 입을 열었다.

"정신 나간 여자의 소동이었습니다. 결혼식은 계속 진행하겠습니다."

저럴 줄 알았다. 딸을 사업과 맞바꿀 정도로 간절한 결혼이었다. 신부의 아버지가 이걸 문제 삼아 결혼을 파토 낼 리 없었다.

지수는 생크림이 잔뜩 묻은 재킷을 벗어서 강 지배인에게 건네며 조용히 부탁했다.

"지배인님, 죄송한데요. 저 물티슈 좀 갖다 주실 수 있을까요?"

강 지배인은 그럴 줄 알고 준비해 왔다며 재킷 주머니에서 휴대용 물티슈를 꺼내 주었다. 지수는 고맙다는 눈빛을 보내며 물티슈를 받아 들었다.

물티슈 여러 장을 뽑아 머리에 묻은 생크림과 바지를 대충 털어 낸 지수는 눈에 띄지 않도록 옆으로 비켜서서 흐트러진 신부의 드레스 자락과 베일을 정리해 주었다.

신부의 얼굴에서는 감정이 지워진 지 오래였다. 이런 결혼을 하는 신부가 안타깝기도 했지만, 그렇다고 웨딩플래너 입장에서 그녀에게 결혼하지 말라며 뜯어말릴 수는 없는 노릇이었다.

웨딩플래너는 결혼식에 가장 깊숙이 관여하지만, 그들 관계에 있어서는 철저한 방관자가 되어야 한다. 겉보기에 좋은 모든 것을 아울러야 하지만, 그 안에 그들의 마음은 속하지 않는다.

신부의 매무새를 정리한 지수가 다시 구석으로 돌아오자, 강 지배인이 허리께에서 엄지를 척 들어 보였다.

"프로예요, 이 사장님."

"제가 좀."

프로는 시의적절하게 터지는 칭찬을 마다하지 않는 법.

지수는 어깨를 으쓱거리며 웃었다.

결혼식이 끝난 뒤, 지수는 강 지배인의 배려로 호텔 I 직원 숙소로 향했다.

물티슈로 대강 닦아 내고 결혼식을 무사히 마무리 짓기는 했지만, 온몸에서 단내가 진동을 했다.

지수는 텅 빈 호텔 숙소 욕실에서 깨끗이 샤워를 했다. 좀 전에 식장에서 있었던 일만 생각하면 더운 물로 샤워를 하고 있는데도 오스스 소름이 돋아났다.

신부 아버지가 결혼식 속개를 선언한 뒤, 분위기는 정말 엿같았다.

신부는 얼굴에 경련이 일어날 듯 억지웃음을 지었고, 신랑은 오즈의 마법사에 나오는 양철로봇처럼 굳어 버렸다.

"돈이 대단하긴 한가 보다. 그러고도 딸을 시집보내겠다고 하는 걸 보면."

지수는 고개를 절레절레 저으며 배스 타월로 몸을 감싼 채

욕실 문을 열었다.

인기척이 느껴지는 걸 보니 강 지배인이 여직원을 보냈나 보다. 유니폼 중에 맞는 게 있을 거라며 강 지배인은 갈아입을 옷을 보내 주겠다고 했었다.

"저기, 옷 주시면 여기서 입을게요."

그리 말하며 고개를 돌린 순간, 지수는 소돔과 고모라를 돌아보다 굳어 버린 롯의 아내처럼 돌이 되어 버렸다.

검은 슈트를 입은 남자의 표정은 무시무시했다.

이건 또 뭐야?

설마 신랑 내연녀의 기습 공격을 막지 못했다는 이유로……저 어디 끌려가서 묻히는 건가요?

"누, 누구세요?"

지수는 가까스로 입을 열어 남자에게 말을 걸어 보았다.

"그러는 그쪽은?"

황당함에 잠시 머뭇거렸다. 남자의 태도는 불손과 시크의 경계를 넘나들고 있었다.

일단 회유하고 보자.

지수는 엷은 미소를 머금으며 입을 열었다.

"저는 이지수라고 하고요. 웨딩플래너인데, 오늘 작은 사고가 있어서 숙소 욕실을 잠시 사용했습니다."

남자의 날카로운 시선이 지수의 머리부터 발끝까지 훑어 내려갔다가, 다시 위로 천천히 올라왔다.

그의 시선이 아주 찰나의 순간, 가슴께에 묶인 타월 위로 봉

굿 솟아오른 뽀얀 살결에 머물렀다.

"그런데 누구, 시죠?"

이쪽 소개를 충분히 했으니, 그쪽이 누군지 밝히라며 지수는 눈썹을 치떴다.

그러자 그가 대답 대신 성큼 지수의 앞으로 다가섰다. 갑작스러운 움직임에 놀란 지수의 심장이 쿵 하고 날뛰었다.

코끝에서 알싸한 애프터 셰이브 향기가 느껴질 만큼 얼굴과 얼굴 사이의 거리가 가까웠다.

당황한 나머지 미처 깨닫지 못했는데, 남자의 얼굴은 기가 막히게 잘생겼다.

반듯한 이마선, 짙고 선명한 눈썹, 그 위로 드리운 앞머리는 부드럽게 구불거렸고, 우뚝한 콧날과 또렷한 인중 아래 자리한 새빨간 입술은 그의 흰 피부를 더욱 돋보이게 했다.

"옷 입고 내 방으로 와요."

새빨간 입술이 움직이는가 싶더니 색기 어린 목소리로 어마어마한 말을 내뱉었다.

"에?"

남자는 당황해서 얼이 빠진 지수의 손에 종이 쪼가리 하나를 쥐여 주었다.

"이게 뭐……?"

반듯한 정사각형 모양으로 접힌 종이를 펼쳐 보았다. 호텔 I 의 로고가 박혀 있는 메모지에는 이름도, 성도 없이 휴대폰 번호 하나만 덩그러니 적혀 있었다.

"이봐요!"

황당함에 고개를 들었을 때는 이미 남자가 방 밖으로 나가 버린 뒤였다.

이곳은 호텔이다. 그것도 무려 호텔 I. 두바이의 버즈 알 아랍, 브루나이의 엠파이어 호텔&리조트와 견줄 만한 국내 유일 7성급에 준하는 호텔이 바로 호텔 I이다.

그러니까 정리하자면 호텔 I의 무수히 많은 방 중에 정체 모를 저 남자가 투숙하고 있는 거고, 그 방으로 오라고?

기가 막혀서 말문이 턱 막혀 버린 순간, 누군가 숙소 문을 두드렸다.

"이지수 사장님, 안에 계신가요? 강 지배인님 심부름 왔는데요."

"들어오세요."

"문을 열어 주셔야 들어갈 수 있는데요."

누군가 뒤통수를 내려친 것처럼 얼얼했다.

아까 그 남자는 그럼 어떻게 들어온 건데?

지수는 얼른 현관문 앞으로 다가가 문을 열어젖혔다.

"아, 여기 옷이요."

앳된 여직원이 옷을 내밀며 빙그레 미소를 머금었다.

"감사합니다. 근데……."

"네?"

여직원은 두 눈을 반짝반짝 빛내며 지수를 바라보았다.

"여기 카드키는 제가 갖고 있는 게 전부인가요?"

"아니요. 마스터키가 있는데, 저한테는 다룰 수 있는 권한이 없어서요."

지수는 또 한 번 당황하고 말았다.

"아까 그 남자는 그럼……."

머릿속으로 떠올리던 말이 그대로 입 밖으로 튀어나오고 말았다.

"네? 누구요?"

친절을 가장한 여직원의 눈빛이 호기심으로 반짝거렸다.

"아니에요. 감사합니다. 옷 잘 입고 세탁해서 갖다 드릴게요."

"네, 그럼."

지수는 여직원과 묵례를 나눈 뒤, 이제 그만 가 봐도 된다며 산뜻한 미소를 머금었다. 호기심을 해결하지 못한 여직원은 아쉬운 표정으로 방을 나섰다.

지수는 여직원이 갖다 준 옷을 꿰입었다. 눈썰미 좋은 강 지배인 덕분에 호텔 유니폼은 꼭 맞았다.

이 방 마스터키를 다룰 수 있는 사람이라면 호텔 I의 간부일 수도 있다는 데 생각이 미치자 눈앞이 캄캄해졌다.

설마 이 남자도 호텔 이미지는 망가졌는데 재벌가는 건드릴 수 없으니 애먼 웨딩플래너 잡으려는 건가, 기-승-전 만만한 웨딩플래너야?

"하아."

짙은 한숨이 절로 흘러나왔다. 남자가 건넨 번호가 마치 지옥으로 가는 급행 티켓처럼 보였다.

매는 먼저 맞는 게 낫다. 하지만 그 전에 일단 남자의 정체를 파악하는 게 우선이지 싶었다.

지수는 답답한 마음에 또다시 한숨을 내쉬며 메모지에 적힌 번호로 전화를 걸어 보았다.

냉철하게 판단했을 때, 웨딩플래너인 지수가 잘못한 건 1도 없는 거다.

그러니 당당하자! 이 호텔 스위트룸에서 홀딱 벗고, 네가 제일 잘한다며 입 턴 인간은 빌어먹을 새신랑이지, 내가 아니니까!

- 네.

신호가 채 한 번도 울리기 전에 남자의 목소리가 들려왔다.

"저, 아까 전화번호 받은 이지수라고 하는데요."

심장이 불안하게 덜컹거렸다.

- 타워동 2106호.

낮게 깔리는 음성이 호수를 읊자마자 전화가 끊겨 버렸다. 지수는 통화 종료 문구가 깜빡거리는 휴대전화 화면을 망연히 바라보았다.

남자의 전화 응대 역시 싸가지 없음과 쿨내 진동을 넘나들었다.

그런데 나…… 지금 2106호로 가야 해, 말아야 해?

지금 당장 도움을 요청할 수 있는 이는 강진필 지배인뿐이었다. 지수는 도와줘서 고맙다는 인사도 할 겸 강 지배인에게 전화를 걸었다.

- 네, 이 사장님.

"지배인님, 유니폼이 딱 맞네요. 감사합니다."

– 다행이네요.

그는 다정한 목소리로 대꾸했다.

"그런데요, 지배인님."

– 네, 말씀하세요.

"방금 전 제가 있던 숙소에 다녀가신 남자분이 계신데……
누군지 알 수 있을까요?"

– 숙소에 누가 다녀갔다고요? 우리 직원 말고요?

"네. 유니폼 가져다주신 분 말고요."

그 남자도 이 호텔 직원처럼 보이기는 합니다만…….

강 지배인이 '우리 직원'이라 칭할 수 있는 위치인지는 아직
모르겠다.

– 그럴 리가 없는데.

"그럴 리가 없다니요?"

왜 불길한 예감은 틀린 적이 없나.

– 숙소 마스터키는 총지배인님이 갖고 계신데, 내내 저랑 회의하셨거
든요? 오늘 일 때문에 언론사에서 난리여서.

"아……."

지수는 말을 잇지 못하고 잠시 머뭇거렸다.

– 그분 어떻게 생겼는데요?

엄청나게, 몹시, 매우 잘생겼다는 대꾸는 차마 하지 못하고,
지수는 일반적인 스펙을 늘어놓았다.

"20대 후반에서 30대 초반으로 보이고요. 앞머리가 좀 구불

거렸고, 키는 185 즈음? 검은색 슈트 입고 있었어요."

─ ······.

딱히 떠오르는 사람이 없는지 아주 잠시 침묵이 흘렀다.

─ 그 남자가 뭐라고 하던가요? 별일 없으셨어요?

"네, 별일은 없었는데······."

─ 만약 호텔 직원도 아닌데, 숙소까지 들어간 거면 저희 호텔 보안에 심각한 문제가 생긴 건데······. 일단 죄송합니다. 제가 더 신경 썼어야 했는데.

"아, 아니에요! 제가 여기 빌려 쓴 입장이었는데요. 근데 혹시."

─ 네, 말씀하세요.

지수는 아랫입술을 얕게 깨물며 망설이다가 다시 입을 열었다.

이런 정보는 절대 묻지도 알려 주지도 말아야 하지만, 호텔 보안 문제와 관련된 일이니 이야기를 해도 되겠지 싶었다.

"그분이 저한테 연락처를 하나 주고 갔어요. 전화를 했더니, 호수를 이야기하더라고요. 그리로 오라고······."

─ 그 사람이 지금 저희 호텔에 투숙 중이라고요?

"그런 것 같아요."

─ 호수는요? 제가 객실 지배인 통해서 알아보고 연락드릴게요.

강 지배인의 목소리가 다급해졌다.

"2106호요."

─ ······.

또다시 휴대전화 너머에서 침묵이 흘렀다. 이번에 느껴지는 침묵은 수수께끼 같은 남자에 대한 의문 때문이 아닌 듯싶었다.

– 이 사장님.

심각해진 강 지배인의 목소리를 들은 순간, 지수는 그가 2106호 투숙객에 대한 정보를 이미 알고 있다고 확신했다.

"네, 지배인님."

– 2106호는 호텔 I의 오닝 컴퍼니인 인경개발, 그러니까 그룹 인경의 오너가(家)를 위해 상시 비워 두는 곳입니다.

웨딩 케이크에 내던져졌을 때보다 지수는 더 참혹한 심정이 되고 말았다.

"그럼, 아까 저를 찾아오셨던 분이 호텔 I 오너가의 일원이라는 말씀이신가요?"

– 그렇게 사료됩니다.

지수는 아무도 없는 숙소 복도에 멍하니 선 채로 굳어 버렸다.

– 모쪼록 이 사장님, 유니폼은 다음에 돌려주시고 가시는 길 편안하시길 바랍니다.

그대로 전화가 끊겨 버렸다.

가시는 길 편안하시길 바랍니다?

이거 지금 저승길 작별 인사 아닌가요?

심호흡을 하며 빠르게 뛰는 심박동을 가라앉히려 노력했지만 허사였다.

자, 지금까지 있었던 일을 정리해 보면.

담당한 결혼식에서 아주 작은 소동이 있었다. 프로페셔널하게 결혼식을 마무리 지었고, 결혼식이 끝난 뒤 매무새를 고치던 중에 호텔 오너가의 일원이라는 자가 찾아왔다.

상식적인 선에서 봤을 때, 지수 자신이 잘못한 일은 없다. 그런데 호텔 오너가 일원씩이나 되는 남자의 눈에는 이 일이 어떻게 해석될지 감이 잡히질 않았다.

호텔 이미지를 손상시킨 결혼식을 진행했다고 손해배상 청구 소송을 벌인다고 하면 어쩌지?

그걸 웨딩플래너가 다 뒤집어써야 하는 법적 근거가 있나?

향후 3개월간 호텔 I의 그랜드볼룸에 잡혀 있는 결혼식만 여덟 건이었다. 호텔 측에서 이거 다 캔슬 놓는다고 하면, 지수는 손해배상을 해 주기도 전에 재벌가 자제들 손에 쥐도 새도 모르게 사라질 것이다.

결국 결론은 이렇게 났다.

2106호 가서 싹싹 빌자!

호텔 I는 메인동인 타워동과 신축 건물인 웨스트윙, 이스트윙 그리고 한옥으로 이루어진 독립 빌라 단지로 구성되어 있다.

직원 숙소는 독립 빌라 단지 가장자리에 있었기에 지수는 대략 20여 분을 걸어 타워동에 도착할 수 있었다.

급한 마음에 스틸레토 힐을 신은 채로 잰걸음을 했더니, 다리가 후들후들 떨렸다.

오고 가는 직원들이 묵례를 건네 왔다. 유니폼을 입은 탓에 호텔 직원이라고 생각하나 보다. 엘리베이터에 올랐더니 식은 땀이 줄줄 흘렀다.

엘리베이터 안 LED 화면에 표시되는 층수를 지수는 망연히 바라보았다.

18, 19, 20, 21! 띵!

경쾌한 알림음과 함께 엘리베이터 문이 열렸다.

– Mind the door.

한국 땅에 있는 호텔에서 흘러나오는 영어 안내 음성에 갑자기 배알이 뒤틀린다.

급박한 상황에 놓이니 별스럽지 않은 것에 집중해서 짜증을 내고 싶어진다. 현실도피의 전형이었다.

지수는 2106호 앞에 서서 옷매무새를 고치고 한숨을 몰아쉬었다. 초인종을 눌러야 하는데, 손끝이 곱아드는 듯했다.

괜찮아. 일은 해결하면 되는 거야. 예민한 예비 신부 다루듯이. 릴렉스!

지수는 끊임없이 자기암시를 걸며 초인종을 꾹 눌렀다. 누구냐 묻는 소리도 없이 문이 벌컥 열렸다.

그런데 문을 열고 나온 이는 아까 그 남자보다는 조금 덜 잘생긴 남자였다.

"이지수 씨?"

남자는 예의 바른 미소를 지으며 안으로 들어가라는 듯 손짓했다.

"안에서 기다리고 계십니다."

지수는 남자를 향해 묵례를 한 번 하고는 방 안으로 들어섰다. 등 뒤에서 문이 닫히는 소리가 들리자 심장이 쿵쿵거렸다.

"저, 실례합니다."

지수는 언제 긴장했느냐는 듯이 프로페셔널한 목소리를 냈다.

재벌가 결혼식을 담당하면서 까다로운 사람을 대하는 스킬은 제대로 익혔다. 그 실력을 지금 발휘하면 되는 거다.

"들어오세요."

남자의 굵직한 목소리가 울리는 쪽으로 지수는 조심스레 발걸음을 옮겼다.

"다시 인사드리겠습니다. 영원한 사랑의 시작을 함께하는 웨딩플래너 이지수입니다."

지수는 어깨를 쫙 펴고, 턱을 살짝 치켜들며 여유로운 미소를 머금은 채로 인사를 건넸다.

"자기소개는 아까 한 걸로 충분하지 않아요?"

분명 남자는 존대를 하고 있는데, 초면에 대놓고 하대하는 것보다 더 신경에 거슬린다.

"앉아요, 일단."

남자는 응접실 소파 세트 상석에 앉으며 고개를 까딱했다. 지수는 영업 미소를 장착한 채로 그를 대각선으로 마주 보는 자리에 앉았다.

"투잡 뛰어요?"

"아닙니다, 고객님."

입버릇처럼 고객님이 튀어나왔다.

'그래, 생각해 보면 이 남자가 나를 고용하려고 불렀을 수도

있는 거다.'

지수는 남자의 잘난 자태를 한 번 더 눈으로 훑었다. 근래 재벌가에서 잘났다는 놈들은 다 이 손으로 장가보냈다.

그런데 눈앞에 있는 이 남자는 그 잘난 놈들의 잘난 점만 모아 놓는다 해도 범접할 수 없는 비주얼을 빛내고 있다.

"근데 왜 우리 호텔 유니폼을 입고 있지?"

"아까 전 그랜드볼룸 예식에서 아주 작은 사고가 있었습니다. 제가 갈아입을 옷이 마땅치 않아 아주 잠시 빌렸습니다. 이로 인해 기분이 상하셨다면 사과드리겠습니다. 죄송합니다."

지수가 생긋 웃으며 허리를 굽히자 그가 작은 목소리로 덧붙였다.

"잘 어울리네요."

"네? 아, 감사합니다."

이걸 지금 감사해야 하는 상황인지는 모르겠지만, 일단 이 남자 비위를 거스르는 일은 하지 말아야지 싶었다.

"작은 사고는 아니던데?"

지수는 그만 하얗게 굳어 버리고 말았다. 후 불면 날아가 버릴 먼지처럼.

"혹시 보셨어요?"

"봤지. 그런데 왜 그렇게 굳어 있어요? 꼭 꾸중 들으러 온 애처럼."

기회는 이때다 싶어서 지수는 입이 귀에 걸리도록 함박웃음을 지으며 대꾸했다.

"그렇죠, 고객님? 결혼식을 진행하다 보면 진땀 나는 상황이 있기 마련인데, 아까 그 여자분의 소동은 정말……."

지수는 차마 그 참혹함을 제 입에 올릴 수 없다는 듯이 고개를 내저으며 안타까운 표정을 지었다.

"억울했나 보지, 그 여자도."

남자의 대꾸에 지수는 웃음을 머금은 채로 얼굴을 굳히고 말았다. 정신 나간 여자가 일으킨 소동이 아니라는 것을 알고 있다는 듯이 그는 고개까지 끄덕거렸다.

"우리 호텔 자주 왔다더라고. 그 여자랑. 근데 뻔뻔하게 여기서 결혼식을 올려?"

그걸 몰랐냐는 듯이 묻는 말에 지수는 마른침을 꿀꺽 삼켰다.

"저는 공식적인 결혼식만을 담당하고 있습니다. 고객님."

"아, 그래서 내연관계는 잘 모르신다?"

"네……. 네?"

대답을 하고 보니 내연관계를 인정한 것 같은 오묘한 상황이 되고 말았다.

지수는 얼른 산뜻한 미소를 지으며 덧붙였다.

"저는 말씀드렸다시피 공.식.적.인. 결혼식만 담당하고 있습니다, 고객님."

"근데 왜 말끝마다 고객님이야?"

"그러는 고객님은 왜 저한테 갑자기……."

'반말이냐?'라고 되묻고 싶은 것을 꾹 눌러 참았다.

"그러니까, 갑자기 고객님이 저를 찾으셔서요. 저를 찾으시는 분들은 대부분 저와 함께 일을 진행하시고 싶어 하시는 고객님들이시기 때문입니다."

지수는 과한 존댓말을 써 가며 대꾸했다.

"같이 일을 진행한다."

그는 손가락으로 소파 손잡이를 툭툭 소리가 나도록 두드렸다. 그 소리에 맞춰 심장이 쿵쿵 울렸다.

이 남자, 묘하게 분위기가 고압적이다.

그도 그럴 것이, 호텔 I는 재계 서열 1위를 놓치지 않는 재벌 그룹 인경의 계열사였다.

호텔 I의 오너가가 2106호를 이용한다고 했으니, 이 남자는 그룹 인경의 일원이라는 의미였다.

침이 바싹 말랐지만, 지수는 여유를 가장한 미소를 지으며 물었다.

"고객님이라는 호칭이 불편하신가요?"

"약간."

그는 무언가 골똘히 생각하는 듯싶더니, 새빨간 입술을 곱게 휘며 미소를 머금고는 입을 열었다.

"같이 일해 보는 건 어때요?"

"네?"

같이 일하자며 고객님이라고 부르는 게 싫다면.

"네, 예비 신랑님."

이렇게 불러 드려야 인지상정.

그런데 남자의 얼굴이 와그작 구겨졌다. 반듯한 이맛살을 찌푸리는가 싶더니, 미간에 미세하게 주름이 잡혔다.

"그게 아니라. 이지수 씨, 내 밑으로 들어올 생각 없어요?"

저 남자 밑?

고압적인 분위기와 함께 남자는 묘하게 관능적인 분위기를 풍겼다. 그래서 그랬을까. 시선이 정처 없이 그의 밑, 즉 거시기로 향해 갔다.

그의 시선 역시 지수의 시선을 따라 밑으로 향했다.

"내가 말한 밑이 그 밑은 아닌데?"

지수는 당황한 나머지 대찬 멘트를 뱉고 말았다.

"모르시는 것 같아 말씀드리겠습니다. 저도 사업체를 운영하는 사장입니다만."

그래, 따지고 보면 지수도 사장 명함이 있는 사람이다. 그리고 생각해 보니 이 남자랑 아직 통성명도 안 했다.

아니, 통성명도 안 한 남자가 밑에서 일을 하니 마니 해?

"그래요, 이지수 사장. 내 밑으로 들어와서 일하실 생각 없습니까?"

남자가 슈트 매무시를 고치며 등을 꼿꼿이 세우고는 매혹적인 목소리로 물었다.

지금이 남자 얼굴만 보던 20대 초였다면, 사장 명함이고 나발이고 당장 이 남자 밑에 들어가서 뼈를 묻었을지도 모른다.

하지만 지수는 실리를 추구하는 사업가다. 얼굴에 혹해서 알바인 양 자리를 여기저기 옮기며 커리어를 무너뜨리는 무모한 짓은 하지 않는다는 의미다.

"그런데요."

그는 듣고 있다는 듯 눈썹을 치떴다. 와! 지수는 하마터면 감탄사를 내뱉을 뻔했다.

남자가 지수 볼에 바람을 불어 넣기라도 한 듯 광대가 승천하고야 말았다. 잘생겨도 너무 잘생겼다.

"근데 뭐?"

그가 또다시 미간에 미세한 주름을 만들며 되물었다. 미약하게 신경질을 부리는 모습마저도 섹시한 남자다.

"누구세요?"

지수는 아까 숙소에서도 물었던 질문을 다시 꺼내 들었다.

"내가 누군지 몰라?"

남자의 동공이 슬쩍 흔들렸다. 진심으로 당황한 눈치다.

뭐 우주 스타라도 된답니까?

"제가 알아야 하는 분인가요?"

두 눈을 껌뻑거리며 묻자, 그가 한심하다는 듯 고개를 내젓더니 휴대전화를 집어 들었다.

"홍 실장, 내 명함 나왔나? ……그럼 갖고 와."

이윽고 호텔 방문을 열고 아까 지수를 안내했던 남자가 들어왔다.

"이분께 명함 좀 드려."

홍 실장이라는 남자는 뿌듯한 미소를 머금으며 명함을 내밀었다.

㈜인경개발 대표이사 연우석?

비서로 보이는 홍 실장이라는 사람이 건넨 명함은 앞에 앉은 남자가 호텔 I 오닝 컴퍼니의 대표이사라 말하고 있었다.

지수가 놀란 기색도 없자, 홍 실장이 답답하다는 듯 한 걸음 앞으로 나서더니 우렁찬 목소리를 내기 시작했다.

"호텔 I의 신임 대표이사이신 연우석 대표님께서는 하버드 경영대학원에서 MBA를 마치자마자 미국 유명 호텔 체인 M사에 입사해 근무하시던 중, 조부이신 그룹 인경의 연인경 명예 회장님의 부름으로 귀국, 출중한 능력을 인정받으시어……."

홍 실장이 연우석 대표이사의 이력을 줄줄이 읊기 시작했다. 목소리가 어찌나 크고 곧은지 귀가 쩌렁쩌렁 울릴 정도였다.

그보다 더 가관인 건 저 연우석이라는 남자의 태도였다.

그는 다리를 꼬고 앉은 채로 자신을 소개하는 홍 실장을 보며 고개를 끄덕거리며 희미하게 웃고 있었다.

마치 흐뭇하다는 듯이?

되게 뿌듯하다는 듯이?

이게 당연하다는 듯이?

뭐, 뭐지? 이건?

지수는 질색하는 표정을 애써 감추며 홍 실장의 일장연설이 끝나기를 기다렸다. 그런데 아무리 기다려도 홍 실장은 대표에 대한 브리핑을 끝낼 기색을 보이지 않았다.

"그만하면 됐어."

연우석 대표가 아홉 살 무렵 한일 수학 경시대회에 참가해 10분 만에 문제를 다 풀고, 대상 트로피를 거머쥐었다는 대목에서 그가 오른손을 들어 보였다.

"대표님, 아직……."

아직 어필할 부분이 많이 남아 있다는 듯 홍 실장이 아쉬운 표정을 짓자, 연 대표가 그만하면 됐다며 고개를 주억거렸다.

"아주 훌륭한 대표님이시라는 말씀이시죠?"

지수는 생긋 웃으며 홍 실장을 올려다보았다. 그러자 홍 실장이 세차게 고개를 끄덕거렸다.

마치 더 해 보라는 듯이?

"그뿐 아니라 출중한 경영 능력을 갖추신 분이라는 거고요."

그러자 홍 실장이 공수한 손을 슬쩍 풀더니 손바닥을 하늘로 향하며 두어 번 튕겼다.

그러니까 더 하라는 뜻?

"그래서 윗분으로 모시기에 아주 흡족하실 거다, 이런 뜻이기도 하고요?"

그러자 홍 실장이 자신이 할 일은 다했다는 듯 뿌듯한 미소를 지으며 고개를 끄덕거렸다.

"내 밑에서 일할 이유로는 충분해 보이네."

이런, 뭐?

심히 당황스럽지만, 지수는 미소를 머금은 채로 우석을 바라보았다.

"연회장 사업을 키워 볼 생각인데, 이지수 씨처럼 책임감 있게 일을 끝까지 맡아서 해 줄 사람이 필요해. 어때요, 이지수 사장. 나랑 같이 일해 볼 생각 없습니까?"

갑자기 전세가 역전된 기분이었다. 그러니까 지수를 나무라려는 게 아니라, 지수의 능력을 높이 사서 스카우트하려고 했다는 것?

그제야 지수는 긴장을 풀고 여유 만만한 미소를 머금었다.

"없습니다만."

이래 봬도 젊은 나이에 사장 소리 들어 가며 번듯한 사업체를 꾸리고 있는 지수였다. 그런데 호텔 직원으로 들어오라니 어불성설이다.

거절 의사를 밝히자마자 그는 재미있다는 듯 미소 지었고, 홍 실장은 곧 숨이 끊어질 것처럼 사색이 되어 버렸다.

"그럼, 저는 마무리 지어야 할 업무가 있어서…… 이만."

묵례를 꾸벅하고 일어서려던 순간이었다.

"조건은 들어 볼 생각 없나?"

호텔 I의 근무 조건과 연봉 현황은 어느 정도 알고 있는 터였다. 홍 실장이 또 뭐라고 입을 열려는지 크게 숨을 들이마시는 게 지수의 눈에 들어왔다.

이번에는 호텔 I의 근무 조건과 연봉 체계에 대한 일장연설이 시작될 것만 같았다.

"저, 대표님."

지수가 얼른 심각한 목소리를 냈다. 두 남자의 시선이 지수의 얼굴에 집중되었다.

"웨딩드레스는 입는 순간보다, 벗고 난 이후가 더 중요한 거 아세요?"

두 남자의 머리가 같은 방향으로 갸우뚱 기울었다.

"Wedding is a day. Marriage is life. 결혼식은 하루지만 결혼은 삶이다, 라는 말이 있죠."

"그래서?"

"저는 신부에게 가장 아름다운 웨딩드레스를 입히고, 세상 가장 행복한 결혼식을 진행하는 웨딩플래너입니다."

"그래서?"

본론이 빨리 나오기를 바라는 듯했다. 지수는 이제 본론이 나온다며 생긋 미소 지었다.

"결혼식을 올린 신혼부부는 이제 새로운 삶 속으로 녹아들겠죠. 그리고 저는 그들의 결혼식을 끝까지 잘 마무리 지어야 하는 책임과 의무가 있고요."

그는 그제야 무슨 말인지 알아들었다는 듯 고개를 주억거렸다. 아까 홍 실장의 일장연설에 비하면 이 정도는 아무것도 아닌 거다.

"그래서 일이 남아 있으니 가 봐야 한다?"

"네, 그럼 저는 이만 물러가도록 하겠습니다."

지수가 고개를 숙이려는 찰나, 남자가 자리에서 벌떡 일어났다. 머리 하나는 더 큰 남자의 체구에 지수는 살짝 주눅이 들 뻔했다.

"조건은 원하는 만큼 맞춰 줄 테니까, 잘 생각해 보고 연락 줘요."

절대 자신보다 먼저 자리를 뜨는 것은 용납할 수 없다는 듯,

그는 먼저 호텔 방을 나섰다.

쿵 하고 호텔 방문이 닫히는 소리가 들려오자, 어안이 벙벙했다. 스펙터클한 일들이 한꺼번에 덮쳐 오니 현실감각을 잃은 듯 헛웃음이 터져 나왔다.

고개를 절레절레 내저으며 호쾌한 웃음을 터뜨린 순간, 휴대전화가 진동했다.

— 사장님, 안 오세요?

전화를 걸어온 이는 지수의 어시스턴트를 맡은 리나였다. 결혼식을 마치고 웨딩플래너가 챙겨야 하는 대여 물품 반환 등의 업무를 오늘은 사무실 붙박이인 리나가 대신 처리해 주었다.

"응, 지금 가. 리나 씨, 오늘 저녁에 스촬 있던가?"

— 네, 윤 작가님께서 사장님 모시러 간다는 거, 제가 그냥 스튜디오에서 뵙자고 했어요.

"그래, 잘했어."

리나는 하나를 시키면 열을 알아서 하는 직원이었다. 단지 사무실 붙박이가 어울린다는 게 문제라면 문제였다.

그리고 그 문제가 하필 오늘의 클라이맥스를 장식하게 될 줄, 지수는 꿈에도 상상하지 못했다.

"사, 사장님."

리나가 사색이 된 얼굴로 지수를 부른 건, 지수가 운전하는 차가 막 호텔 주차장을 벗어났을 때였다.

"크, 큰일 난 것 같아요. 차, 차 좀 세워 주세요."

뭐 마려운 강아지처럼 질린 얼굴을 하고 있어서 화장실이 급한 건가 하는 아주 지극히 사소한 문제를 지수는 떠올렸다.

그런데,

"저, 사장님."

"왜? 무슨 일인데 그래?"

"저, 티아라를……."

지수는 운전대를 획 꺾으며 다시 호텔 주차장 안으로 차를 돌렸다.

"티아라가 왜!"

"아까 제가 신부 대기실에서 신부님한테 받아서 케이스에 넣은 것까지는 기억이 나는데…… 그걸 제가 챙긴 것까지는…… 기억이 잘……."

리나가 울먹이며 말을 더듬더듬 이어 갔다. 지수는 순간 현기증이 이는 것만 같아서 핸들을 꽉 움켜잡았다.

"너, 그게 얼마짜린지 알아?"

사리문 어금니 사이로 잔뜩 억눌린 목소리가 지수에게서 음산하게 흘러나왔다.

"제가 얼른 들어가서 찾아볼게요!"

지수의 차가 호텔 메인동 앞에 멈춰 서기도 전에 리나가 조수석 문을 열고 튀어 나갔다.

"진짜 내가 오늘 그놈의 생크림만 안 뒤집어썼어도……."

지수는 발레파킹을 맡기고 리나가 뛰어 들어간 그랜드볼룸 신부 대기실 안으로 향했다.

호화스러웠던 생화 장식이 사라진 신부 대기실 안, 리나가 덩그러니 서서 울먹거렸다.

"사장님……."

지수는 마른세수하며 머리를 쓸어 넘겼다. 오늘 일진이 사나워도 이렇게 사나울 수가 있나? 하늘이 나를 버린 건가? 입술이 바짝 타들어 갔다.

"사장님, 저희 분실 보험 같은 거 가입되어 있죠? 그렇죠? 이거 보험으로 커버할 수 있는 거죠?"

앵앵거리는 목소리를 듣고 있으려니 머릿속이 더 울리는 것만 같았다.

지수는 아까 그 호텔 I 오닝 컴퍼니의 대표라는 남자가 했던 손짓을 그대로 따라 했다. 이제 그만하라는 듯이 오른손을 척 들어 보이자, 이번에는 리나가 딸꾹질을 시작했다.

"하아, 리나야."

지수는 한숨을 몰아쉬며 리나의 이름을 불렀다.

"그쵸? 보험 되는 거죠?"

리나가 그렁그렁한 눈을 한 채 희망 어린 목소리로 되물었다. 아무래도 리나는 지금 정신을 반쯤 놓은 상태인 듯싶었다.

"보험사에 연락해 봐."

"보, 보험사요? 보험사 전화번호가 뭐였더라……. 우리 삼송이었나, 흔대였나……. 그게 손해보험사가 어디였더라."

생전 횡설수설하는 법이 없는 리나였는데, 티아라 분실에 대한 충격이 컸는지 우왕좌왕했다.

"하아, 리나야."

지수는 한숨을 내뱉으며 물에 젖은 생쥐처럼 바들바들 떨고 있는 지수를 바라봤다.

"네, 사장님."

"가서 생수 한 병만 사 와."

"네!"

생수 한 병 사 오라고 했더니 마치 우물이라도 팔 기세로 리나가 위풍도 당당하게 신부 대기실을 나섰다.

리나가 자리를 비운 사이, 지수는 강 지배인에게 전화로 도움을 요청하고 보험회사에 전화를 걸었다.

강 지배인은 자신이 먼저 CCTV 확인을 한 뒤에 알려 줄 테니 기다리라는 말을, 보험회사 역시 손해사정관이 전화를 줄 테니 기다리라는 말을 했다.

10분여를 기다린 결과, 돌아온 답은 처참했다.

강 지배인은 결혼식이 진행되는 동안 신부의 프라이버시를 위해 당시 CCTV를 잠시 껐다는 말을 했다. 재벌은 호텔 보안에도 손을 댈 수 있나 보구나, 지수는 씁쓸한 마음으로 보험회사의 연락을 기다렸다.

하지만 되돌아온 보험회사의 대답 역시 처참했다.

최대 보상 범위 2억.

국보급 티아라를 구해 오라는 신부의 명으로 어렵게 빌려 온 다이아몬드 티아라는 무려 7억.

7억 빼기 2억은?

갑자기 7 빼기 2가 되지 않는 지경에 이르렀다. 사고가 멈췄다는 뜻이다.

"사장님."

리나가 생수 한 병을 들고 와서 지수에게 내밀었다.

그래, 냉수 마시고 속이라도 차려 보자. 그럼 7억 빼기 2억이 0원이 되는 기적이라도 일어나지 않을까?

500ml 생수병 반을 비워 갈 쯤이 되자 머릿속이 홧홧거렸다.

5억을 어디서 구해?

강남의 작은 오피스텔에서 시작해서 이제 막 사무실을 옮긴 참이었다.

열심히 벌어서 새 사무실 얻을 때 보증금 대출받은 것도 갚아야 했고, 동생 윤수의 병원비도 대야 했다.

그런데…….

지수는 빈 생수병을 와그작 구겼다. 리나가 화들짝 놀라 어깨를 흠칫 떨었다.

"가자."

"네, 어디요?"

"일단 경찰에 신고부터 하고."

"그리고요?"

상황 판단이 빠른 지수였다. 실리 추구가 인생 목적이나 다름없는 그녀였다. 손해 볼 장사는 접는 게 나았고, 기회가 왔을 때 잡아야 했다.

"일단 사무실 가 있어."

58

"그럼, 사장님은······."

지수는 비장한 얼굴로 리나를 등지며 휴대전화를 움켜쥐고는 신부 대기실을 나섰다.

전화를 걸자 신호가 채 한 번도 울리기 전에 나직한 목소리가 들려왔다.

– 네.

심장이 쿵쿵 울렸다. 지수의 얼굴은 곧 전장으로 뛰어들기라도 할 것처럼 비장하고, 엄숙했다.

"안녕하세요? 연우석 대표님. 아까 인사드렸던 이지수라고 합니다. 잠시 제가 찾아뵈어도 될까요?"

얼굴에 어린 비장함과 달리 지수의 목소리는 피 터지는 전장에서 꽃이라도 피울 듯 나긋했다.

– 타워동 2106호.

"네, 알겠습니다. 그곳에서 뵙도록 하겠습니다."

지수는 비장하게 통화를 마쳤다.

'조건은 원하는 만큼 맞춰 줄 테니까, 잘 생각해 보고 연락 줘요.'

연우석 대표는 분명 지수의 스카우트 조건을 이렇게 말했었다.

아주 잠깐 연우석 대표를 보았지만, 그는 굉장히 자기애가 강하고 자존감이 높은 사람처럼 보였다. 한 입 갖고 두말하는 것을 콕 집어내면 자존심 내세우며 발끈할 것 같은 타입이랄까?

재벌가 자제들을 상대로 결혼식 영업을 하다 보니 이제 그 세계 남자들의 성향이 대충은 파악되는 지수였다.

오늘만 벌써 두 번째, 지수는 타워동 2106호로 향했다.

아까 처음 이 방 초인종을 누를 때보다 심장이 더 세차게 두 방망이질 쳤다.

머릿속으로 어떤 말부터 하는 게 좋을지 끊임없이 예행연습을 하며 초인종을 누르려는 순간, 2106호 문이 벌컥 열렸다.

지옥으로 안내하는 사자처럼 홍 실장이 걸어 나왔다.

"역시나, 지금도. 기다리고 계십니다."

입안이 바짝 마르고, 심장이 오그라드는 기분이었다. 미쳤다는 생각이 들면서도 머릿속은 끊임없이 굴러갔다.

연봉으로 5억을 불러? 아니면 5억만 빌려 달라고 할까?

아직 오닝 컴퍼니 대표이사가 바뀌었다는 공고조차 나지 않았다. 임직원을 향한 공식적인 알림은 내일 오전으로 예정되어 있었다.

리노베이션을 거친 뒤 클래식한 트렌디 무드로 바뀐 호텔 안을 살펴보던 중, 우석은 아주 흥미로운 장면을 목도했다.

그랜드볼룸에서 결혼식이 진행되고 있다는 말에 홍 실장의 뒤를 따라 들어간 참이었다.

그런데 웬 여자가 일어나 '이 결혼식 무효야!'란 식의 발언을 서슴지 않더니, 신랑 신부가 서 있는 곳으로 득달같이 뛰어가서는 웨딩플래너의 뺨을 휘갈겼다.

여자의 계속되는 난동에 생크림 케이크까지 뒤집어쓴 웨딩플래너가 샴페인 병에 머리를 맞기 직전, 사태는 일단락되었다.

그리고 웨딩플래너는 아무 일도 없었다는 듯이 자리에서 일어나더니 물티슈로 매무시를 고치고는 결혼식을 마무리 지었다.

우석은 프로페셔널하게 움직이는 그녀의 모습을 가만히 지켜보다가 조용히 입을 뗐다.

"홍 실장."

"네, 대표님."

"저 여자."

우석이 턱짓으로 웨딩플래너를 가리키자 홍 실장이 뜨악한 표정을 지었다.

사실 홍 실장과도 며칠 전에 대면식을 한 뒤 호텔에서 보는 것은 오늘이 처음이었다.

"방 잡을까요?"

홍 실장이 미간을 찌푸리며 심각하게 물어 왔다. 아니 아무리 호텔이어도 그렇지, 어떻게 방 잡을 거냐는 물음이 바로 나오지?

우석은 어이없다는 듯 홍 실장을 향해 눈살을 찌푸렸다.

"아, 그럼."

"연회장 담당 지배인으로 스카우트하죠, 우리가."

잘해야 20대 중후반쯤 되어 보이는 외모였다. 늘씬하고 낭창낭창한 몸으로 생크림 케이크에 내던져졌다가 아무렇지 않다는 듯 털고 일어나는 모습이 무척이나 인상적이었다.

게다가 멀리서도 그녀의 눈동자가 확연히 떨리는 모습이 눈에 들어왔다.

그 돔페리뇽은 제발 건드리지 말라고.

우석은 저도 모르게 옅은 미소를 머금었다. 제 머리통이 깨지게 생겼는데, 돔페리뇽 리미티드 에디션부터 걱정하는 여자인 거다.

오늘 결혼식의 신부는 까다롭기로 소문이 나 있는 여자였다. 선 자리 리스트에서 그 이름을 본 적 있었고, 조부께서 이 처자는 너무 예민하다고 소문이 자자하다는 말씀도 하셨던 것 같다.

재벌가 영애 중에 예민하기로 둘째가라면 서러운 여자의 비위를 맞춰서 결혼식까지 안 잘리고 무사히 온 걸 보면, 웨딩플래너의 수완이 보통이 아니지 싶었다.

원래 돌아가는 일은 못 하는 성격이니까, 불러서 같이 일하자고 했는데 호텔 특채를 마다한 것보다 더 충격적인 건.

"홍 실장."

"네, 대표님."

"저 여자 지금 나를 몰라?"

연우석이라는 남자를 모른다는 사실이었다.

"어떻게 나를 모를 수 있지?"

"아, 대표님. 대표님께서 워낙 한국을 오랫동안 비우셨고, 또, 에."

홍 실장은 곤란한 듯이 말을 이어 갔다.

"그렇다고 나를 몰라?"

우석은 기가 막힌다는 얼굴로 홍 실장을 바라보았다. 홍 실장은 뜨악한 얼굴로 자신이 모시는 상사를 바라볼 뿐이었다.

제아무리 잘난 재벌가 재자(才子)라고 한들 모르는 여자가 좀 있을 수도 있지 않은가? 홍 실장은 대체 이걸 어떻게 수습해야 할지 몰라서 막막한 얼굴로 우석을 바라보았다.

"홍 실장."

"네, 대표님."

"저 여자 어떻게든 우리 호텔에 들어오게 해."

그로부터 정확히 1시간 뒤, 이지수라는 여자가 다시 전화를 걸어왔다.

그리고 지금 연우석의 눈앞에 이지수가 다소곳한 모양새로 앉아 있었다.

"아깐 싫다며?"

우석이 삐딱하게 고개를 기울이며 물었다.

"대표님, 제가 무례를 범해서 기분 언짢으셨나요?"

그녀는 생긋 미소를 머금으며 자신도 그 사실을 매우 안타깝게 여긴다는 듯 아련한 눈빛으로 물었다.

쌍꺼풀 없이 길고 커다란 눈이 웃을 때면 보기 좋은 초승달 모양으로 휘어졌고, 통통하고 하얀 볼 때문인지 짐작되는 나이대보다 훨씬 어리게 보였다.

연한 산홋빛 립스틱을 바른 입술이 다시 한 번 길게 늘어나며 보기 좋은 미소를 머금는가 싶더니,

"저에게 호텔 I에서 일할 기회를 주신다면, 열과 성을 다해서 근무하도록 하겠습니다."

1시간 만에 태도가 돌변했다.

언제는 자기도 사장 소리 듣는다고 큰소리 떵떵 치고 가더니 갑자기 찾아와서 일하게 해 달라고?

사근사근한 눈웃음 뒤에 숨어 있는 여자는 보통내기가 아닌 듯 보였다.

"대신……."

본론이 제법 빨리 나왔다. 우석은 계속해 보라며 왼손을 펼쳐서 허공에서 빙글빙글 돌렸다.

"조건은 원하는 대로 맞춰 주신다고 하셨죠?"

눈웃음을 짓는 여자의 얼굴을 바라보던 우석은 괜히 앉은 자세를 바로 했다.

화려한 얼굴과 글래머러스한 몸매로 육탄 공세를 벌였던 여자들을 셀 수 없이 물리쳤던 우석이었다. 그런데 소녀답기까지 한 눈웃음에 단전 아래가 묵직해지는 것 같았다.

갑작스러운 신체 변화에 기겁한 우석은 얼른 다리 꼰 방향을 뒤틀며 여유를 가장한 미소를 머금었다.

"그래서?"

"제가 여기서 일하는 대신 조건이 있는데요."

"뭔데?"

"저 5억만 빌려주실……래요?"

지수는 마치 눈치 게임을 하듯 우석을 살폈다.

미친 척하고 운을 뗀 참이었다. 모 아니면 도다. 얻는 게 많은 게임에서는 리스크도 큰 법이다.

"그래."

맙소사! 평생 대운이 들었구나!

기적이 일어나고야 말았다. 허탈할 정도로 쉽게 그가 대꾸했다. 하마터면 잘못 들었나 싶어서 귀를 후벼 팔 뻔했다.

그런 지수보다 더 당황한 건 옆에 서 있던 홍 실장이었다. 그는 뜨악한 얼굴로 엉거주춤 서 있다가, 자신의 상사에게 귓속말하려고 했다가, 이내 포기한 듯 몸을 곤추세우며 어쩔 줄을 몰라 했다.

"홍 실장."

"네, 대표님."

당장 5억을 찾아오라고 시키면 대표를 어떻게 말려야 할까 고민하는 듯 안절부절못하는 얼굴로 홍 실장이 대꾸했다.

"나가 있어."

연 대표의 명령에 죽을상을 하고 있던 홍 실장이 결국 방을 나갔다. 방문이 쿵 하고 닫히는 소리가 들려옴과 동시에 심장이 쿵 울렸다.

갑자기 덜컥 겁이 났다. 비서까지 물리고 비밀스럽게 하려는 말이 뭘까 싶어서 지수는 입안이 바짝 마르고, 등에서 식은땀이 줄줄 흐르는 듯했다.

"대신 나도 조건이 있어."

그렇다. 크나큰 이익에는 대가가 따르는 법이다. 아무리 돈이 많다고 한들 조건 없이 5억을 내줄 인간이 있을 리가.

"조건이……."

2106호를 나서서 엘리베이터에 오른 지수는 층수 버튼도 누르지 못하고 실성한 여자처럼 웃음만 흘렸다.

몇 번을 오르락내리락하는 엘리베이터에 멍하니 서 있다가 겨우 정신을 차리고 내린 건, 스튜디오 촬영 때문에 전화를 걸어온 현진 때문이었다.

"어, 현진 선배."

─ 어떻게 된 거야? 왜 안 와?

"어, 나 지금 가. 15분이면 도착해. 선배, 미안."

지수는 머리를 가볍게 흔들어 정신을 차리려 애썼다. 지금 자신이 대체 무슨 말을 듣고 온 건지 미치고 팔짝 뛸 것만 같다.

하지만 당장 계약된 결혼식까지는 진행을 해야만 했기에 지수는 사진작가 현진이 대기 중인 청담동 스튜디오로 향했다.

현진은 안쓰럽다는 표정으로 지수를 다독였다.

"오늘 많이 힘들었다며?"

지수는 그저 고개만 끄덕거렸다. 오늘 있었던 엄청난 일들을 다 헤아리자면 숨이 차다 못해 꽉 막혀 버릴 것만 같았다.

"사장님……."

저도 숨이 막힌 건지, 등 뒤에서 다 죽어 가는 리나의 목소리가 들려왔다.

"해결했어. 죽을상 하지 마."

지수의 지엄한 표정을 마주한 리나는 더는 묻지 못하고 스튜디오 촬영을 진행하러 달려갔다.

"잘 부탁해. 신랑 피부가 좀 검은 편이고, 신부는 하얀 편이라 밸런스 잡기가 좀 어려울 거야."

"걱정 마. 알아서 신부만 무조건 예쁘게 찍어 줄게."

현진은 자신까지 걱정을 얹고 싶지는 않다는 듯 지수를 다독였다. 오래 알고 지낸 대학 선배인 현진의 말에 지수는 하마터면 눈시울을 붉힐 뻔했다.

너무도 유별한 하루를 보낸 탓에, 너무도 흔한 위로가 필요한 하루였다.

현진은 국내에서 내로라하는 사진작가였다. 그런 그가 유일하게 웨딩 작업을 해 줄 때가 있는데, 바로 지수가 담당한 예비부부일 경우였다.

다행히 스튜디오 촬영은 별스러운 일 없이 마무리되었다. 모델은 지수의 고객 리스트에서는 너무도 흔하디흔한 재벌 3세 예비부부였는데 그들이 까다롭게 굴지 않아 준 덕이었다.

"가자, 위로주 살게. 내일 월요일이라 쉬는 날 아냐?"

지수는 웨딩플래너라는 직업의 특성상 주말에는 쉬지 못하고, 월요일 화요일을 번갈아 가며 휴일로 삼았다.

현진이 위로주를 사겠다며 지수를 이끌었다.

"그래, 오늘은 정말 마시고 죽자."

현진이 지수와 리나를 이끌고 향한 곳은 하필 호텔 I 지하에 새로 생긴 바였다.

비밀 클럽처럼 운영되는 그곳은 출입문이 벽과 똑같이 생겨서 모르는 사람은 그냥 지나치는 곳이라 했다. 호텔 VIP들에게만 알음알음 오픈되어 있다는 클럽은 분위기부터 부내가 철철 흘러넘쳤다.

"그래서 그 여자가 네 뺨을 때렸어?"

현진이 스트레이트 잔에 암갈색 액체를 채우며 물었다. 지수는 고개를 끄덕거리며 채워진 잔을 단번에 비워 버렸다.

"천천히 마셔."

"빨리 마시고 가야 해. 윤수 기다릴 거야."

"아버님 계시지 않아?"

"아버지 있어도, 윤수 나 없으면 못 자."

현진은 고개를 한 번 주억거리고는 빈 잔을 다시 채워 주었다.

"저, 사장님. 5억은 어떻게 해결하신 거예요?"

이제껏 눈치를 보던 리나는 지수가 술잔을 열심히 기울이는 틈을 타 물었다.

"이제 나 사장 아니다. 사장이라고 부르지 마."

지수는 자조적인 미소를 머금으며 한숨을 내뱉었다.

"네?"

리나의 동공이 하염없이 흔들렸다.

"호텔 I 전속 플래너로 일하기로 했어."

"네?"

"뭐?"

두 사람이 동시에 얼이 빠진 얼굴을 하고 물었다.

"사장님……. 그게 무슨 말씀이세요?"

쟤는. 이제 사장 아니라니까, 자꾸 사장이라고 불러.

"5억 빌리는 대신에 호텔 I에 취직했다, 왜?"

지수가 혀가 꼬부라지락 말락 한 말투로 대꾸했다.

"무슨 말이야, 5억이라니."

현진이 욱하는 성질을 누르듯 어금니를 사리물며 물었다. 지수는 현진의 얼굴과 안쓰러운 표정을 한 리나의 얼굴을 번갈아 보고는 한숨을 내쉬었다. 그러곤 스트레이트 잔에 담긴 암갈색 액체를 입안으로 털어 넣었다.

"내 직원이 저지른 일도 내 잘못인 거지. 내가 잘못한 거야. 그러니 내가 수습해야지."

지수가 한숨을 폭 내쉬며 천장을 올려다보았다. 새까만 천장에 흐릿한 조명이 빙그르르 돌았다.

"그냥 사장님이 전속 플래너로 일하는 조건이면 된대요? 그 조건에 선뜻 5억을 내준 거예요?"

적당히 술기운이 오른 리나가 호들갑스럽게 물어 댔다. 일이

해결되어서 좋기는 한데 뭔가 마뜩잖다는 표정이다.

"하아. 그래. 조건."

지수는 고개를 내저으며 스트레이트 잔을 채웠다. 출렁이는 술잔이 어지러웠다.

'대신 나도 조건이 있어.'

희미한 미소를 머금은 채로 깊고 검은 눈을 빛내던 남자의 얼굴이 눈앞을 스치는 듯했다.

'조건이 뭔데요?'

뜸을 들이는 그에게 물었다. 그렇게 매혹적인 얼굴을 하고 내걸 조건이 대체 뭐냐고.

'나랑 잤다고 해.'

'에?'

잘못 들었나 싶어서 멍청하게 되묻고 말았다.

'호텔에 어떻게 스카우트됐냐고 누가 물으면, 나랑 잤다고 하라고.'

지수는 욕이 튀어나올 것만 같아서 가만히 입술을 깨물었다.

'못 하겠어?'

잘생긴 얼굴이 비스듬히 기울어지는가 싶더니, 사악한 미소를 머금었다. 5억의 대가가 근사한 그의 자태만큼이나 고귀할 거라는 생각은 하지 않았다.

그런데 뭐……?

……그래도, 별수 없다.

'열심히 잤다고 하겠습니다!'

사악한 미소를 머금었던 얼굴이 눈앞에 또다시 아른거렸다.

"이지수 씨, 여기서 뒤풀이하나?"

저녁 내내 이 남자가 했던 말을 떠올리던 지수는 환청을 듣는 거라 생각했다.

"연우석 대표님?"

돌아보니 환청이라 생각했던 목소리의 주인공이 떡하니 서 있었다!

"오늘 자주 보네, 이지수 씨."

우석은 새로 생긴 클럽 분위기를 살피러 내려온 참이었다. 그런데 자신의 흥미를 끄는, 하루 새 낯이 익어 버린 여자가 바 스툴에 걸터앉아 있었다.

"직원들이랑 마지막 뒤풀이?"

우석은 비뚜름한 미소를 지으며 여자를 바라보았다.

얼토당토않은 제안을 해 오기에 그에 걸맞은 대답을 해 줬더니 '열심히 하겠다'는 답변을 내뱉은 여자였다.

어디에 쓰일지 모르겠지만, 5억이 급하긴 급했나 보다. 이 여자의 뭘 믿고 5억을 빌려줬느냐고 한다면, 글쎄.

우석은 얼굴을 비스듬히 기울이며 미소를 지을 뿐이었다.

"저랑 잠깐 얘기 좀 하시죠?"

그녀가 대뜸 스툴에서 내려서며 우석을 올려다보았다. 스틸레토 힐을 신었는데 머리가 턱 언저리에 오는 걸 보면 키는

165cm가 될까 말까 해 보였다.

"그러든지."

우석이 흔쾌히 응하자, 그녀는 같이 있던 일행 중 유독 우석에게 적개심 어린 시선을 보내고 있는 남자를 향해 말했다.

"선배, 리나 좀 부탁해요."

"넌 어디 가는데?"

"이분이랑 좀 정리해야 할 이야기가 있어서요."

술은 마신 듯했지만, 취한 것처럼 보이지는 않았다. 발음도 명확했고, 걸음걸이도 제법 준수했다.

아직 집무실이 아닌 2106호 객실을 사용 중이었기에, 그녀를 데리고 향한 곳은 당연히 2106호였다.

방에 들어서자마자 그녀는 한숨을 훅 몰아쉬며 소파에 주저앉았다. 뭔가 할 말이 있어서 왔다는 여자가 말도 없이 한숨만 푹푹 쉬어 댔다.

"대표님, 제가요."

그녀는 정말이지 말짱해 보였다. 술에 취한 기색이라고는 전혀 찾아볼 수 없었다.

그런데.

"제가 사실은요."

무슨 심각한 고백을 하려나 싶었다. 술에 취해서 5억이 필요한 이유를 말하려나 보다고 생각했다.

그녀가 천장을 바라보며 한숨을 한 번 내쉬고는 고개를 절레절레 내저었다.

사연이 궁금하기는 했으나 차차 들으면 되지 않나 싶었다. 그리고 그녀의 스카우트 이유에 대해서는 연회장 영업 활성화를 들며 공식적인 인사발령을 내리려고 했다.

알아보니 워낙 평판이 좋은 웨딩플래너였기에 호텔 I에서 모셔 왔다고 해도 다들 수긍할 분위기였다. 그렇게 하루 골려 주고, 열심히 일해서 갚으라는 말을 하려고 했다.

그런데 그녀가 뜸을 들일수록 궁금해서 미쳐 버릴 것만 같았다.

남의 사정을 목숨 걸고 캐낼 만큼 제 인생이 재미없지는 않았다.

오로지 세상은 나를 중심으로 돌아간다. 그렇지 않다면 그렇게 만든다.

그것이 연우석의 모토였다.

태어나 1등을 빼앗겨 본 적도 없었고, 사람들의 이목을 끌고, 항상 그 중심에 있는 건 우석에게 당연한 일이었다.

그렇기에 남에게 딱히 관심을 쏟지 않는 게 습관처럼 굳어 버렸다. 관심은 자신이 받는 것이지, 남에게 주는 것이 아니었다.

그런데 이 여자가 생크림 케이크를 뒤집어쓴 순간부터 희한하게 우석의 관심을 끌었다.

그러니까, 이 여자야. 왜 그러는데. 한숨만 쉬지 말고 말을 해 봐.

우석은 지수의 곁으로 성큼 다가가 앉았다.

"왜 그래? 무슨 일인데 그래? 집이 저당이라도 잡혔어?"

"아뇨. 왕관이…… 왕관이 사라졌어요."

이건 무슨 개풀 뜯어 먹는 소리야?

"왕관이?"

우석은 어이가 없으면서도 그녀가 뭐라고 대꾸할지 궁금해서 재촉하듯 물었다.

그녀는 고개를 끄덕거리며 굉장히 시무룩한 얼굴을 했다.

"괜찮아요. 왕관값은 대표님이 주시는 5억으로 물어 주면 됩니다."

이 여자가 헛소리를 하고 있는 게 맞나 싶을 정도로 발음은 정확했고, 볼은 발그레한 기색도 없이 투명하기만 했다. 붉은 것은 그녀의 오동통하고 작은 입술뿐이었다.

우석의 시선이 살짝 벌어진 입술 사이에 얼마간 머물렀다가 그녀의 눈가로 올라왔다. 그저 입술을 바라봤을 뿐인데, 마치 그녀의 입술을 헤집고 범한 것 같은 착각에 또다시 단전 아래가 묵직해졌다.

미쳤나, 내가?

우석은 엉덩이를 뒤로 물리며 그녀에게서 떨어져 앉았다.

"근데 뭐가 문제인 거야? 왕관은 내가 물어 주면 되는 거라며."

정말 미쳤나 보다. 술이 안 취한 듯 취한 듯, 헛소리를 안 하는 듯 하는 듯 하는 여자한테 장단을 맞춰 주고 있다.

우주는 자신을 중심으로 돌아간다고 생각하는 천하의 연우석이!

그러자 그녀가 배시시 눈웃음을 지으며 우석을 바라보았다. 곱게 휘는 눈가를 바라보는데 심장이 덜컹 내려앉았다.

우석은 흠칫 놀라 왼쪽 가슴을 지그시 눌렀다.

"그래서. 왕관 말고 뭐가 문젠데?"

당황한 나머지 말까지 더듬은 것도 모자라 재촉하는 투로 소리를 지르고 말았다.

"제가요."

대체 왕관 말고 더한 이야기가 나올 게 뭔데?

우석이 답답함에 주먹을 움켜쥐려는 순간, 그녀가 오동통한 입술을 곱게 벌리며 말했다.

"자본 적이……."

"뭐?"

자본, 적이? 자본금? 적?

이해력이 제로에 수렴하는 기분이었다. 여자가 하는 말이 무슨 뜻인지 도통 감을 잡을 수가 없었다.

"자본 적이 없어서……."

"뭐?"

"제가 남자랑 자본 적이 없어서…… 어떻게 잤냐고 물으면 어쩌죠?"

여자가 내뱉은 말에 우석은 그 자리에서 그대로 굳어 버리고 말았다.

생크림 케이크를 뒤집어써 놀라게 하질 않나, 돔페리뇽 병을 집어 던질까 봐 안절부절못하는 간절한 눈빛을 쏘지 않나, 게

다가 지도 사장이니 누구 밑에서는 일 못 한다고 했다가, 갑자기 5억 주면 일한다고 했다가.

그런데, 이제는 뭐 한 적이 없어?

정말이지 하루 사이에 이렇게 신박한 방법으로 우석의 머릿속을 휘저어 놓은 여자는 맹세코 이지수가 처음이었다.

"그래서? 어쩌라고?"

지금, 같이 자자고?

우석은 본능적으로 침을 꿀꺽 삼키고 말았다. 본능에 충실한 목울대가 죄를 지은 것만 같아서 우석은 미간을 찌푸리며 엉덩이를 더 뒤로 물렀다. 몸을 비틀고 앉아 그녀를 바라보고 있는 탓에 등허리에 소파 팔걸이가 닿았다.

육탄전을 해 오는 여자들의 공격 방식은 거의 동일했다. 그런데 이런 식으로 참신하게 덤벼 온 여자는 네가 처음이야! 라고 소리라도 치고 10점 만점에 10점! 이라 점수라도 매겨 주고 싶은 심정이었다.

어찌 되었건, 머릿속을 휘젓고, 심장이 뛰게 만들고, 관심이 쏠리게 했으니까.

천하의 연우석한테서.

와, 이 여자 물건이네?

우석은 지수를 이리저리 뜯어보았다. 도무지 진심이 아니라고는 의심할 수 없을 정도로 그녀의 얼굴은 꽤나 심각했다.

그럼 5억으로 왕관값을 물어 줘야 한다는 것도 진짜야? 너 어디 왕족한테 사기라도 쳤니?

우석은 마치 자기가 더 바보가 되는 것만 같은 기분이 들어서 그렇게 묻고 싶은 것을 꾹 참았다.

"돈이 뭐라고……. 내가 그 왕관 때문에……."

그녀가 신세 한탄을 시작했다. 혹시 미친 여자?

우석은 소파 팔걸이 등을 바싹 붙이며 조심스레 물었다. 이제 더는 이 소파에서 물러날 곳도 없다.

이 여자가 미친 것 같으면 소파를 박차고 일어나는 수밖에.

"그래서 왕관은 잘 해결될 것 같아?"

"네. 대표님이 주신 5억으로 해결하면 된다고 아까 말했잖아요."

안 취한 줄 알았는데, 만취 상태였나 보다. 만취 상태의 여자를 이해하고 상대하려던 자신이 어리석었다는 생각이 든 순간, 우석은 자리를 박차고 일어났다.

"저기요, 대표님."

그녀가 커다란 눈망울을 아련하게 빛내며 우석을 올려다보았다. 물기를 머금은 그녀의 눈동자는 반짝반짝 빛나다 못해 사람을 홀릴 듯 아름다웠다.

미쳤어.

세상에 저만 잘났다 여기며 살아왔다. 그런데 사람 눈동자를 보고 아름답다는 생각이 들었다.

미친 거야? 저런 헛소리를 해 대는 여자를?

미친 건 저 여자가 아니라 자신인 듯해서 우석이 고개를 빠르게 내젓는 순간, 그녀가 폭탄을 내뱉었다.

"앞치기, 뒷치기, 옆치기……. 주로 어떤 걸 좋아하시는지……. 제가 취향이라도 알아야……. 뭔가 열심히 잤다고 말을 할 텐데……."

기가 막힌 나머지 우석은 도로 소파에 주저앉았다. 장난이 심하기는 했지만, 이상한 걸 즐기는 변태는 아니라고 설득해야 할 것 같았다.

"이지수 씨."

"네."

그녀는 초롱초롱한 눈망울을 빛내며 대답했다.

"그거 농담이었어. 이지수 씨가 얼토당토않은 말을 하는 것 같아서, 얼마나 간절한지 시험해 본 거야. 그런 얘기 하고 다닐 필요 없어."

우석은 술 취한 그녀를 설득하듯 자상한 어투로 조곤조곤 설명해 주었다. 정말 돈이 당장 급한 거라면 회사 대출 프로그램을 이용하게 해 줄 생각이었는데…….

그러자 그녀가 싱긋 미소를 머금으며 물었다.

"정말요? 저 그럼 그렇게 열심히 잤다고 말하지 않아도 되는 건가요?"

……낚였다. 안 취했는데 취한 척 연기한 게 분명해 보였다. 천하의 연우석이 그녀의 손바닥 위에서 놀아난 기분이다.

이 여자 수가 좋은 건지 아니면 자신이 미친 건지.

우석은 헛웃음을 내뱉었다.

"대표님, 남자가 한 입 갖고 두말하시면 안 돼요!"

그녀는 오른손 검지를 들어서 허공에 휘휘 저으며 눈을 가늘게 떴다.

귀, 귀여워!

세상에! 눈을 게슴츠레 뜨고 나무라는 얼굴을 마주한 순간, 귀엽다는 생각이 들었다.

진짜 돌았나 봐.

귀엽다는 말은 태어나서 딱 한 번 해 본 적 있다. 옆집에서 키우던 개가 새끼를 낳았을 때.

바글바글했던 새끼 개 떼를 보고 '어우, 징그러워.' 대신, 예의상 '어우, 귀여워.'라고 초등학교 때 딱 한 번 말했던 적이 있었다.

귀엽다는 말은 뭔가, 머릿속에 떠올리는 것 자체로도 낯간지러운 느낌이었다. 그런데 자신을 나무라는 여자의 얼굴을 마주하고 귀엽다는 생각을 하다니!

우석은 이 여자가 자신에게 무슨 이상한 짓이라도 한 건 아닌가 싶어서 눈을 부릅떴다.

"그럼, 대표님. 안녕히 계세요."

소파에 앉은 채로 꾸벅 인사를 하는가 싶더니 여자가 그대로 소파 위로 엎어졌다.

……뭐야, 왜 안 일어나?

우석은 마른침을 꿀꺽 삼키며 슈트 재킷 가슴 부근에 꽂아 두었던 행커치프를 빼 들었다.

노란 실크를 손에 둘둘 만 우석은 조심스레 그녀의 어깨를 툭 건드려 보았다.

"이봐."

대꾸가 없다.

"이봐. 이지수 씨."

그래도 대꾸가 없다.

혹시 여기서 죽은 건가?

우석은 얼른 다가가 그녀의 어깨를 끌어안아 올렸다. 맨 처음 눈에 들어온 건 그새 발그레해진 볼이었다. 그리고 그다음 눈에 들어온 건 짙고 긴 속눈썹, 버선코처럼 봉긋 솟아오른 콧날, 그리고 붉은 입술.

자기 볼일은 다 봤다는 듯 그녀는 퓨즈가 나간 전구처럼 기절해 버렸다.

색색 고른 숨을 내쉬는 입가가 슬쩍 벌어져 있었다. 붉게 보이는 반짝이는 속살 사이에서 달큰한 술 냄새가 느껴졌다.

술도 질색이었다. 그런데 그녀의 입안이 머금었던 술은 세상 그 어떤 감로주보다 달콤할 것 같다는 착각이 일었다.

우석은 눈을 질끈 감은 채 심호흡을 했다. 평생 처음 겪는 상황에 말린 거라며 스스로를 다독여도 보았다.

그러고는 여자의 무릎 뒤로 팔을 넣어 번쩍 안아 들었다. 그러자 여자의 머리가 단단한 가슴에 살포시 안겨 왔다. 매끄럽게 아래로 떨어지는 그녀의 머리카락에서 은은한 꽃향기가 배어났다.

우석은 그대로 침대로 걸어갔다. 푹신한 침대 위에 그녀를 살포시 내려 주었다.

그녀가 붉은 입술을 오물거리며 돌아누웠다. H라인 스커트 사이로 은근히 허벅지가 드러나서, 우석은 얼른 이불을 끌어다 덮어 주었다.

그러고는 곧장 욕실로 향했다. 그 후로 한참 동안 우석은 욕실에서 나올 수가 없었다.

띠리리리리리.

요란하게 울리는 벨소리에 지수는 소스라치게 놀라 눈을 떴다.

여긴 어디? 난 누구?

그녀의 표정은 딱 그러했다. 재킷 안에서 한참 동안 무언가를 찾는가 싶더니 전화를 받는다.

"어, 윤수야!"

윤수? 남자야?

우석은 그녀의 옆에 누운 채로, 앉아서 전화를 받는 그녀를 가만히 지켜보았다.

곱게 빗어서 묶었던 긴 웨이브 머리는 헝클어져 있었고, 잠에서 막 깬 목소리는 약간 쉬어 있었다.

뇌쇄적이기까지 한 그녀의 모습을 우석은 물끄러미 바라보았다.

"미안, 어제 누나 없어서 못 잤지. 누나가 우리 애기 재워 줘야 하는데, 미안, 미안. 얼른 갈게. 우리 잘생긴 윤수 딱 기다려."

그녀는 전화를 끊자마자 튕기듯 침대를 박차고 일어나더니 방 밖으로 사라져 버렸다.

마치 옆에 누워 있던 연우석은 여기에 존재하지 않았다는 듯이, 그렇게 시선 한 번 주지 않고 쌩하니 가 버렸다.

……잘생긴 윤수는 또 어떤 새끼야?

심박동이 잦아들었다. 젖은 솜처럼 몸이 무겁게 가라앉았다. 가슴이 들썩이도록 한숨을 내쉬어 보았지만, 갑갑함이 가시질 않았다.

손을 뻗어 텅 빈 침대를 더듬어 보았다. 방금 전까지 자신의 곁에 누워 있던 여자의 체온이 시트를 데워 놓아 따스했다.

손에는 분명 온기가 느껴지는데, 갑작스러운 그녀의 부재에 차가운 모멸감이 밀려오기 시작했다.

"이 여자가 감히 날."

우석은 으득 소리가 나도록 어금니를 세게 사리물었다. 잔근육이 도드라진 팔이 침대 옆 테이블로 뻗어 나갔다.

신호가 한 번도 채 울리기 전에 휴대전화 너머에서 홍 실장의 목소리가 들려왔다.

– 기침하셨습니까, 대표님!

쩌렁쩌렁 울리는 홍 실장의 대찬 목소리에 우석은 눈살을 찌푸리며 휴대전화를 잠시 떼었다가 다시 귀에 붙였다.

"그 여자."

– 네?

얼른 되물음에 안 그래도 불편한 심기가 뒤틀렸다.

"그 여자, 당장 데려와."

우석은 짧게 읊조린 뒤 전화를 끊어 버렸다.

새 대표를 위해 사무실 정리 작업을 마무리 짓고 있던 홍 실장은 어안이 벙벙해서 통화 종료 문구가 깜빡이는 휴대전화 화면을 바라보았다.

그 여자?

비서실장에게 필요한 건 총천연색 꾀꼬리단풍 같은 화려한 스펙이 아니라, 눈치다.

대표의 입에서 흘러나온 '그 여자'라는 말에 홍 실장의 뇌리에 아리따운 웨딩플래너의 얼굴이 스치고 지나갔다.

어제 방 잡아야 하냐고 물었을 때는 내숭 떨더니.

홍 실장은 혀를 한 번 차고는 사무실을 나섰다. 대표의 목소리는 잠에서 막 깬 듯 잠겨 있었고, 어제 끝까지 대표를 보좌했던 말단 수행원의 보고에 의하면 그는 숙소인 2106호에서 잠이 들었다.

그렇다면 어젯밤 겁도 없이 오너가 일원만 머무는 곳에서 거사를 치렀다는 뜻? 스펙으로 보나, 외모로 보나, 사고 치려는 스케일로 보나 연우석 대표는 역대급인 듯했다.

웨딩플래너의 사무실을 수소문한 홍 실장은 대표보다 먼저 그녀를 만나 보기 위해 호텔을 나섰다.

그런데 호텔을 채 벗어나기도 전에 홍 실장은 어렵지 않게 지수를 발견했다.

"저 여자……!"

대표는 여자 보는 눈도 역대급인 듯했다!

찬물로 샤워를 하고 머리가 쨍할 정도로 차가운 이온음료를
마시고 있는데도 화가 가라앉질 않았다.

비교적 빨리 눈앞에 나타난 홍 실장은 심각한 얼굴을 하고
있었다. 우석은 고갯짓을 한 번 하고는 소파 세트 상석에 앉았
다.

"대표님."

홍 실장의 미간이 무너지듯 구겨졌다. 무슨 의미심장한 소리
를 하려고 하는지 홍 실장은 창공을 떠받치고 있는 아틀라스라
도 된 듯 무게를 잡았다.

당장 우석의 눈앞에 그 여자를 데려왔어야 하는 게 홍 실장
에게 주어진 임무였는데, 홍 실장은 혼자였다.

우석은 가늠하듯 눈을 가늘게 뜨고 뭐 마려운 강아지마냥 앞
에 서 있는 부하 직원을 바라보았다.

"베토벤 바이올린 소나타 10번 사장조 작품번호 10번에 2악
장."

햇살이 노니는 실내를 채우고 있는 음악의 제목이었다.

나지막이 울리는 우석의 목소리에 홍 실장은 그저 눈만 깜빡
거렸다.

"Adagio Espressivo. 이 곡은 감정을 가지고 천천히 연주해야
한다는 뜻이지."

해박한 실내악 지식을 뽐내려고 하는 게 아니라면.

"홍 실장, 지금 바이올린 잡고 있어?"

유영하듯 허공을 맴돌던 우석의 시선이 홍 실장에게 닿았다. 당장에 바이올린 붙들고 '감정을 가지고 천천히' 연주할 게 아니라면 빨리 불라는 뜻이었다.

"죄송합니다, 대표님."

홍 실장은 굉장히 곤란해 보이는 얼굴을 한 채로 허리를 숙이며 사과의 말부터 전했다.

그사이 연주곡은 차이콥스키 바이올린 협주곡 라장조 35번 3악장으로 바뀌었다.

"Allegro vivacissimo."

우석이 낮게 덧붙였다.

"최대한 빨리."

홍 실장은 저도 모르게 새하얀 드레스셔츠 소맷부리로 이마를 한 번 닦아 냈다.

"대표님."

"왜."

"깊은 사이, 십니까?"

홍 실장의 검은 눈동자가 묘한 빛을 냈다. 우석은 어이가 없다는 듯이 노려보았다.

"내가 보고하랬지, 질문하랬어?"

"제 질문에 답을 주셔야 적정한 대답을 드릴 수 있을 것 같습니다."

깊은 사이가 아니면 신경 꺼라? 그 정도로 하찮다는 것인지, 아니면 연우석의 머리를 휘저어 놓을 정도로 충격적인 보고인지.

우석은 홍 실장을 노려보며 대답을 툭 내던졌다.

"깊어졌어. 말해, 알고 있는 대로."

홍 실장의 낯빛이 시시각각 변하더니 지금은 하얗게 질려서 곤란해 죽겠다는 얼굴이다.

"30분 전 호텔 타워동 정문 입구에서 30m가량 떨어진 분수대 앞에서 이지수 씨가 목격되었습니다."

우석은 계속하라는 듯이 고개를 끄덕거렸다.

"그런데……."

"그런데?"

내내 바닥을 향해 있던 홍 실장의 시선이 우석에게로 옮겨 왔다. 두 눈을 똑바로 마주한 홍 실장이 의미심장한 목소리로 덧붙였다.

"혼자가 아니었습니다."

우석은 마치 냉동 인간 가상체험이라도 하는 기분이었다. 멀쩡히 뛰던 심장이 갑자기 딱딱하게 급속 냉각되어 버렸다.

사람이 너무 화가 나면 차갑게 식기도 하나 보다.

"누구랑?"

그 윤수라는 이름을 가진 남자랑?

짧은 시간, 홍 실장이 이지수의 주변 인물까지 조사하기에는 역부족이었을 터, 우석은 바닥을 치고 있는 인내심을 끌어모으며 차분히 물었다.

"대략 20대 초중반으로 보이는 남자분과 함께 있었습니다."

우석은 손에 들고 있던 이온음료 병을 세게 움켜쥐며 우그러뜨렸다.

"사람이 많이 오가는 곳이었음에도 불구하고, 남자분과 이지수 씨는 볼을 맞대고 있었습니다."

뭘 맞대?

현실성이 없어지면 헛웃음이 나오기 마련이다. 우석이 경쾌하게 웃어 젖히자, 홍 실장도 어색하게 입술을 늘리며 미소를 지었다.

"누군지 알아 와."

당연한 수순이었지만, 홍 실장은 완고한 표정을 지으며 고개를 가로저었다.

"대표님, 간절한 마음에서 드리는 직언이니 하해와 같은 마음으로 들어 주십시오. 이지수 씨를 고용하기로 하신 이상 그저 직원으로 대하시는 편이……."

우석이 그만하라는 듯이 오른손을 들어 보였다.

"듣자 하니 홍 실장이 차(茶)에 조예가 깊다지?"

대답을 들으려고 던진 질문은 아니라는 듯이 우석이 빠르게 말을 이어 갔다.

"32년 된 명차를 발견했다고 칩시다, 홍 실장. 애지중지하면서 차를 처음 우려 마실 날을 손꼽아 기다리고 있었는데."

세상에서 가장 대하기 힘든 보스의 유형 중 하나였다. 어디로 튈지 모르는 비유로 사람 똥줄 타게 만드는 타입.

"어디선가 나타난 무뢰한이 처음 우린 차를 먹고 튀었어. 어떻게 할래?"

"쫓아가서 잡아야죠! 물어내라고!"

차를 마시고 튀었다는 우석의 비유에 설득당한 홍 실장은 순간 발끈해서 목소리를 높이며 주먹을 움켜쥐었다.

우석은 의미심장한 미소를 지으며 홍 실장을 바라보았다.

32년 된 명차, 32세 연우석.

처음 우린 차. 먹고 튐.

혹시, 처음? 먹고 튐?

이지수라는 여자가?

말로 다 표현할 수 없는 깨달음의 경지에 오른 홍 실장의 시선이 자연스레 우석의 사타구니로 옮겨졌다.

"홍 실장."

"네, 대표님."

홍 실장이 고개를 푹 숙이며 사뭇 진지하게 대꾸했다.

"나는 차와 같은 복수가 좋아."

"네?"

"오래 두고 우려먹을 생각이야."

우석의 얼굴이 매혹적으로 일그러지는가 싶더니 곧 사악한 미소가 자리했다.

감히 연우석을 먹고 튄 여자, 이지수에 대한 복수의 서막을 알리는 듯 브루크너의 교향곡 4번 로맨틱이 흘러나오고 있었다.

말 그대로 블랙 먼데이다. 월요일이 휴일인 웨딩플래너 지수는 일주일 중 월요일을 가장 사랑했다.

월요일이면 온종일 침대에 누워 잠을 청하던 지수였다. 그런데 오늘만큼은 예외다.

이불을 돌돌 만 채로 방바닥에 누운 지수는 어제 하루 동안 자신에게 일어난 믿지 못할 사건들을 되새김질해 보았다.

"미쳤나 봐!"

지수는 이불 위에서 몸을 거칠게 구르며 소리쳤다.

분명 어제 그 남자를 따라 2106호에 갔던 기억은 난다. 그 방에 가서 그 남자랑 협상했던 것 역시도 기억이 또렷하다. 그런데 머릿속을 가득 메운 살색 향연이 꿈인지, 생신지 분간이 되질 않았다.

어제 술이 과하기는 했다. 극도의 스트레스 상태에 놓였던 탓에 술이 물처럼 들어갔다. 평생에 그런 멋진 놈이랑 호텔 방에 단둘이 있던 적도 없던 거 인정.

아무리 그래도 그렇지. 이제 그 남자가 내 상사인데!

지수는 엎드려 누운 채로 매트리스에 이마를 찧으며 한탄했다.

온갖 고생은 다 하면서도 우아한 삶을 살고자 노력했던 지수였다. 엄마가 사고로 돌아가시고, 윤수가 아프기 시작했을 때도 이렇게 멘탈이 무너지진 않았다.

그런데 노력해서 얻은 것들이 한순간에 사라지고, 엄청난 스캔들에 휘말릴 것 같은 상황에 부닥치니 탈탈 털린 기분이었다.

베개에 코를 박고 있자, 숨이 막혀 왔다.

차라리 죽자! 이지수! 미쳤어! 돌았어, 정말!

신이 지수의 영혼과 멘탈을 갈아 마실지언정, 불쌍한 어린양의 영혼을 거두어 가지는 않을 모양이었는지 때마침 휴대전화가 울렸다.

"어."

– 목소리가 다 죽어 가냐?

휴대전화 너머에서 들려온 목소리는 절친 은경이었다.

"왜?"

– 현진 선배가 너랑 연락 안 된다고, 어제 술 많이 마셨다고 걱정이 많은지 전화 왔잖아. 너 괜찮은지 연락해 보라고.

걱정을 싸매고 사는 현진의 성격상 오늘 아침부터 득달같이 은경에게 전화해서 무슨 일인 건지 캐냈을 게 분명했다.

연예부 사진기자로 일하고 있는 은경과 사진작가인 현진은 그들 나름대로 친분이 있는 관계였다.

"죽겠다."

지수는 한탄하듯 읊조렸다.

– 아직 안 죽었네, 뭐.

"친구야."

– 너 뭐 사고 쳤냐? 현진 선배가 너 어제 완전 상태 안 좋았다던데?

"만약에 말이야."

– 만약에 뭐.

"네가, 너네 사장하고 하룻밤을 보냈어. 근데 기억이 안 나. 어떡할래?"

– 와, 씨! 이거 절교각. 그런 드러운 상상을…….

잠시 잠깐의 침묵이 흘렀다.

– 야, 이지수!

안 그래도 숙취 때문에 어지러워 죽겠는데, 은경이 소리를 빽 질러 댔다.

– 너 어제 혹시!

그래, 그 혹시. 그것 때문에 내가 미치겠는데.

– 술 먹고 현진 선배랑 잤어?

"미쳤냐?"

그런 상상은 더더욱 하고 싶지 않다. 현진은 지수에게 말 그대로 남자 사람 선배였다.

– 그러엄?

은경의 목소리가 요사스럽게 울렸다. 황망한 나머지 덕심이 넘치다 못해 기자가 되어 연예인 뒤를 캐고 다니는 은경에게 너무 큰 떡밥을 던지고 말았다.

"그냥 해 본 말이야."

– 이지수가 왜 그런 말을 했을까아?

은경은 말끝을 길게 늘여 댔다.

– 점심때 봐. 나 오늘 오후에 호텔ㅣ가거든. 거기 기자회견 있어서. 잠깐 커피 한 잔 마실 시간은 있으니까 시체놀이 그만하고 무덤 밖으로 나와.

어디라고라? 지금 내가 누운 자리가 아니라, 거기가 내 무덤이 될 것 같은데?

지수는 한숨을 내쉬며 대꾸했다.

"싫어. 잘 거야."

— 너 안 나오기만 해 봐. 현진 선배한테 너 어제 사고 치고 자숙 중이라고 다 깐다?

은경은 사람 다루는 능력이 탁월하다. 그중 이지수를 다루는 스킬은 타의 추종을 불허한다.

근데 왜 하필 호텔 I인데!

"다른 데서 보면 안 돼?"

— 왜. 너 어제 호텔 I 시크릿 바에서 술 마셨다며? 거기서 일 쳤어?

"아니거든!"

또 낚인 듯하지만, 그렇다고 긍정할 수도 없는 노릇이었다. 정말이지 미치고 팔짝 뛰겠다.

안 그래도 미치겠어. 친구야, 너까지 보태지 말아 줄래?

— 그럼. 나와. 12시. 거기 면세점 건물 테라스에 있는 카페로 와.

은경이 의미심장하게 목소리를 깔며 덧붙였다.

— 할 이야기도 있고.

호텔 본관이 아닌 것에 감사해야 할까? 지수는 울상을 지은 채로 몸을 일으켰다. 아무래도 어제부터 신은 지수를 버린 듯하다.

혼자 밤을 보냈을 윤수 생각에 다급해진 나머지 그에게 수습 비슷한 인사조차 하지 못했다.

어제 정확히 뭘 했는지 기억도 잘 나질 않고, 그게 꿈인지 생신지도 모르는 상황에 마주친다면?

홀로 조용히 사건을 되짚고 정리할 시간이 필요한데, 은경은 나오라고 난리고.

변장을…… 하고 갈까?

단언컨대 살면서 단 한 번도 술을 마시고 인사불성이 되어 필름이 끊겼던 적이 없던 지수였다.

그런데 어떻게 그 남자를 따라가서 필름이 끊길 수가 있냐고! 그것도 그 남자 방에서!

은경과 통화를 마친 지수는 두 손을 깍지 껴서 정수리를 감싸 쥐고는 베개에 파묻었다.

"미쳤어, 진짜!"

호텔을 떠난 뒤로 다행히 남자는 아무런 연락도 해 오지 않았다.

그냥 시시한 원나잇쯤으로 생각하는 거겠지? 그렇게 잘난 남자한테 몸으로 덤비는 여자가 어디 한둘이었겠어? 나는 몸으로 덤비려고 한 건 아니라고!

머릿속을 정리하는 중에 또 다른 자아가 나타나 분탕질을 해 댔다. 넌 들어가, 지금 중요한 건 그게 아니야, 다시 정리를 해 보자면!

그 남자는 이런 경험이 많을지도 몰라!

돌려 보자, 행복회로!

남자는 잘났다. 여자들이 많이 들이댔을 것이다. 고로 이런 경험이 많을 것이다. 어젯밤 일쯤은 대수롭지 않게 여길 거다!

자, 이제 아까 튀어나왔던 자아를 달래 보도록 하자.

단언컨대 살면서 단 한 번도 원나잇이라는 것을 상상해 본 적도 없었다. 그러니 당연히 이런 황망하고, 경황없고, 수습하기 어려운 일은 처음인 거다.

이럴 땐 어떻게 한다?

뻔뻔하게 군다. 아무 일도 아닌 것처럼……?

행복회로를 돌리던 지수의 얼굴이 딱딱하게 굳어 갔다.

"그럼, 너무 쉬워 보이려나?"

혼잣말이 스르륵 흘러나온 순간, 소름이 오스스 돋아났다. 지수는 완강히 고개를 가로저었다.

그렇다면 결론은 단 하나다. 국회 청문회에 등장하는 단골 멘트를 빌려다 쓰기로 하자.

모르겠습니다. 기억이 나질 않습니다!

와! 이건 캡틴 아메리카 오빠가 들고 다니는 별무늬 방패보다 더 방어력이 뛰어난 것 같다!

기억 안 난다고 울어 버리면 네가 어쩔래요?

지수의 얼굴에 사특한 미소가 떠오르기 시작했다. 마침내 행복회로를 완성한 지수는 비교적 산뜻한 마음으로 외출을 준비했다.

줄무늬 면 티셔츠를 입고 무릎께가 찢어진 청바지에 발을 끼워 넣으려는 순간이었다.

"엄마야!"

아직 숙취가 남아 있었는지 몸이 휘청 기울었고, 곱게 모양 내서 찢어진 청바지의 구멍으로 발이 쑥 빠져나갔다.

닭 가슴살처럼 고운 결을 자랑하며 찢어져 있던 청바지 모양이 반원을 그리며 아름답게 망가졌다.

"아……."

뭔가 불길해!

2화 - 철벽 치는 또라이의 근로계약서

면세점 건물 옥상 테라스에 위치한 카페는 중국인 관광객들로 북적였다. 정치적 문제로 한동안 뜸했던 중국인 관광객들이 다시 몰려오고 있다는 말이 실감이 났다.

좋겠네, 연우석 대표는. 면세점 장사도 잘되고.

지수는 빨대로 허니 레모네이드가 담긴 얼음 잔을 휘젓다가 한 모금 쪽 빨아들이고는 조잘조잘 떠들어 대는 관광객들을 구경했다.

"워!"

"아, 씨! 깜짝이야!"

과년한 처자가 아직도 이런 유치한 장난질을 쳐 댄다. 지수는 얼빠진 얼굴로 마주 앉는 은경을 노려보았다.

"뭘 그렇게 놀라, 죄졌냐?"

"죄는 무슨."

자연스레 넘어가야 하는데, 기억이 나지 않을 적부터 친구로 살아온 운명인 은경에게는 뭘 숨길 수가 없다.

은경이 지수를 탈곡기에 넣고 버튼을 누르기 직전이었다. 이제 탈탈 털릴 일만 남았다.

"너 어제 무슨 일 있었지?"

네가 뭐를 털어야 하는지 모르는데, 난들 뭘 털어야 할지 알겠느냐?

시치미를 뚝 떼고 싶었지만, 덕질로 시작해 연예부 기자까지 된 은경은 프로탈곡러였다.

"할 이야기가 뭐야? 빨리 말해. 피곤해."

질문에 질문으로 대답하면 말 돌리기가 쉬워진다.

"말 돌리는 것 봐라?"

단, 티가 너무 나서 문제다.

"너 할 말 있다고 나 불러냈잖아."

이럴 땐 살짝 발끈해 주면 통한다. 미간을 구기며 짜증스러운 목소리를 내자, 이내 은경의 표정이 가라앉는다.

본론을 빨리 꺼내려는 걸 보니 이쪽에서 거절할 가능성이 큰 문제를 두고 안달복달한 눈치다.

"친구야, 우리 회사에서 지금 CIP(Corporate Identity Program, 이미지 및 캠페인 등을 이용한 기업의 정체성 통일화 작업) 진행 중이잖아."

"어, 친구야. 마치 니네 회사 일을 나도 다 알고 있는 것처럼 말하는구나."

지수는 능청스럽게 웃으며 대꾸했다.

"들어 봐. 우리 회사가 소신 있는 통합 언론사로 유명하잖니?"

정권의 끄나풀이라는 둥, 그래서 자기같이 연예계 뒷담화 캐는 기자들한테 대박 이슈 건져서 무마시키려고 혈안이 되어 있다는 둥, 회사에 대한 건설적인 비판을 아끼지 않던 은경이 갑자기 소신 있는 언론사라며 회사를 두둔하고 나섰다.

"그래서?"

예상했던 것과 달리 심각한 이야기가 나오지 않을 것 같아서 지수는 레모네이드를 휘휘 저으며 건성건성 들었다.

"그래서 윤수를 모델로 쓰면 어떨까 해."

잘게 부순 얼음 덩어리가 빨대에 꼈는지 레모네이드가 나오질 않았다. 그리고 기가 막혀서 말도 나오질 않았다.

지수는 멍한 얼굴로 은경을 바라보았다.

"윤수 언제까지 네가 끼고 살래? 좋아질 수 있다며. 그럼 적당히 사회생활 할 수 있게 도와주는 것도 나쁘지 않다고 봐, 나는."

"너 설마 우리 윤수가 어떤 상황인지 잊었어?"

엄마가 돌아가시고 윤수는 나이를 거꾸로 먹기 시작했다. 그러다 지금은 여섯 살의 수준에 머물러 있는 중이다.

그걸 절친인 은경이 모를 리 없었다.

"하지만 스물두 살이고. 여섯 살보다 더 어린 아역 배우도 많지."

또 고집이 센 은경은 한 번 작정을 하면 물러서는 법이 없었다.

"사진은 현진 선배가 찍어 준다고 했어."

잠시 침묵이 흘렀다.

"잘 생각해 봐. 윤수한테 정말 좋으면 좋았지, 나쁜 경험은 아닐 거야."

"허우대 멀쩡한 20대 초반 남자, 세상을 보는 시각은 여섯 살, 순수한 시선으로 관찰하듯 세상을 보는 언론사. 뭐 그런 거야?"

지수의 목소리는 차분했고 말투는 평소와 같았지만, 날이 선 분위기였다.

"아니."

단정하는 말투로 은경이 대꾸했다.

"그냥 말 그대로 모델이야. 유명 인사를 기용할 경우 그 사람의 이미지가 회사 이미지로 비칠 수도 있거든. 그래서 신인 배우나 모델을 찾고 있었어. 일반인도 상관없다고 했고."

은경이 장난스럽게 콧잔등을 찡긋거리며 웃더니 덧붙였다.

"윤수 잘생겼잖아. 친구 남동생 잘생긴 덕 좀 보자."

"순수한 의미에서 그냥 모델로 쓰고 싶다, 이거야? 윤수 배경은 밝히지 않겠다는 거지?"

은경은 절대 다른 의도가 있는 것은 아니라며 고개를 끄덕거렸다.

"생각 좀 해 볼게."

서로의 속옷 치수가 어떻게 변해 왔는지 알 정도로 절친인

은경이 자신의 가족을 이용해 먹을 리는 없는데, 괜히 마음 한 구석이 불편했다.

윤수와 관련된 일에는 본능적으로 신경을 곤두세우게 되는 지수였다.

"그래, 오늘 확답 들을 거라고는 생각 안 했어. 늦어도 내일 저녁까지는 알려 줘. 윤수는 하고 싶대."

"뭐?"

자신과 상의하기 전에 윤수한테 먼저 물었다는 사실에 지수는 아연실색했다.

"언제?"

"너 근데 어제 외박했냐?"

윤수 생각에 마음이 무거워졌던 나머지 방심하고 말았다. 기자답게 허를 찌르는 질문을 던지는 타이밍이 기가 막힌 은경이 었다.

"아니."

반면 프로질문러인 은경과 비교하면 아마추어인 지수는 소스라치게 놀라고 말았다.

"지수야."

은경이 가소롭다는 듯 한쪽 눈을 가늘게 뜨며 지수를 노려보았다.

"너 거짓말할 때 상대방 눈은 보지 마. 아무리 네가 재벌가 혼사 영업으로 갈고닦은 처세술을 가졌대도 동공은 흔들린다?"

이쯤 되면 포기해야 한다. 아니, 애초부터 절친이자 촉 좋은 연예부 기자인 은경을 속이려고 했던 건 불가능한 일인지도 모른다.

"어디서 잤어?"

지수는 테이블 위에 이마를 갖다 대며 대꾸했다.

"여기서."

드디어 털리기 시작했다.

"여기서? 여기 호텔에서?"

나지막한 지수의 목소리에 덩달아 은경의 목소리도 은밀하게 잦아들었다.

"누구랑?"

"친구야, 왜 내가 혼자 잤을 거란 생각은 하지 않는 거니?"

지수는 혼이 나간 사람처럼 고개를 천천히 들어 올리며 음산하게 물었다.

"친구야, 등신같이 이런 호텔에서 왜 혼자 자니?"

"혼자 호텔 패키지를 즐길 수도 있지."

"어, 다른 사람은 그래도 이지수가 그럴 리는 없으니까."

엿장수가 한 번 가위질로 잘라 낸 호박엿같이 단호한 년 같으니!

"내가 누구랑 자는 것도 이상하지 않니?"

지수는 다시 정색하고 되물었다.

"어, 그것도 참 이상해서 내가 묻는 거잖니. 누구랑?"

은경의 눈망울이 그 어느 때보다도 밝게 빛났다. 흥미진진해 죽겠다는 얼굴은 엄청난 스캔들을 목전에 둔 기자의 것이었다.

"은경아."

"왜 이렇게 진지하게 불러?"

"너, 친구인 내가 소중해? 아니면 기자로서의 사명감이 더 중요해?"

설마 은경이 그럴 리 없겠지만, 돌다리도 두들겨 봐야 하고, 믿는 도끼도 점검해 봐야 한다.

호텔 I 대표가 직원이랑 원나잇 했다는 기사가 뜨면 곤란하니 말이다.

"그걸 말이라고 해?"

친구가 더 중요하다는 듯이 굉장히 믿음직한 눈빛으로 발끈하더니.

"너 혹시 연예인이랑 잤냐? 누구? 잘해? 얼마나? 몇 번이나 했어? 어떻게 만났는데! 어제 결혼식 하객이었어?"

갑자기 기자 모드가 발동하고 만다.

"아, 말 안 해."

"내가 설마 나 살자고 친구 팔아먹겠냐? 누군데?"

어제 하루 동안 있었던 일이라기에는 너무나 스펙터클해서 지수는 한참 동안 설명을 해야 했다.

"와, 오진다. 진짜 오져!"

"야, 오진다의 오 자도 꺼내지 마. 내가 어제 5억 구하겠다고 진짜."

"그래서, 우리 친구 5억짜리 원나잇을 하신 건가?"

"아니거든. 했는지 안 했는지 기억 안 난다니까."

지수가 두 손으로 머리를 감싸 쥐며 테이블에 팔꿈치를 기대었다.

"너 내가 준 거 아직도 쓰냐?"

"네가 준 거 뭐?"

은경이 취조하듯 심각한 목소리로 물었다.

"녹음기."

오 마이 갓…….

녹음기라 말하는 은경의 목소리에는 그 어느 때보다 싱그러운 생기가 넘쳐흘렀다.

이랬다가 저랬다가 말 바꾸는 예비 신부들 때문에 애를 먹는다고 했더니, 은경이 그럼 녹음을 하라며 본인이 쓰던 녹음기를 준 적이 있었다.

녹음기 켜고 끄는 게 신경 쓰인다고 했더니, 그냥 항상 녹음기를 켜 놓으면 된다고 했다. 72시간마다 클라우드로 자동 전송된다나 뭐라나.

아무튼, 그 후로 녹음된 내용을 딱히 써먹어 본 기억은 없었는데…….

지수는 핸드백 안에서 만년필 모양 녹음기를 꺼내 들었다.

"그거 들어 보면 되겠네."

그리 말하는 은경의 콧구멍이 먹음직스러운 사냥감을 목전에 둔 하이에나처럼 벌름거리기 시작했다.

"이걸 어떻게 들어!"

"야, 잤는지 안 잤는지 모르는 것보단 낫지. 그래야 어떻게 할지 플랜을 짜지.”

“아냐, 그냥 모르는 척할 거야.”

“야, 그래도 플랜 B는 있어야지.”

은경은 재미있어 죽겠단 얼굴로 지수를 놀려 댔다.

“지수야, 내가 아무리 덕질 하다가 연예인 스캔들 캐고 다니는 기자질 하게 됐다고 해도, 친구 신음 소리는 차마 못 듣겠구나.”

잘 아는 사이일수록 놀리기도 쉬운 법이다. 강단 있는 것 같으면서도 이런 면에서는 소심한 지수를 놀리는 은경의 솜씨에 지수는 눈물이 쏙 빠질 것만 같았다.

“오또카지.”

울먹이며 까만 만년필 형태를 한 요물을 내려다보고 있는데, 웅성거리는 소리가 들려왔다. 테라스 카페에 삼삼오오 모여 앉은 여자들의 시선이 일제히 한곳을 향해 있었다.

지수는 여자들의 시선이 쏠려 있는 등 뒤로 천천히 고개를 돌렸다.

젠장! 돌리지 말았어야 했다!

임원진을 뒤에 세워 놓고, 테라스 카페를 둘러보며 홍 실장의 보고에 귀를 기울이고 있는 이는 연우석 대표였다.

“아, 씨.”

지수가 이맛살을 찌푸리며 욕설을 내뱉었다.

“뭐야? 이지수가 웬일로 욕을 다 해?”

은경은 원체 목소리가 크다. 물론 눈치도 겁나 빠르다. 지수의 안색을 보고 검은 슈트 무리 중에 어젯밤을 함께 보낸 남자가 있다고 생각한 모양이다. 소름 돋게 정확한 년이다.

아직 공식적인 인사 발표 전이었기에 기자인 은경도 연우석 대표의 얼굴은 모르는 듯했다.

마치 거미줄에 걸려서 발버둥을 치고 있는 것처럼 등 뒤가 끈적끈적한 기분이다. 이윽고 등 뒤에서 나직한 목소리가 들려 왔다.

"실례합니다."

짧은 인사에서조차 높은 품위와 격식이 흘러넘치신다. 고민할 새도 없이 지수는 우아하게 자리에서 일어나 자연스레 돌아섰다. 마치 너랑 나 사이에는 아무 일도 없었고, 그래서 전혀 고민하지 않았다는 듯이.

"안녕하세요, 연우석 대표님?"

싱그러운 인사를 건넸더니 그가 웃는다. 분명 예의를 차린 미소인데, 왠지 모르게 께름칙하다!

"안녕하세요, 이지수 씨."

우석의 인사에 지수는 환한 미소를 머금은 채로 우아하게 고갯짓을 했다.

오늘따라 테라스 카페를 비추는 햇빛이 유독 눈이 부셨다. 아니, 마치 태양과 힘겨루기라도 하듯 눈부신 자태를 뽐내고 있는 이 남자 때문에 분위기가 더 고조된 듯하다.

노치 라펠 형태의 남색 핀 스트라이프 슈트에 연하늘색 드레스셔츠와 매치한 붉은 계열의 사선 스트라이프 실크 넥타이,

체스트 포켓에 자리한 하얀색 행커치프까지.

완벽하네.

지수는 한 치의 흐트러짐 없이 완벽한 그의 패션 센스에 감탄한 나머지 박수를 쳐올릴 뻔했다.

예비 신랑들에게 립 서비스를 하는 게 버릇이 된 나머지 허리께까지 올라온 손을 지수는 다소곳이 맞잡았다.

"여기서 뭐 하고 있었습니까?"

그는 만면에 여유로운 미소를 머금은 채로 고개를 비스듬히 기울이며 물었다.

그래, 너 잘생긴 거 인정.

보기 좋은 떡이 먹기도 좋다고…… 아니, 지금 내가 이 남자 먹겠다는 게 아니라…….

이왕이면 과붓집 머슴살이라고…… 아니, 그렇다고 지금 내가 이 잘생긴 남자의 노예가 되겠다는 게 아니라…….

그러니까 같은 값이면 은가락지 낀 손에 맞으랬다고, 어차피 일하면서 껄끄러울 거 잘생긴 놈하고 껄끄러운 게 더 좋지 않겠나 싶은 생각이 들었다.

그렇다. 갑작스레 맞이한 상황 앞에서 지수는 또다시 행복회로를 돌리며 자기 위안을 하고 있었다.

"잠시 친구와 이야기 중이었어요."

"친구분이랑 중요한 이야기 중이셨는데 제가 방해되었군요?"

그는 실례가 되어 미안하다는 안타까운 얼굴로 상냥한 목소리를 내고 있었다.

'감히 네가 날 먹고 튀더니, 내 앞마당에서 멀티 까고 놀고 계셨어요?'

이렇게 들리는 건 기분 탓일까?

"안녕하세요? 팩트체커 기자, 박은경입니다."

시의적절한 타이밍에 끼어드는 기술이 참으로 훌륭한 은경이다.

재벌치고 기자 좋아하는 사람은 없다. 당연히 그도 방어적인 태세를 취할 줄 알았다. 그런데 그는 얼굴에 좀 전보다 더욱 진한 미소를 드리우는가 싶더니.

"반갑습니다. 연우석입니다. 친구분과는 각별한 사이죠."

은경에게 보란 듯이 폭탄을 던졌다. 여유 만만한 그의 소개에 지수의 심장이 콩닥거리기 시작했다.

누군가 하늘에 떠 있는 태양을 등 뒤에 가져다 놓은 듯, 열기가 느껴졌다. 이상한 열기의 정체는 카페 안 여자들의 시선이었다.

삼삼오오 모여 떠들던 테이블들이 조용했다. 그들은 목소리를 죽인 채로 소곤거리며 이쪽을 주시하고 있었다.

그래, 나 같아도 수컷 중의 수컷처럼 보이는 알파 수컷 같은 남자가 나 같은 흔녀한테 알은체하면 이게 무슨 일인가 싶어서 쳐다볼 거다.

"아, 내가 호텔에서 일하게 됐다고 했지? 나 채용해 주신 대표님이셔."

지수의 덧붙임에 그는 기기묘묘한 눈빛을 한 채 야릇한 미소를 머금었다.

위험해, 위험하다! 저 눈빛 홀릴 것 같아!

그저 갑작스레 나타난 남자 때문에 놀라서 심장이 두근거리는 줄 알았다.

어제 그를 처음 봤을 때만 해도 저 먼 곳에 올라앉아 왕좌를 지키고 있는 권력자처럼 보일 뿐이었다.

그런데 대체 기억을 잃은 하룻밤 동안 무슨 일이 있었던 거지? 저 남자의 페로몬이 나에게 대체 무슨 짓을 한 거지?

지수가 떨리는 심장을 가라앉히려 크게 숨을 들이마신 순간이었다. 은경이 슬금슬금 움직이는가 싶더니 테이블 위에 있던 만년필 녹음기를 집어 들었다.

네 이년! 그것을 당장 내려놓지 못할까!

지수는 이글거리는 눈빛으로 은경을 노려보았다. 은경은 대놓고 지수의 시선을 외면한 채로 테라스 카페 안을 살피는 척 연우석 대표를 스캔했다.

저걸 어떻게 낚아채야 하나 고민하며 주먹을 꽉 움켜쥐었다. 자연스레 은경에게 펜 좀 빌리자는 말을 건네려는데, 그가 끼어들었다.

"이지수 씨."

아, 뭐! 지금 그쪽이랑 나랑! 어! 쟤가! 어! 막, 어!

"어제 묵었던 방으로 와."

휘요오옹—

그것은 그가 던진 폭탄에 확인 사살당하는 소리였다.

그는 덜덜 떨리는 지수의 어깨를 두어 번 토닥거리더니 돌아섰다. 홍 실장과 무리가 대기 중인 곳으로 걸어가는 그의 뒷모습은 마치 영화 속 남자 주인공의 슬로모션처럼 의미심장해 보였다.

"대박."

은경이 흥분 어린 목소리로 속삭였다.

"너 어제 저 남자랑, 응? 막, 어?"

"아니라니까!"

지수가 거칠게 부정하자, 은경이 사특한 미소를 머금었다.

"가치가 충분해 보여."

"무슨 가치?"

"친구 신음 소리 견디며 들어 볼 만한 가치."

이런 또라이!

지수는 아연실색한 얼굴로 은경을 노려보았다.

"너 그거 내놔. 안 내놔?"

원체 체급 자체가 다른 두 사람이었다. 낭창한 지수와 달리 은경은 튼튼하고 우람한 통뼈였다.

은경의 가방을 낚아채려 했지만, 허사였다.

"너 그거 듣기만 해 봐."

"야, 우리 평생에 저런 남자랑 엮일 일이 어디 있어? 근데 너는 안 궁금해? 했는지, 안 했는지? 했으면 어떻게 했는지? 저 남자가 요렇게, 저렇게, 그렇게, 응?"

연우석이 다시 등장하기 전까지만 해도 그냥 모른 척 넘어가면 될 일이라고 생각했다. 그리고 어젯밤의 일을 골백번 되짚어 봐도 별다른 감흥이 없었다.

그런데 심장이 뛰기 시작했다. 한 번 뛰기 시작한 심장은 정신을 차리지 못하고 달리는 데 몰두했다.

"어머, 이 계집애 얼굴 빨개진 것 봐? 언니가 듣고 알려 줄까? 요렇게, 저렇게, 그렇게, 어떻게 했나?"

"너 진짜 그거 들으면 죽여 버린다."

지수가 으름장을 놓으며 은경의 가방 쪽으로 다시 손을 뻗었다.

"이지수 씨."

아, 왜 또!

이번에 지수의 이름을 부른 이는 홍 실장이었다. 지수와 은경의 시선이 단번에 홍 실장에게로 향했다.

"안녕하세요, 홍 실장님."

"누구?"

이렇게 눈치 없는 년이 결코 아닌데.

지수는 터져 나오려는 한숨을 집어삼키며 은경을 한 번 노려보았다.

"저 지수 친군데요."

연 대표 앞에서는 프로페셔널한 기자인 척하더니, 이제는 그냥 친구란다. 이 남자는 주인공이 아니라는 걸 알아차린 걸까?

그런데 내내 지수를 향해 있던 홍 실장의 시선이 은경을 향해 가는가 싶더니.

온리 유!

엘비스 프레슬리의 찐득찐득한 목소리를 BGM으로 깔아 주고 싶었다. 내내 건조해서 말라비틀어질 것 같았던 홍 실장의 눈망울이 촉촉하게 빛났다.

"안녕하세요, 은경 씨. 제 소개가 늦었습니다. 호텔 I 오닝 컴퍼니 인경개발 연우석 대표의 비서실을 책임지고 있는 홍종현입니다."

홍 실장이 목소리를 한껏 낮추며 예의를 갖추어 소개를 마치더니 은은한 미소를 짓는다.

항상 연우석 대표를 떠받드는 데 혈안이 되어 있던 남자가 갑자기 수컷미를 뽐낸다. 연 대표보다 못하긴 하지만 홍 실장 미모도 훌륭하기는 하다.

"우리 지수 씨 친구분이시면 앞으로 자주 뵙겠네요."

우리 지수 씨라고라, 자주 본다고라?

갑자기 홍 실장이 세상 친밀한 사람처럼 굴었다. 그에 비해 은경은 눈 하나 꿈쩍하지 않고 미지근하게 대꾸했다.

"뭐, 그럴 수도 있고. 아닐 수도 있고요."

"제 명함입니다. 혹시 호텔에 오실 일이 있으시거든 언제든지."

"이제 제 친구가 호텔 직원인데요. 뭐. 그럼 이만."

마치 찰거머리처럼 붙는 남자를 떼어 버리려고 자리를 빨리 뜨는 척, 은경이 핸드백을 사수하며 일어섰다.

그거 들으면 죽여 버린다는 눈빛으로 지수가 쏘아보자, 은경은 어깨를 으쓱하고는 사라져 버렸다.

아, 홍 실장님아. 님 때문에 지금 무슨 일이 벌어졌는지 아세요?

모른다. 이 님은 지금 모르는 게 분명하다. 그러나 은경이 사라진 길을 황망히 쳐다보고 있던 건, 비단 지수뿐만이 아니었다.

세상 아쉬운 눈빛으로 카페 출입구를 바라보는 홍 실장의 눈망울에는 이미 감당하기 힘든 하트가 뿅뿅 떠올라 있었다.

이런 금사빠가 실제로 존재하는구나.

지수는 입안에서 혀를 끌끌 차며 눈살을 슬쩍 찌푸렸다.

"대표님 기다리시는 거 싫어하신다면서요?"

나지막이 내뱉은 물음에 홍 실장이 대경실색했다.

"아차! 대표님께서 방으로 안내하라고 하셨습니다."

"뭐 그런 수고까지……. 제가 길을 모르는 것도 아니고요."

지수가 그럴 필요 없다는 듯 말하자, 홍 실장의 얼굴이 대번에 심각해졌다. 그는 중차대한 이야기라도 꺼내려는 듯 이맛살을 찌푸리고는 이쪽저쪽을 두리번거리더니 조심스럽게 입을 열었다.

"이제 각별히 모시라는 대표님 말씀이 있었습니다."

했네, 했어.

머릿속에서 폭죽이라도 터진 듯 펑펑 울리는 소리가 들려오는 것 같아서 귀까지 멍해졌다. 아니, 펑펑 소리가 울리는 것은 머릿속이 아니라 심장이었다.

"각별히요?"

지수의 조심스러운 물음에 홍 실장은 단호하게 고개를 끄덕거렸다.

이거 웃어야 하는 거야, 울어야 하는 거야?

잘생긴 호텔 대표와 하룻밤을 보내고 각별한(?) 사이로 인정까지 받은 신데렐라 뺨치는 로맨스의 주인공이 된 거다.

그런데 본능적으로 느껴진다. 이거 뭔가 잘못돼도 단단히 잘못되어 가고 있다!

"저, 그럼 방까지 안전하게 모시겠습니다."

홍 실장이 허리까지 굽히며 깍듯이 인사했다.

"안 그러셔도 돼요. 일 보세요, 홍 실장님."

"이게 제 일입니다."

주군께서 명하신 일을 행하지 않으면, 제 목을 내놓아야 합니다. 아가씨!

중세 로맨스 소설 속의 기사라도 된 양 홍 실장은 비장한 얼굴을 했다. 지수는 하는 수 없이 홍 실장의 뒤를 따랐다.

문제의 2106호, 내가 여길 또 오는구나.

"안에 들어가 계시면, 곧 오실 겁니다."

홍 실장은 마스터키로 방문을 열어 주며 미소 지었다. '각별히' 대하라고 했다더니, 처음 이 방에 왔을 때와는 태도가 사뭇 달랐다.

"그럼, 일 보세요. 홍 실장님."

"네, 먼저 들어가시면 가겠습니다."

이건 뭐 연애하는 사이에 '먼저 들어가.', '아니야, 자기가 먼저 가!' 하며 옥신각신하는 것도 아니고.

"그럼, 제가 먼저 들어가겠습니다."

지수는 간결히 인사를 건네고는 방 안으로 들어섰다. 등 뒤에서 방문이 닫히는 둔탁한 소리가 들려오자, 심장이 쿵 울렸다.

어쩌다가 내가 여기까지 오게 되었나? 하는 생각은 지금으로선 사치다.

이제 앞으로 어떻게 대처해야 할 것인가에 대한 궁극적인 고민을 해야 한다.

각별히라…… 각별한 사이라…….

방 안으로 들어서지도 못하고 문 앞에 서서 이맛살을 찌푸리고 있을 때였다.

"오빠, 벌써 왔어?"

지수는 새끼손가락으로 귀를 후벼 파고 말았다.

잘못 들었나? 혹시 옆방에서 들려온 소린가? 이 호텔 방음이 이렇게 안 좋은가?

하지만 잘못 들은 것도, 옆방에서 들려온 소리도, 호텔 방음이 안 좋은 것도 아니었다.

"어? 누구세요?"

지수를 발견한 여자가 먼저 물었다.

그러는 댁은 누구시죠?

지수는 되묻지 못하고 입만 벙끗거렸다. 일단 이 방에 먼저

도착해 있던 쪽은 저 여자니까. 저 여자로서는 지수 쪽이 이상한 방문자일 수 있는 거다.

와, 이런 식으로 엿을 먹이나?

어이가 없는데 헛웃음조차 지을 수 없었다. 그랬다가는 감히 오너를 건드린 것도 모자라, 오너의 여자 앞에서 치정극을 시작한 꼴이 되어 버리니까.

"안녕하세요, 이지수라고 합니다. 호텔 연회장 소속이고요."

이 호텔에서 일하기로 했으니까, 소개는 이쯤 하면 될 듯했다.

지수의 말이 끝나자마자 시큰둥했던 여자의 얼굴에 화사한 미소가 떠올랐다.

"어머! 우리 결혼식 담당해 주실 분을 오빠가 보내 주셨군요!"

뭐라고라? 우리 결혼식?

지수는 무너지려는 안면 근육을 사수하기 위해 애썼다.

그러니까 정리하자면, 그 육시랄 놈은 결혼할 여자도 있는데, 나랑 어? 막, 어? 그랬단 말이야?

지수는 애써 미소를 머금으며 주먹을 꽉 움켜쥐었다. 그제야 눈앞의 여자의 미모가 눈에 들어왔다.

자연스레 지수를 소파 세트가 놓인 곳으로 안내하는 여자는 상당한 미인이었다.

속쌍꺼풀이 진 눈에 오똑하고 매끈한 콧날, 단아한 인상에 서글서글한 미소가 무척 사랑스러운 여자였다.

이런 여자를 두고, 어? 이 개아들 놈이 나랑 어? 막, 어? 그래 놓고 나한테 결혼식을 맡겨? 이 새끼 어디 갔어?

그때 방문이 열렸다. 위풍도 당당하게 방 안으로 들어온 그는 지수에게 고갯짓을 한 번 까딱하더니, 예비 신부에게 시선을 돌렸다.

"왔어?"

"어, 오빠. 바쁜데 귀찮게 해서 미안."

세상에 이런 천사가 따로 없다. 여자는 환한 미소를 머금은 채로 어깨를 좁히며 사과를 하고 있었다.

저기요, 댁이 미안할 게 뭐가 있나요? 결혼 준비는 같이하는 거지? 여자를 얼마나 잡았으면…….

지수는 탐탁지 않은 시선을 애써 감추며 우석을 흘끗 보았다.

가증스럽도록 젠틀한 모습에 욕지기가 치밀었다. 잘생긴 놈들은 얼굴값 한다더니. 지수는 속으로 혀를 끌끌 찼다.

"결혼 준비는 여기 있는 우리 직원이 도와줄 거야. 이런 유의 결혼식 전문이니까 걱정하지 말고 맡겨."

그는 여자에게 자상한 눈빛을 보내며 다정하게 굴었다. 입가에는 부드러운 미소를 머금고 있었고, 검은 눈동자에는 서글서글한 애정이 담겨 있었다.

세상에, 신부님! 도망칩시다! 저랑 같이 이 방을 박차고 나가는 겁니다!

마음 같아서는 이런 남자랑 절대 결혼하지 말라고 예쁜 언니를 뜯어말리고 싶었다.

그런데 왜 그러느냐고 묻는다면…….

'제가 이 남자랑 어젯밤을 함께 보냈습니다.'

이렇게 진실 된 고백과 함께 심심한 사과의 말을 전해야 하는 걸까?

지수는 '젠틀함이 사람으로 태어나면 바로, 나!'라고 온몸으로 말하고 있는 남자를 무감한 얼굴로 바라보았다.

아무리 재벌가의 결혼식이 사랑 없이 조건 맞춰서 하는 거라지만, 같이 잔 여자한테 결혼식을 맡기는 건 경우가 아니지 않나?

치졸함이 사람으로 태어나면 너다! 이 나쁜 새끼야!

지수가 황당함과 분노를 억누르며 애써 미소 지었다.

"우리 하윤이 결혼식 날까지 오빠한테 웨딩드레스는 보여 주지 말고."

"당연하지."

꼴값을 하고 앉았네.

지수는 부글부글 끓어오르는 화를 삭이느라 자잘하게 숨을 몰아쉬었다.

"이지수 씨."

내내 사랑스러운 눈빛을 하고 있던 그가 미지근한 목소리로 지수의 이름을 불렀다.

와, 씨. 홍 실장도 한 패였어? 언제는 각별하다며?

이 남자한테 깊이 마음을 빼앗겼던 것도 아닌데 가슴이 끓어오른다. 질투와는 다른, 일종의 정의감이랄까? 결혼을 앞둔 남자가 다른 여자와 몸을 가볍게 굴린 것에 대한 경멸? 문제는 그 여자가 나라는 거?

어쩌다 이런 사이에 끼어들었는지 기가 막힐 노릇이었다.

"이지수 씨."

대답이 없자 그가 재차 지수의 이름을 또박또박 불렀다.

"네, 대표님."

"결혼식 잘 부탁해요."

그는 고개를 비스듬히 기울이며 한 번 까딱 움직이고는 빙그레 미소를 머금었다.

"네, 대표님. 최선을 다해 모시겠습니다."

지수 역시 능숙히 훈련된 영업 미소를 머금으며 고개를 한번 까딱 움직이고는 하윤이라는 이름을 가진 여자에게로 시선을 돌렸다.

측은함이 사람으로 태어나면 이 여자일까?

여자 역시 연우석 대표를 바라보는 시선에 애정이 뚝뚝 흘러넘쳤다.

"오빠가 우리 결혼식은 꼭 이지수 씨한테 맡겨야 한다고 하더라고요. 이지수 씨가 정말 일 잘한다고. 어제 여기 연회장 일도 그렇고."

여자는 자신도 그 자리에 있었다며 호들갑을 떨어 댔다.

"그 여자 드레스 D사 신상이죠? 저도 D사 드레스 입고 싶은데."

"뭘 입어도 예쁠 거야."

지랄하고 자빠졌네, 진짜.

더 이상은 못 들어 주겠다. 이제껏 가증스러운 결혼식을 수도 없이 진행해 왔지만, 이 결혼식은 도저히 못 해 먹겠다.

지수의 가슴속이 정의감으로 활활 타올랐다. 하지만 도난당한 7억짜리 티아라와 보험금 2억을 뺀 5억······.

정의를 선택할 것인가, 자본주의의 노예가 될 것인가.

고민은 짧았다.

"신부가 티아라를 써야 남편이 성공한다는 속설이 있다던데. 티아라는 제일 비싼 걸로 씌워 줘요."

티아라를 운운하며 사특한 미소를 짓는 남자의 말에 지수는 어금니를 사리물고는 낮게 읊조렸다.

"저, 죄송하지만······ 이 결혼은······."

'무효야!'가 아니라, '제가 맡지 못하겠습니다!'를 잔 다르크처럼 용감하게 외치려던 순간이었다.

"미안, 내가 좀 늦었지?"

요즘 한창 주가를 올리고 있는 한 영화배우가 방 안으로 들어섰다. 은경이 말했던 기자회견의 주인공이었다.

"일찍 일찍 좀 다녀. 넌 결혼식에도 늦을래?"

"아, 형. 미안."

남자는 우석에게 친근하게 인사를 하고는 여자의 곁에 붙어 앉았다.

"오구오구, 우리 아기 많이 기다렸쪄요?"

유혈이 낭자하는 범죄 영화에서 무시무시한 연쇄살인범으로 나왔던 남자가 제 혀를 자르고 왔나 보다.

"오빠, 왜 이로케 늦게 와쏘. 하유니 많이 기다려쪄요."

지금 이 방에서 흑화되고 있는 것은 비단 지수뿐만이 아니었다. 둘을 지켜보는 우석의 얼굴도 썩어 가기는 마찬가지였다.

"작작 해라. 보는 눈도 있는데."

"두 사람은 결혼식 때까지 비밀 지켜 줄 거잖아."

남자는 당당히 말하며 여자의 볼에 연신 입을 맞춰 댔다. 예비부부 꽁냥질을 하루 이틀 본 것도 아니고 지수는 애써 그곳에 시선을 두지 않으려 노력하며 허공 어딘가로 시선을 묻어 버렸다.

"근데, 아까 뭐라고 하려고 했어?"

대뜸 우석이 질문을 던졌고, 세 사람의 시선이 지수를 향했다.

'이 결혼 제가 못 맡겠습니다, 예비 신부님. 제가 이 남자랑 잤거든요! 그것도 어제, 여기서!'

라고 하려고 했습니다만.

"제가 호텔에 근무하게 되면서 처음 맡는 결혼이라 무척 설레고 떨린다고 말씀드리려고 했습니다. 혹여 제가 너무 긴장한 나머지 누를 끼치게 되지는 않을까 걱정이 앞서서……."

지수는 말끝을 흐리며 고개를 푹 숙였다.

좋았어, 이 정도면 완벽해.

이쯤 되면 긴장한 직원을 향한 격려와 독려가 쏟아져야 하는데, 사위가 쥐 죽은 듯이 조용했다.

지수는 슬며시 고개를 들어 재빨리 세 사람의 얼굴을 살폈다. 그는 무감한 얼굴로 지수를 바라보고 있었고, 예비 신부와 예비 신랑은 어리둥절한 얼굴이었다.

너무 정색했나 싶은 순간, 여자의 부드러운 목소리가 들려왔다.

"듣던 대로네요. 잘 부탁해요. 이지수 씨."

하윤은 은은한 미소를 머금은 채로 믿음직스럽다는 반응을 보였다. 이거다. 보통의 재벌가 자제들 앞에서 지수는 언제나 믿음직스러운 웨딩플래너였다.

"이제 두 사람은 가 봐. 기자들 조심하고."

이 남자는 보통의 재벌가 자제가 아닌 건가? 이 남자랑은 계속 뭔가 꼬인다.

"우리 둘이 여기 조금만 더 있다가 가면 안 돼?"

예비 신부 하윤은 대놓고 자리를 비켜 달라며 눈치를 주고 있었다.

"절. 대. 안. 돼."

그러자 우석이 단호하게 대답하며 고개를 내저었다.

"잠깐만 빌리자. 응, 오빠? 이 방 어차피 오빠 전용도 아니잖아. 우리 일 있을 때 잠깐씩 쓰고 그랬는데."

"이제 내 전용이야."

하윤이 사특한 미소를 머금으며 눈을 가늘게 뜨고는 물었다.

"왜?"

"그럴 일이 있어."

내내 하윤을 향했던 그의 시선이 지수를 향해 왔다. 이건 대놓고 내가 이 여자랑 그럴 일이 있다고 하는 듯한 몹시도 곤란한 분위기였다.

"저, 그럼. 저는 신부님께 따로 연락드리도록 하겠습니다. 실례가 되지 않는다면, 연락처를 알려……."

지수가 먼저 자리를 뜨려고 인사말을 건네고 있는데, 그가 끼어들었다.

"니들 빨리 가 봐."

그가 턱짓으로 문을 가리키며 두 사람을 종용했다. 예비 신랑은 여전히 어리둥절한 얼굴이었고, 예비 신부 하윤은 호기심이 그렁그렁했지만 아쉽게도 그만 퇴장해야겠다며 슬픈 눈망울을 했다.

결국 또 둘이다. 이 망할 2106호에 둘이 남았다. 오늘은 지난번처럼 취한 것도 아니니, 어이없는 사고는 없을 거다!

"윤하윤, 먼 친척이고. 신랑 될 놈은 알지?"

지수가 엉겁결에 고개를 끄덕거렸다.

"집안에서 결사반대했는데, 결국 저러고 결혼하네. 결혼식까지는 비밀 엄수해야 하니까 각별히 신경 좀 써 줘."

그놈의 각별히!

"네, 알겠습니다. 대표님."

"연락처는 홍 실장 통해서 알려 줄 테니까, 그렇게 알고."

"네, 알겠습니다. 대표님."

"자고 갈래?"

"네, 알겠습니다, 대표님."

어, 뭐라고?

기계적으로 대답하던 지수는 혀를 깨물고 죽어 버리고 싶었다.

그가 눈썹을 씰룩거리며 사악한 미소를 머금었다. 히죽거리는 얼굴은 꼬집어 주고 싶을 정도로 얄미운데, 심장은 맥없이 두근거린다.

아, 나 정말 미쳤나 봐!

현실성 없는 대형 사고들이 한꺼번에 밀려오니 사고가 멈춘 거다. 지수는 자신이 내뱉은 말을 정정하려 입을 열었다.

"죄송합니다, 대표님. 제가 잘못 들은 것 같습니다."

"그럼, 다시 물어볼게. 자고 갈래?"

"아니요."

지수는 단호하게 대꾸하며, 고개까지 세차게 내저었다.

"질투했나?"

이렇게 근본 없이 허를 찌르는 질문이라니.

"아니요."

"그럼 왜 부들부들 떨었어?"

"떤 적 없습니다."

그는 두 주먹을 움켜쥐고는 무릎 위에 올려놓고 허리를 꼿꼿이 세운 뒤 물었다.

"아까 이렇게 앉아서 두 주먹 불끈 쥐고 부들부들 떨던데? 잘하면 한 대 치겠더라?"

"아닙니다. 제가 감히 어떻게 대표님을……."

"그럼, 아까 죄송하단 말은 왜 했어? 결혼 엎으려고 했어?"

지수는 속으로 열심히 계산했다. 얄밉게 깐족거리는 놈에게 죽빵을 한 대 날리면 깽값을 얼마나 물어 줘야 할까? 그럼 5억도 날아가겠지?

아아…….

이 남자랑 결혼하는 줄 알고 다소곳이 앉아 있던 사랑스러운 여자를 위해 불태우던 정의감은 온데간데없었다.

지수는 자본주의 노예가 되어 고개를 조아려야만 했다.

"죄송합니다, 대표님. 저는 아까 그 예비 신부님께서 대표님과 결혼하시는 줄 알았습니다. 하여."

"그래서."

지수의 말을 우석이 딱 끊어 버렸다.

"이 개새끼랑 결혼하지 마세요, 하려고 했나?"

"이 남자분과의 결혼은 고려해 보시라는 말씀을 드리려고 했습니다."

"왜?"

이쯤 되면 막가자는 거지요?

"저랑 어젯밤을 함께."

또다시 지수의 말을 우석이 잘라먹었다.

"그러니까, 오늘도 자고 갈래?"

말이 말 같아야 상대를 해 줄 텐데……. 거지 같은 논리로 무한궤도를 돌고자 하는 남자를 향해 지수는 다시금 부처의 미소를 머금었다.

"대표님, 어제는 제가 큰 실수를 한 것 같습니다. 부디 노여움 푸시고."

"나 처음이었는데."

지수는 그 자리에서 굳어 버렸다. '저는 처음이 아니었는데요?'라고 대답하면 큰일 날 것 같은 분위기다.

"어떡할래, 이지수 씨?"

식은땀이 삐질삐질 난다는 상황은 글로만 읽어 봤다. 지수는 옆 이마에서 흐르는 식은땀을 닦지도 못하고 가만히 있었다.

이제껏 동정이었다는, 그래서 어젯밤 인사불성이 된 지수에게 그 동정을 빼앗겼다는 남자에게 대체 어떤 위로를 건네야 할지 감이 잡히질 않았다.

"어떡하실래요. 이지수 씨?"

지수는 미간을 찌푸리며, 두 주먹을 불끈 움켜쥐고는 다짐하듯 말했다.

"절대 소문내지 않겠습니다."

"그게 다야?"

"에?"

그럼 뭘 더……?

"책임을 져야지."

"에?"

"이지수 씨, 이렇게 책임감 없는 사람이었나?"

그 책임감과 지금 당신이 말하는 책임감은 뭔가 본질적으로 다른 것 같다고 말하려는 찰나였다.

"아까 그래서 질투 안 했어, 정말?"

"안 했습니다."

지수는 결단코 그런 일은 없었다며 단호하게 대꾸했다.

"그럼 오늘 자고 갈 생각도 없고?"

"네."

지수가 고개를 끄덕거리자 그가 묘한 미소를 머금었다.

이거 상당히 골 때리는 상황이 되어 버렸다. 하룻밤을 보낸 사장이 자기를 책임지라고 하다니! 그런 건 신데렐라 위치에 있는 제가 하는 거예요, 왕자인 당신이 하는 게 아니라, 이 사람아.

신발 사이즈 말고, 내 전화번호 똑똑히 기억하라고 소리치고 도망쳐도 모자랄 판이지만, '왕자와 결혼해서 행복하게 잘 살았답니다!' 하는 동화 속 주인공은 현실에 존재하지 않는다는 걸 잘 아는 지수였다.

"이지수 씨."

그는 의미심장하게 눈빛을 빛냈다.

"자신 있어?"

앞뒤 잘라먹고 질문하는 데는 정말 수준급이다. 갑자기 인경 개발 임원진들이 불쌍해지려고 한다. 이런 악랄한 대표라니.

"무슨……?"

지수의 되물음에 그가 자신만만한 미소를 지으며 다리를 꼰 방향을 바꾸더니 심각하게 되물었다.

"내가 꼬셔도 안 넘어올 자신."

지수는 가만히 남자의 얼굴을 바라보았다. 못쓰게 잘생긴 얼굴이다. 한숨이 새어 나오려는 것을 가까스로 참아 냈다.

결론부터 말하자면 KO패?

눈치 없이 자꾸만 본능적으로 두근거리는 심장 때문에 지수는 자신이 언젠가는 굴복하게 될지도 모른다고 생각했다.

잘생겼다. 능력 좋다. 배경 든든하다. 게다가 야심까지 대단하고, 상대가 옴짝달싹 못 하게 밀어붙이는 추진력은 등골이 오싹할 정도로 섹시했다.

결론적으로 꼬시면 넘어가 줘야 하는 게 인지상정인 남자다.

하지만 말했다시피, 지수는 저런 완벽한 왕자님과의 운명적 사랑을 바탕으로 한 행복한 결혼은 믿지 않았다.

그리고 자신이 몸담을 곳의 대표와 짜릿한 연애질을 즐길 고단수도 되지 못할뿐더러, 저 남자가 책임진란다고 책임져 줄 만한 시간도 없었다.

"자신 있습니다."

다소 그 자신감이 부족하기는 했지만, 지수는 강단 있는 말투로 대꾸했다.

저 남자에게 넘어갔다 한들, 넘어간 게 아니며, 저 남자에게 빠졌다 한들, 빠진 게 아닌 거다. 사랑 때문에 죽고 못 산다는 로맨티시즘은 지수의 세상엔 없다.

사랑이 밥 먹여 주냐?

그런데 저 남자는 또 밥은 먹여 줄 것 같기도 하고······.

전에 없이 가슴이 갈팡질팡한다. 태어나서 처음 느껴 보는 이상하고 야리야리한 감정에 지수는 어금니를 꾹 깨물었다.

그냥 저 남자 애인으로 살면서 편한 인생을 누려 볼까?

머릿속을 아주 음험한 상상이 지배하기 시작했다.

《재벌가 호텔 오너가 20년 넘게 숨겨 놓은 사실혼 관계의 중년 여인!》

수십 년 후에 여성 잡지 메인타이틀을 거머쥐는 영광을 내가 한번 누려 봐?

지수는 다시는 생각하고 싶지도 않는 불쾌한 상상을 지워 내려 두 주먹을 불끈 움켜쥐었다.

"그럼, 버텨 봐."

그가 검게 빛나는 눈동자로 지수를 깊이 들여다보았다.

마치 지수의 머릿속에 둥둥 떠다니는 생각을 다 읽고 있다는 듯이, 가슴을 풀어 헤치고 쿵쿵 뛰는 심장을 손에 거머쥐고 있다는 듯이.

그의 시선은 날것 그대로의 지수를 들여다보고 있는 것처럼 날카로웠다.

"버티는 동안은 견딜 만할 거야."

그는 은은한 미소를 머금으며 자상한 말투로 나지막이 속삭였다.

"그런데."

긴장감이 고조되었다. 갈증이 이는 듯 목이 탔고, 심장이 울리는 소리가 귓가에서 들리는 듯했다.

그는 뜸을 들이며 지수의 얼굴을 찬찬히 살폈다. 약할수록 강해 보이고 싶은 법이다. 그의 시선에 복잡한 감정이 고스란히 들킬 것만 같아서 지수는 눈을 부릅떴다.

"버티다 넘어오면."

넘어오면?

그는 긴 속눈썹 아래로 그늘이 생기도록 눈을 가라떴다가 이내 그윽한 시선을 지수에게로 옮겨 왔다.

"그땐 안 봐준다."

남자는 목소리, 눈빛, 말투, 표정 하나까지 완벽했다. 그 어떤 철벽녀도 녹이고 남을 만큼 뜨겁고 관능적이었다.

지수는 자신이 당한 일이 아니라는 듯, 마치 제삼자의 입장이 된 것처럼 여기기로 했다. 그러는 편이 심장을 다스리고, 생각을 정리하는 데 도움이 될 것이다.

"네, 대표님. 지켜봐 주십시오."

지수는 자리에서 일어나 허리를 90도로 굽히며 과한 인사를 건넸다.

아, 나도 또라이 같아.

웨딩 영업으로 다진 은은한 미소를 짓고 있는 지수였지만, 속으로는 처참하고도 간절하게 울부짖고 있었다.

저 진짜 이런 이상한 여자 아니거든요? 어젯밤은 정말 실수였으며, 댁의 동정을 앗아 간 것은 심히 죄송스러우나, 저는 결혼 생각이 없는 비혼주의자라고…….

이실직고하고 싶은 마음이 굴뚝같았다. 하지만 종잡을 수 없는 우석의 태도에 지수는 철벽을 세우기로 했다.

"이지수 씨."

"네?"

진중하게 이름을 부르는 목소리에 가슴이 떨렸다. 지수는 떨리는 심장을 가라앉히려 숨을 자잘하게 내뱉었다.

어쩌다가 이렇게 품격 높은 집착남과 얽혀서 사서 고생을 하게 된 걸까?

"내일부터 출근하시고."

"네, 대표님."

"앞으로 우리 자주 봅시다."

지수가 다시 한 번 고개를 숙이려는 찰나 그가 소파 상석에서 일어나 문 쪽으로 걸어 나갔다. 그러니까 여전히 저보다 먼저 자리를 뜨는 꼴은 못 보겠다는 의미인 듯했다.

세상 상전 나셨네!

방금 전까지만 해도 남자의 페로몬 공격에 아주 조금씩 떨리던 가슴속이 뒤틀리기 시작했다.

멋짐과 재수 없음의 경계를 넘나드는 솜씨가 남사당 줄타기 전수자 뺨친다.

그가 떠난 텅 빈 방, 지수는 참고 있던 한숨을 연거푸 내쉬었다. 어쩐지 가슴이 헛헛하다. 남자의 얼굴이 눈앞에 아른거린다.

철벽, 칠 수 있을까?

"누나, 누나!"

현관에 들어서자마자, 한달음에 달려 나온 윤수가 지수를 끌어안고 매달린다.

"은경 누나가 사진 찍자고 했어. 현진이 형이 찍어 준대. 나 멋지게 찍어 준대."

윤수는 신이 나서 폴짝폴짝 뛰었다.

"윤수 뭐라는 거니? 같이 사진 찍기로 했어?"

주방에서 저녁 준비를 하던 아버지가 현관으로 나와 지수를 맞이했다.

"별일 아녜요."

지수는 아버지에게 데면데면 인사를 건네고는 방으로 향했다.

사고로 엄마가 돌아가신 후, 아버지와는 시쳇말로 죽지 못해 같이 사는 사이가 되어 버렸다.

"누나, 오늘은 밤에 어디 안 가지? 나랑 있을 거지?"

윤수의 깊은 눈동자 주위에 말간 물이 차올랐다. 어제 하루 누나가 제 곁에 없었다고 울먹거리는데 가슴이 우글쭈글 오그라드는 기분이었다.

"어, 누나 오늘은 집에서 종일 윤수 괴롭혀 줄 거야."

지수가 윤수의 옆구리를 마구 간질이자 언제 눈물을 글썽였냐는 듯이 윤수가 방긋방긋 웃어 댔다.

윤수가 천진하게 웃을수록, 지수 가슴에 든 멍은 더 시퍼렇게 물들었다.

윤수야, 우리 윤수 언제쯤 돌아올래? 누나가 미워서 아예 안 돌아올 거니?

엄마가 돌아가신 후, 윤수는 한동안 지수에게 말문을 닫았다. 평생 안 보고 살 것처럼 지수를 원망하고 노여워했다.

사십구재를 지낸 다음 날이었다.

'누나, 나 쉬했어.'

빈방에서 혼자 자던 윤수가 울음을 터뜨리며 지수를 찾았다. 윤수 나이 열셋, 지수 나이 열여덟이었다.

사춘기를 지나고 있던 윤수였기에 몽정을 하고 놀란 건가 싶었다. 그런데 윤수가 자던 방 안 가득 지린내가 진동했다.

그때의 충격은 아직도 고스란히 지수의 가슴에 남아 있었다. 엄마가 세상을 떠나기 직전, 화목한 가정이 허울뿐이었다는 것을 알게 되었다.

엎친 데 덮친 일들로 감당하기 힘든 마당에 동생이 이상행동을 보이기 시작했다. 국제중학교 입시를 준비했던 동생이 구구단을 외우지 못했고, 한글도 더듬더듬 읽었다.

충격으로 인한 기억장애, 신경세포 손상으로 인한 장애가 아닌 심리적 요인에 기인한 기억장애이므로 금방 좋아질 수 있을 거라는 게 의사의 판단이었다.

금방? 언제?

그런데 의사의 말과 달리 만 7년의 세월이 지난 지금까지도 윤수의 사회 연령은 6세에 머물러 있는 중이다. 윤수에게 금방은 아직 오지 않은 시간인가 보다.

"누나, 어제 일 많이 했어?"

지수와 나란히 누운 윤수가 지수의 손을 꼭 움켜잡으며 물었다. 밤에 자신이 자는 동안 누나가 또 어디로 가 버릴까 봐 불안한 눈치다.

"응, 어제 누나 일이 많았어."

저도 모르게 한숨이 새어 나왔다.

"오늘은 일 안 해도 돼?"

"응, 누나 오늘은 쉬는 날이잖아."

"누나 있잖아. 은경 누나가 나 사진 찍으면 돈도 준댔다? 그 돈 받으면 누나 돈 안 벌어도 되니까 더 쉬어도 돼!"

윤수가 자신만만한 목소리로 이야기했다.

"오구오구, 우리 윤수 기특하다. 윤수가 돈 벌어서 이제 누나는 좀 쉬어도 되겠네?"

지수가 윤수의 엉덩이를 팡팡 두드리며 웃었다.

"누나, 그러니까 밤새 일하지 마. 알았지?"

윤수가 지수의 동그란 이마에 반듯한 이마를 갖다 대며 눈을 치떴다.

"응, 누나 이제 밤새 일 안 해."

"늦게 오지 마. 윤수 무서워. 알았지?"

"응, 우리 윤수 무섭게 안 할게."

윤수가 어젯밤을 꼬박 새웠다는 외숙모의 말에 스스로가 한심해졌다.

누나가 늦으면 걱정하느라 밥도 못 먹고, 잠도 못 자는 윤수인데…….

지수는 자연스럽게 비혼주의자가 되었다. 이런 동생을 두고 시집가서 산다는 것은 어불성설이었다.

그렇다고 처음부터 지수가 진지한 연애를 회피했다든지, 결혼에 관한 대단히도 부정적인 생각을 갖고 있었던 것은 아니었다. 대학에 들어가서 남들 다 하는 연애도 해 봤고, MT도 가 봤고, 팀 프로젝트를 하느라 밤새우고 들어온 적도 더러 있었다.

그럴 때마다 윤수는 훌쩍이며 날밤을 지새웠고, 급기야는 누나를 찾으러 나가겠다며 새벽에 홀로 사라져서 집안을 발칵 뒤집어 놓기도 했다.

그래서 아버지가 일을 하는 시간에는 지수가, 지수가 일하는 시간에는 아버지가 윤수의 곁을 지켜야만 했다. 그렇게 자연스레 생각과 행동이 굳어졌다.

"윤수야."

"응."

"우리 윤수 돈 벌 수 있어서 좋아?"

"응, 좋아. 무지 좋아. 누나 내가 돈 벌면 이제 누나 일 안 해도 되는 거 맞지? 윤수랑 하루 종일 있을 수 있지?"

"근데 윤수야. 윤수가 돈 벌어도 누나도 벌어야 해. 윤수가 번 돈으로는 아직 부족해서, 누나는 일 계속 해야 해."

윤수가 시무룩해진 듯 입술을 비죽거렸다. 사회 연령이 6세라고는 하지만, 윤수는 요즘 똑똑한 여섯 살 아이들과는 달랐다.

한없이 어리광만 부리고, 더 이상 생각이 자라는 것을 거부한 것처럼 느껴질 때가 더러 있었다. 세상을 이해하고자 하는 마음 자체를 먹지 않는 듯했다. 그게 자신 때문인 것 같아서 지수는 늘 마음이 좋지 않았다.

"대신 늦게 안 들어올게. 쉬는 날은 우리 윤수랑 계속 같이 있을게. 알았지?"

지수가 다짐하듯 말하자, 윤수의 표정이 그제야 평온해졌다.

"졸려, 누나."

"그래. 우리 윤수 자자, 이제."

윤수는 지수의 어깨에 얼굴을 묻고 잠이 들었다.

190cm에 육박하는 큰 키, 몸은 자랐지만 마음은 미성숙한 탓에 혹시나 넘치는 힘을 그른 방향으로 쓸까 싶어 꾸준히 운동을 시킨 덕에 다부진 몸.

모르는 이가 윤수를 본다면 그저 잘생기고 허우대 멀쩡한 20대 초반 남자였다. 그런 외모 썩히지 말라며 은경이 모델 일을 권한 것도 단지 친구 동생이기에 그랬던 것만은 아니었다.

그래, 네가 할 수 있는 일 하면서 살면 좋지.

지수는 애틋한 손길로 윤수의 머리를 쓸어 넘겨 주었다.

머리를 쓰다듬는 손길 때문에 간지러운지 윤수가 미간을 찌푸리며 돌아누웠다.

윤수가 깊게 잠이 든 것을 확인한 지수는 그제야 수면등을 껐다. 어두운 방에서는 잠도 제대로 이루지 못하는 윤수였기에 언제나 잠이 든 후에 불을 꺼야만 했다.

어둠이 내린 방 안, 옆에서 잠든 윤수의 숨소리만이 색색거렸다.

괜한 안도감이 밀려옴과 동시에 눈물이 속절없이 주르륵 흘러내렸다.어둠 속에 몸을 파묻고, 숨죽이고 있다 보면 저도 모르게 눈물이 흘러내릴 때가 있다.

삶이 서러워서.

그래도.

이렇게라도 살 수 있는 게 다행스러워서.

웨딩플래너를 하면서 비교적 윤수와 안정된 생활을 할 수 있었는데, 이제 호텔에 매인 생활을 해야 한다고 생각하니 눈앞이 캄캄했다.

정신이 없던 탓에 확인하지 못한 문자와 카톡이 쌓여 있었다.

리나에게서 티아라 분실 사건과 관련한 경찰 수사가 시작되었다는 문자가 와 있었다. 그놈의 티아라. 이 모든 역사의 시작이라고 볼 수 있다.

한숨을 폭 내쉬는데, 모르는 번호로 문자가 하나 들어온다.

[자나?]

분명 모르는 번호인데, 눈에 익다. 연우석, 그 남자였다.

질척거리는 구남친 빙의도 아니고, 상사 될 양반이 한밤중에 자냐고 물어보면 대체 어떻게 대답을 해야 현명하단 소리를 들을 수 있는 건지 도통 모르겠다.

지수는 짧은 문자메시지를 바라보며 입술을 잘끈 깨물었다. 문자를 씹었다가는 자존심 센 남자 심기를 건드릴 것 같고, 그렇다고 아무렇지 않게 답을 하자니 심히 야심한 시간이고.

최대한 사무적인 말투로 답장을 보내야겠단 생각에 휴대전화 화면을 터치한 순간, 손에 쥐고 있던 휴대전화가 진동했다.

성질도 급하지. 답 없다고 바로 전화를 한다. 지수는 상체를 일으켜 세워 앉으며 발광하는 휴대전화 화면을 물끄러미 내려다보았다.

받아, 말아?

지수는 휴대전화를 내려다보며 잠시 고민했다. 그러다 팔을 내린 순간 마치 영화 속 한 장면처럼 지수의 손에 들려 있던 휴대전화가 이불 위로 주르륵 미끄러지며 화면이 스와이프 되었다.

- 이지수 씨.

잔잔한 어둠이 깊게 내려앉은 방 안, 적막을 뚫고 매력적인 목소리가 낮게 울려 퍼졌다. 통화가 연결되었다는 뜻이다.

아직 이 남자 전화를 아무렇지 않게 받을 마음의 준비를 못

했는데…….

지수는 휴대전화를 멀찍이 떨어뜨리며 심호흡을 한 번 하고는 아무 일도 없었다는 듯이 평범한 목소리를 내기 위해 최선을 다했다.

"네, 대표님."

─ 왜 이렇게 헐떡거려? 사람 설레게.

헐떡거려? 내가?

놀란 탓에 심장이 발칵 뒤집어지고, 손끝이 바들바들 떨렸으며, 순식간에 숨이 가빠진 것도 알아차리지 못했다.

아, 이지수. 아마추어같이 왜 이래?

"아, 제가 운동 중이었거든요."

─ 이 시간에?

심히 의심스럽다는 말투다.

"네! 바쁘다 보니, 이렇게 늦은 시간 말고는 운동할 여유가 없어서요."

설득력이 다소 부족한 변명일수록 짧게 해야 하는데, 갑작스럽게 통화가 연결되는 바람에 당황한 나머지 페이스를 잃고 주절주절 떠들어 댔다.

─ 무슨 운동을 어디서 하는데 이렇게 조용해?

언제는 헐떡거린다고 했다가, 지금은 조용하다고 했다가. 딱히 틀린 지적은 아니어서 지수는 무슨 운동을 했다고 해야 할지 잠시 고민했다.

런지? 스쿼트? 요가? 필라테스?

고민 끝에 깊은 한숨이 흘러나왔다.

"그냥 자려고 누워 있다가 갑자기 전화가 와서 일어났는데, 전화기 떨어뜨리는 바람에 받아져서 놀라서 그랬어요. 됐어요?"

본인 궁금증이 풀릴 때까지 온갖 걸 다 물어볼 것 같아서 지수는 이실직고하고 다음 수순을 기다렸다.

─ 문자엔 왜 답을 안 해?

"답할 시간이나 줬어요?"

─ 줬어. 1분이나.

황송할 만큼 많이도 주셨구나!

"전화 받았으니까 답은 된 거네요. 이제 막 자려고 하던 참이었어요."

─ 이지수 씨.

내내 스토커 같은 질문을 툭툭 던지던 남자가 갑자기 사무적인 말투로 딱딱하게 이름을 부른다.

아니다. 처음부터 이랬나? 내가 여태껏 이 남자의 페로몬 공격에 판단력이 흐려져 있었나?

"네, 대표님."

덩달아 지수의 목소리도 가라앉았다.

─ 물어볼 게 있는데.

그가 고심하듯 말끝을 흐렸다.

오밤중에 전화해서 사무적인 말투로 던지는 질문이라면 시급한 업무적인 사안?

오후에 봤던 그 커플 결혼식과 관련한 이야긴가?

우려했던 상황이 아닌 업무적 연락이었을 가능성에 무게가 실리자, 지수는 어금니를 꾹 깨물었다.

그래, 이 사람은 나에게 동정을 빼앗긴 뒤 책임지라며 분노한 남자이기 이전에 상사다.

그것도 아직 근로계약서에 도장도 찍지 않은 지수가 바라보기엔 몹시도 높은 하늘 같은 대표님.

─그…… 사람은 누구야?

"누나."

나지막이 묻는 소리가 들려옴과 동시에 등 뒤에서 윤수가 부끄러운 듯 속삭였다.

허둥지둥 전화가 끊겨 버렸다.

이 여자가 진짜?

우석은 통화 종료 문구가 깜빡거리는 휴대전화 화면을 신경질적으로 노려보았다.

'그 윤수라는 사람은 누구야?'

오후에 만났을 때 물어보려고 했는데, 만날 때마다 신기하고 놀라운 반응을 보이는 여자 때문에 깜빡 잊고 말았다.

이렇게 늦은 시간에 전화해서 그다지 중요하지도 않은 문제를 물을 만큼 경우 없는 사람도 아닌데, 이상하게 이 여자랑 얽히면 일이 꼬인다.

자느냐 묻는 문자에 답이 없어서 휴대전화 화면을 두드리다가 실수로 전화가 걸렸다.

헐떡이며 전화를 받아서 한마디 했더니, 운동을 한댔다가, 자려는 참이었다고 하더니!

'누나, 나 또 쌀 것 같아요.'

웬 남자의 목소리가 들려옴과 동시에 전화가 끊겨 버렸다.

우석은 커다란 손으로 뒷목덜미를 거칠게 문질렀다. 혈압이 오르는 듯 뒷목이 뻐근했다. 마치 현기증이 이는 것처럼 머리가 어질어질했다.

이 여자 뭐야?

우석은 그간 이지수라는 여자와 얽혔던 일들을 가만히 헤아려 보았다.

대한민국 각 분야에서 이름값 하는 이들의 결혼만 도맡아서 해 온 웨딩플래너를 스카우트하려고 했는데, 5억을 요구해 왔다.

그리고 그날 밤.

그 밤 있었던 일들을 떠올리자 갑자기 단전 아래가 묵직해지는 듯했다. 차가운 머리로 생각을 정리해야 하는데, 격하게 뜨거워지는 하체 때문에 사고에 오류가 생길 것만 같았다.

우석은 자리를 박차고 일어나 욕실로 향했다. 차가운 물줄기 아래 선 우석은 하던 정리를 마저 해 보기로 했다.

5억을 흔쾌히 내주겠다며, 채용했는데…….

감히 먹고 튀어? 그리고 안 넘어올 자신이 있어? 이런데도?

우석의 시선이 저도 모르게 아래로 향했다.

뭐 또 누나, 쌀 것 같아요오?

그 어린놈이 설마 나보다…….

평생 이렇게 약이 오르고, 오기가 생기게 하는 여자는 처음
이다!

5억 요구, 잊지 못할 하룻밤, 감히 연우석한테 안 넘어오겠
다! 호언장담하더니…… 연하의 남자?

사정없이 떨어져 내리는 물줄기 아래서 우석의 눈동자가 초
점 없이 일렁거렸다.

감히 겁도 없이 연우석을 건드리더니, 개차반 취급을 해?

재벌들 결혼식만 골라서 담당하며 그 험한 꼴을 다 감내할
때부터 알아봤어야 했을까. 그저 평판 좋고 일 잘하는 인재인
줄 알았다. 가만히 생각해 보니 그 여자는 뭔가 처음부터 야릇
한 구석이 있었다.

은은한 미소는 우아했고, 복숭앗빛으로 발그레한 두 뺨은 순
수해 보이기까지 했다. 여인의 원숙미와 소녀의 순수함을 동시
에 갖춘 그녀의 목소리는 적당히 듣기 좋은 톤이었고, 상대를
배려하는 말투는 정감 있었다.

이 여자 혹시 크게 한탕 치려는 사기꾼이야?

우석은 오른손으로 왼쪽 가슴을 꾹 눌렀다. 갑작스런 깨달음
탓인지 심장이 급하게 달음질치며 가슴 한쪽이 뻐근했다.

물에 젖어 촉촉한 우석의 얼굴에 사악한 기운이 드리웠다.
협상 테이블에서 고배를 마신 적도 없고, 기 싸움이나 힘겨루

기에서 져 본 적도 없다. 연우석이 두 눈 시퍼렇게 뜨고 있는 한 코를 베어 가기는커녕 코끝도 스치지 못할 거다.

누가 더 크게 사기 칠 수 있나, 한번 해볼까?

근로계약서 작성을 위해 2106호로 오라는 홍 실장의 연락을 받고, 지수는 곧장 호텔로 향했다.

지난밤 잠을 설친 탓에 몸이 천근만근이었다. 지지난밤에는 또 어떻고……

한동안 실수한 적 없는 윤수였는데, 겨우 하룻밤을 혼자 보냈다고 방 안에서 실수를 하고 말았다.

씻기고, 옷 갈아입혀서 재우고, 이불까지 빨아 놓느라 밤을 꼴딱 새웠더니 몸이 허공을 둥둥 떠다니고, 눈에는 가시가 돋아나는 것처럼 따끔따끔했다.

제정신이 아니라는 의미였다. 하루 쉬는 휴일도 제대로 쉬지 못하고, 이틀 밤을 본의 아니게 강행군을 했으니 힘들 만도.

2106호 앞에 선 지수는 정신을 차리려 심호흡을 두어 번 했다. 아침에 연거푸 세 잔을 마신 커피 때문인지 심장이 쿵쿵 울렸다.

잠을 못 자서 피곤하면 평소보다 예민해져서 실수를 하곤 했었다. 지수는 정신 바짝 차리자며 고개를 슬쩍 흔들었다.

떨리는 손끝으로 초인종을 누르자, 안에서 곧바로 인기척이 들려오는가 싶더니 문이 열렸다.

"기다리고 계십니다. 들어오시죠."

홍 실장이 깍듯이 예를 갖추며 지수를 에스코트했다. '각별히' 모셔야 한다는 지령은 아직도 변함이 없나 보다.

응접실 안으로 들어서자, 오렌지빛 아침 햇살이 내리쬐는 테라스 창가에 서 있는 그의 뒷모습이 보였다.

검은색 슈트 재킷 위로 떨어지는 햇살을 받고 선 그는 양손을 주머니에 찔러 넣은 채로 유유히 흐르는 한강을 내려다보고 있었다. 그저 가만히 서 있는 뒷모습일 뿐인데 존재감이 대단했다.

"대표님, 이지수 씨 왔습니다."

"알아. 나가 봐."

평소보다 더욱 긴장을 한 건지 홍 실장이 안절부절못했다. 얼굴은 새하얗게 질리다 못해 푸르죽죽했고, 눈동자는 심하게 떨리고 있었다.

"대표님, 외람된 말씀 드리자면…… 근로계약 건은 좀 진정하신 뒤에 진행하시는 게 어떠실는지요?"

이제껏 설득했는데, 넘어오지 않았다는 듯 홍 실장이 안타까운 얼굴로 지수를 바라보았다.

지수는 입 모양으로 '왜요?' 하고 물었고, 홍 실장은 두 눈을 질끈 감으며 이맛살을 구기고는 고개를 절레절레 내저었다.

창밖을 바라보고 있던 남자의 어깨가 크게 들썩이는 게 눈에 들어왔다. 마치 화를 참고 있는 듯 그는 크게 숨을 들이마셨다가 내쉬었다.

"대표님! 제발 고정하시고! 대표님께서는 지금 발기성 흥분 상태로 이성적인 상황 판단이 어려우실 겁니다."

응?

내내 창밖을 향해 있던 남자가 얼른 뒤를 돌아보았다. 우석의 시선과 지수의 시선이 동시에 홍 실장에게 꽂혔다.

"그러니까 대표님!"

여전히 읍소하는 홍 실장을 향해 우석의 천천히 다가갔다. 마치 맹수가 수세에 몰린 먹잇감을 향해 다가가는 것처럼 섬뜩한 광경이었다.

"홍 실장."

"예, 대표님."

나직한 부름에 홍 실장은 턱을 빳빳이 들어 올리며 대차게 대답했다.

발기성 흥분 상태?

잘생긴 우석의 옆얼굴을 바라보던 지수의 시선이 천천히 그의 바지 앞섶으로 향했다가 다시 위로 올라왔다.

아이, 깜짝이야!

그와 눈이 마주치고 말았다.

"뭘 봐, 이지수 씨?"

우석의 물음에 지수는 최대한 아무렇지 않은 미소를 짓기 위해 노력했다.

"아, 아까 홍 실장님께서……."

146

지수는 얼른 화살을 홍 실장에게로 돌렸다. 지금 저 비서라는 남자는 본인이 무슨 말을 했는지 모르는 눈치다. 긴장해서 푸르죽죽했던 얼굴이 이제는 거무죽죽했다. 혼이 나간 듯 동공이 마구잡이로 흔들렸다.

잠시 지수를 응시하던 우석의 촘촘한 시선이 홍 실장을 향해 갔다.

"홍 실장, 지금 뭐가 문젠지 모르지?"

그의 목소리가 낮게 가라앉았다. 저쪽에서부터 금이 가기 시작한 살얼음판에 서 있는 것처럼 살벌한 상황인데, 입꼬리가 자꾸만 씰룩거렸다.

아, 이거 웃으면 안 되는데.

지수는 최대한 슬픈 생각을 떠올리기 위해 노력했지만, 허사였다. 홍 실장은 본인이 대체 뭘 잘못했느냐며 뻔뻔하게 굴더니만, 무섭게 일렁이는 우석의 눈빛을 마주하고는 어리둥절한 모습이었다.

지수는 안타까움에 침음을 삼켰다. 알려 주지 않으면 절대 깨닫지 못할 것만 같은 홍 실장의 무구한 얼굴을 바라보니 눈물이 앞을 가린다.

"저, 발작성 흥분 상태가 아닐지……."

지수가 고개를 모로 기울이며 조용히 읊조렸다.

그러니까 이 비서 양반아, 지금 근로계약서에 도장도 안 찍은, 그것도 대표 동정 떼먹은 여자 앞에서, 그게 서서 흥분 상태라고 하셨어요.

"허어!"

홍 실장이 갑자기 대경실색했다.

"죄, 죄송합니다. 대표님! 제가 죽을죄를 지었습니다!"

비서를 얼마나 잡으면, 겨우 말실수 한 번으로 이렇게 석고대죄를 하는 겁니까? 그 말실수가 꽤 세긴 했지만 말이다.

지수는 반송장이 되어 서 있는 홍 실장과 환장하겠다는 얼굴을 하고 있는 우석을 번갈아 흘끗거렸다. 지금 이 상황만으로도 충분히 골 때렸으나, 홍 실장이 뭐가 더 있다는 듯 입을 벙긋거렸다.

"뭐야?"

우석의 물음에 홍 실장은 고개를 절레절레 저으며 입만 벙긋거리다가 이내 울상을 짓고는 겨우 목소리를 냈다.

"실은 아침에 회장님께 연락이 왔습니다."

"그래서?"

"대표님께서 이지수 씨와 관련한 일로 다소 흥분하신 것을 보고 그만…….."

그러니까 이 양반이 지금 미수(米壽, 88세)를 바라보는 회장님께 손주 그게 서서 흥분 상태라고 보고를 했다는 건가?

"그만?"

그게 전부가 아닌 것 같다는 듯이 우석이 되물었다. 홍 실장이 겁에 질려 머뭇거렸다.

"제대로, 빨리, 워딩 그대로."

"바, 발기성 흥분 상태로 여직원을 몰아붙이실 것 같다고 말씀드렸습니다!"

홍 실장이 말을 마침과 동시에 문밖이 소란스러워졌다.

방문이 열리는 소리가 들려옴과 동시에 검은 슈트를 차려입은 남자들이 일정한 간격으로 벌어지며 방을 에워쌌다. 족히 스무 명은 될 것 같은 검은 무리들의 등장에 지수는 잠시 주춤했다.

"이쪽으로 와."

우석이 제 등 뒤로 오라며 턱짓했다. 왠지 지금은 시키는 대로 움직이는 게 신상에 좋을 것 같아서 지수는 얼른 그의 뒤에 가서 섰다.

순식간에 주변 공기가 얼어붙었다. 방을 에워싼 남자들의 표정도 한층 더 무섭게 굳어 갔다.

우석의 등에 가려 보이지는 않았지만 누군가 아주 중요한 인물이 이 방에 들어왔다는 것만큼은 짐작할 수 있었다.

"오셨어요?"

감정이 실리지 않은 인사였다. 일말의 반가움도, 노여움도 담기지 않았고, 차갑거나 따스한 온도조차 느껴지지 않는 목소리에 연 회장의 대꾸가 이어졌다.

"바쁜데 왔나 보구나."

감정이 실리지 않기는 연 회장의 목소리도 마찬가지였다. 연 회장의 시선이 우석의 등 뒤를 꿰뚫듯 바라보았다.

"파악해야 할 업무가 많다 보니, 조금 분주합니다."

고까운 투도 아니었고 날이 서 있는 것도 아닌데 뒤에 서서 듣는 사람은 등줄기가 서늘할 정도로 불편했다.

"이제 할아비 은퇴했다고 무시하는 게냐?"

연 회장의 목소리가 좀 전과는 미묘하게 달라졌다. 높은 자리에 오래 있었던 양반답게 목소리에 밴 특유의 중압감은 여전했지만, 손주의 일상에 장난을 거는 듯했다.

"제가 언제."

우석이 그런 게 아니라며 대답하려는데, 연 회장이 말을 낚아채 갔다.

"그럼, 아랫사람 인사는 시켜야지."

착각인지 모르겠지만 그의 어깨가 잘게 떨리는 모습이 지수의 눈에 들어왔다. 눈앞을 가리고 있던 단단한 등이 비켜섰다.

다섯 발자국 정도 떨어진 곳에 연인경 명예 회장이 서 있었다. 나이가 무색하리만큼 정정한 모습의 그는 안광을 빛내며 지수를 응시했다.

"안녕하십니까? 연회장 소속 이지수입니다."

자제들의 결혼을 비즈니스라고 생각하는 재벌가 총수들을 숱하게 보았다. 웨딩플래닝 계약서에 있는 비밀 유지 조항 덕분인지 그들이 결혼에 대해 허심탄회하게 계산하는 모습을 심심찮게 목도했다.

지수는 그들을 대할 때 머금었던 영업 미소를 얼굴에 드리웠다. 호텔 오닝 컴퍼니 대표이사 자리를 꿰찬 손주가 여직원을 후려잡고 있다는 소리를 듣고 달려온 연 회장은 지수를 탐탁지 않게 여길 게 분명했다.

너 따위가 감히 우리 손주한테!

마치 생물학적 종이 다른 것처럼 일반인과 섞이면 불치의 바이러스라도 옮는다고 여기는 게 그들이었다.

지수는 지체 높으신 손주님의 발딱 선 물건이 저를 위협한 적은 없었다는 듯 깨끗한 얼굴을 했다. 적어도 오늘만큼은 말이다.

"반가워요. 이지수 양. 나는 우석이 할아비 됩니다."

어라? 이게 아닌데?

당황한 나머지 곱게 장착한 미소가 흐트러질 뻔했다. 지수의 눈동자가 살짝 떨린 것을 연 회장은 기가 막히게 감지한 듯했다.

"보통."

지수를 향했던 연 회장의 시선이 우석에게로 옮겨 가며 말이 이어졌다.

"사이는 아닌 것 같은데?"

네, 회장님도 보통, 사람은 아닌 것 같습니다만?

이쯤 되면 하찮은 소시민은 나가 보라며 지수를 하대하고 손주보고 정신 차리라며 소리를 버럭 질러야 정상인데, 연 회장이 만면에 미소를 띤 채로 고개를 갸웃거렸다.

저기요, 님. 반박 안 해요?

또 이쯤 되면 '아까 말씀드렸다시피 저희 직원일 뿐입니다.'라는 심심한 반박이 이어져야 하는데.

지수는 더욱 진한 미소를 머금으며 채근하듯 우석을 바라보앴다. 반박거리를 준비해야 할 남자가 그윽한 시선으로 지수를 바라보고 있었다.

마치 되게…… 사랑스럽다는 듯이?

지금 미치셨어요?

지수의 입은 웃고 있었지만, 눈매는 울상으로 변해 갔다. 더 없이 어색한 미소를 짓고 있는데, 연 회장의 자상한 음성이 들려왔다.

"저녁에 시간 괜찮으면 식사라도 함께하지요."

손자에게 이렇게 존대를 하실 리는 없겠지요.

마치 목에 깁스라도 한 것처럼 시선을 옮겨 가는 게 거북스러웠다.

"예?"

지수가 놀라 되묻자, 연 회장은 인자한 미소를 지으며 따스한 시선으로 지수를 응시했다.

연 회장의 말에 그러자며 긍정할 수도, 못 하겠다며 부정할 수도 없어서 우석을 바라보자 그는 따스한 미소를 만면에 띤 채로 눈을 깜빡 감았다가 떴다.

괜찮으니까 대답하라는 듯이?

와……. 이 새ㄲ…… 네가 꼬시는 데 내가 안 넘어간다고 했다고, 너 혹시 너네 할아버지한테 일렀냐?

따지고 보면 지금 이 사달을 만든 사람은 연 회장이 등장한 이후로 동상처럼 굳어 버린 홍 실장이었다.

"하해와 같은 은혜 감사드립니다, 회장님."

지수는 허리를 굽히며 인사를 건넸다. 전혀 수습할 마음이 없어 보이는 우석을 대신해 나선 참이었다.

"홍 실장, 이지수 씨 데리고 그만 나가 봐."

거절 의사를 밝히려는데, 우석이 끼어들었다. 일부러 기다렸네, 이거?

지수가 고개를 들어 올린 순간, 홍 실장이 오른쪽 손바닥을 활짝 펼치며 문 쪽을 가리켰다.

아니, 지금 이대로 물러나면 식사에 동의한 게 되어 버리잖아!

"이지수 씨가 서명해야 하는 계약서에 실수 없도록 하고. 얼른 처리해야 하니까, 서명하면 바로 대표 날인해서 넘겨요."

우석은 갑자기 굉장히 바빠져서 1초라도 쪼개 써야 하는 사람처럼 분주히 손목시계를 확인했다.

"그만 나가서 일들 봐요."

"예, 대표님."

홍 실장은 우석과 연 회장에게 깍듯이 인사를 하고는 지수에게 나가자는 시늉을 했다. 지수도 엉겁결에 연 회장과 우석에게 인사를 건네곤 방을 빠져나왔다.

어안이 벙벙하다 못해 현실성이 없었다.

"저기요. 홍 실장님."

"네, 사모님."

앞서 걷던 홍 실장이 대뜸 돌아서서 허리를 숙이며 대꾸했다.

"네?"

지수가 당황스러운 목소리로 되묻자, 홍 실장이 다 안다는 듯이 미소를 머금으며 대꾸했다.

"제가 좀 눈치가 빠른 편입니다."

너는 좀 눈치가 없는 편 같습니다만?

"그런 거 아니에요."

"그런 거 맞는 거, 압니다."

홍 실장은 자신에게까지 숨길 것 없다는 듯이 친근한 미소를 머금었다.

결론을 먼저 내놓고 덤비는 사람을 설득하는 것은 어리석은 짓이다. 이런 사람을 설득할 방법은 두 가지다. 그보다 강한 권력으로 휘어잡든지, 그게 없으면 무지몽매함을 깨우칠 수 있도록 오랜 시간을 들여 하나하나 가르치든지.

지수의 선택은 후자였다. 그를 후릴 권력 따위 없으니 말이다.

"아까 대표님이 말씀하신 계약서는 뭐예요?"

"아, 이지수 씨 근로계약서를 말씀하신 겁니다. 바로 백오피스 쪽으로 가 보셔야 하니까, 이곳에 서명을 해 주시면 제가 알아서 처리하도록 하겠습니다."

홍 실장은 검은색 결재판을 펼치며 여러 장으로 이루어진 근로계약서를 지수 앞으로 내밀었다.

"여기 서명 부탁드립니다."

첫 장 맨 위에 직원 이지수라 적힌 곳을 짚으며 홍 실장이 채근했다.

"계약 내용은 제가 한번 훑어봐야 할 것 같은데요."

"호텔 I의 표준 근로계약서입니다. 특기할 만한 사항은 없습니다. 연봉계약은 따로 이루어질 예정이니 업무 착수를 위해 이곳에 먼저 서명해 주시면 됩니다."

"네, 서명은 당연히 해야죠."

지수는 미소를 머금으며 홍 실장을 바라보았다. 분명히 아까 이 남자는 심각한 얼굴로 연우석 대표를 뜯어말리려고 했었는데.

지수는 의심 어린 눈초리를 들키지 않으려 환히 웃으며 물었다.

"표준 근로계약서라는 홍 실장님 말씀, 믿어도 되는 거죠?"

"그럼요."

의심스러운 순간은 녹음하는 게 안전하다. 지수는 휴대전화를 집어 들고 보란 듯이 녹음 애플리케이션을 실행했다.

"표준 근로계약서니까, 제가 따로 확인은 하지 않아도 된다는 말씀이시고요. 시간이 촉박한 탓에 제가 읽지 못한 계약서로 인해 문제가 발생할 경우, 홍 실장님께서 책임지시는 거죠?"

홍 실장의 시선이 지수의 손에 들린 휴대전화에 닿았다가 다시 지수에게로 옮겨 왔다.

"네, 제가 책임집니다."

"근데 아까 대표님이 계약서 때문에 좀 그랬다고…… 말리려고 하신 것 같았는데?"

"대표님께서 선뜻 5억을 빌려주신다고 하셔 놓고 표준계약서로 작성하셔서, 제가 대표님을 좀 말렸습니다."

홍 실장은 거액이 걸린 근로계약은 처음이어서 그랬다며 지수에게 새삼 사과의 뜻을 전했다.

"그리고 지금 녹취하신 내용은 저장하신 뒤 저에게도 전송 부탁드립니다."

홍 실장이 이렇게 강경하게 나오는 걸 보면 표준계약서가 맞기는 한가 보다.

지수는 홍 실장이 건넨 펜을 들고 제 이름 옆에 서명을 남겼다. 서명을 마친 지수는 믿음직한 미소의 표본이라도 되는 것처럼 서 있는 홍 실장을 말끄러미 바라보았다.

녹음까지 했으니, 별다를 게 있으면 이 남자가 책임지겠지? 근데 왜 이렇게 께름칙하지?

서명은 함부로 하면 안 된다는 만고불변의 진리를 어긴 지수의 인생이 격변하고 있는 것을 그녀만 몰랐다.

근로계약서에 서명한 지수는 강진필 지배인과 먼저 형식적인 대면식을 했다.

지수를 물심양면으로 도왔던 강진필 지배인은 일전에는 없었던 날카로운 경계의 눈빛으로 지수를 뜯어보았다.

"이지수 대리라고 불러야 합니까, 이제?"

어제까지는 강 지배인에게 절대 갑이었지만, 이제부터는 부하 직원이다.

망할 티아라!

"네, 지배인님. 잘 부탁드립니다."

지수는 은은한 미소를 머금은 채로 고개인사를 건넸다.

"우리 호텔 말고 다른 호텔에서 진행해야 하는 결혼식도 있을 텐데 그건 누가 합니까? 설마 여기 있으면서 다른 호텔 일도 하겠다는 겁니까?"

강 지배인의 말투에 뾰족한 가시가 돋쳐 있었다.

"호텔 I의 업무에 매진할 계획입니다. 그간 호텔 I의 예약 고객이 월등히 많았던 덕분에 타 호텔을 예약하신 기예약 고객이 많지 않고요. 그분들은 저와 함께 일했던 직원이 담당할 예정입니다."

"아, 그 칠칠치 못한 직원? 무려 7억짜리 티아라를 분실했다는?"

그렇게 콕 집어서 말씀해 주니 참으로 고맙습니다, 지배인님.

"이지수 대리가 잠시 자리 비운 틈을 타서 고가의 티아라를 분실했는데, 이제 그만두기까지 했으니 신랑이나 신부 둘 중 하나 잃어버리는 거 아닙니까?"

와, 이 사람 원래 이렇게 꼰대 같았나?

지수는 사람 다시 봐야겠다고 생각했다. 갑일 때는 간이고 쓸개고 다 내줄 것처럼 굴었으면서, 부하 직원 됐다고 태도가 180도 바뀌었다.

"내일 아침을 시작으로 일주일 동안 이곳 그랜드볼룸에서 대표이사 취임 기념 조찬과 차담회가 열릴 예정입니다."

"직원들 근무시간을 고려하여 여러 개 조로 나뉘어 조찬과 차담회가 진행된다는 말씀이시죠?"

처음 맞닥뜨렸던 날, 직접 직원 숙소까지 지수를 찾아온 것을 보면 연우석 대표는 본인이 직접 확인해 보지 않고서는 못 배기는 성격 같았다.

정확하게 짚었다는 듯 강 지배인이 고개를 끄덕거렸다.

"이미 업무 분담이 다 되어 있는 상태에서 이지수 대리가 합류하게 된 거니까, 일주일 동안은 연회장 안의 흐름을 파악하도록 해요. 물론 결혼식 진행하면서 많이 봐 온 곳이겠지만, 그랜드볼룸은 모임의 성질에 따라 변화가 무쌍한 곳이니까."

"알겠습니다, 지배인님."

사업 파트너로 일할 때도 더할 나위 없이 출중한 업무 수행 능력을 갖춘 사람이었다. 갑과 을의 관계에 놓여 있다가, 같은 편에 서서 보니 그간 보이지 않았던 그의 아우라마저 느껴지는 듯했다. 물론 그 아우라에서 꼰대 기질도 옅게 풍겼다.

"대표님께서 이지수 대리는 예식 판촉 담당으로 지정하라고 했으니까, 업무 방식은 차차 정해 가기로 합시다."

그는 짧은 업무 전달을 끝으로 지수를 사무실로 안내했다. 호텔 예식 진행을 위해 자주 들락거린 곳이지만, 백오피스까지 발걸음을 한 것은 처음이었다.

연회 판촉팀원들은 다행히도 모두 안면이 있는 이들이었다.

"인사들 해. 어제 이메일로 간단하게 공지했던 것처럼 앞으로 우리 팀에서 같이 일하게 된 이지수 대리."

강 지배인의 소개에 지수는 특유의 친화력이 배어 있는 미소를 머금으며 인사했다.

"안녕하세요? 이지수입니다. 잘 부탁드립니다."

연회장을 이용하면서 예의 없이 갑질 한 적도 없었을 뿐만 아니라, 중간에서 재벌들의 갑질을 빨아들이는 스펀지 역할을 했던 지수였기에 모두 반기는 분위기였다.

"와, 우리 실적 많이 오르겠어요. 내년도 PS(Profit Sharing, 초과 이익 분배) 기대해도 되겠는데요?"

지수와 같은 대리급 남자 직원이 유쾌한 목소리로 떠들어 댔다.

"반가워요, 이지수 씨. 아니, 이 대리. 이 대리가 우리랑 같은 팀에서 일하게 될 줄은 몰랐네."

강 지배인과 입사 동기지만 승진에서 한 번 고배를 마신 탓에 직급은 그보다 낮은 지배인 한 명이 지수에게 인사를 건넸다.

"이래서 사람 일은 모르는 거라니까. 갑이 내 아래로 들어올 줄 누가 알았겠어?"

그래, 사람 일은 모르는 거다. 그리고 서로 다른 방향에서 마주 보고 있을 때는 보이지 않았던 것들이, 같은 방향에서 한곳을 바라볼 때 보이곤 한다.

강 지배인은 왜 이지수가 이런 선택을 하게 됐는지 강한 의구심을 품고 경계하는 태도에 가까웠다면, 오진환 지배인은 한껏 거들먹거리며 지수의 기분을 상하게 하려고 다분히 노력하는 듯했다.

"오 과장, 1차 조찬회 좌석 배치도 인사팀에서 전달받았습니까?"

의자 등받이에 기대서 고개를 까딱거리며 거드름을 피우는 오 지배인을 부른 건 강 지배인이었다.

"인사팀에서 아직 연락이 없네, 요. 연락해 봐야 하나?"

"늦었으니까, 빨리 진행합시다."

그걸 알면서 아직도 뭉그적거리고 있었느냐 묻는 듯 한심한 눈빛을 숨기려 강 지배인이 애쓰는 모습이 눈에 들어왔다.

자신이 직급은 높지만, 동기인 탓에 함부로 못 하나 싶었다.

"나 담배 하나만 태우고 와서 연락할게요."

오 지배인은 건들거리며 사무실을 나섰고, 강 지배인은 불투명한 유리 부스 안에 자리한 자신의 집무실로 들어가 직접 인사팀에 전화하는 듯했다.

"지수 대리님, 자리는 요기 앉으시면 돼요."

조용조용한 목소리로 지수를 부른 건 팀 막내인 김주은 사원이었다.

"아, 고마워요. 주은 씨."

지수가 자리에 앉자마자 주은이 의자를 돌돌 끌고 와서는 사무실 사람들이 다 들을 정도로 큰 목소리로 설명을 시작했다.

"내선 전화는 여기 IP Phone이고요. 외국 지사도 다섯 자리 숫자만 누르면 바로 연결돼요. 퇴근하실 때 랩톱 가져가시면 집에서도 IP Phone 사용 가능하시고요."

마치 자신에게 주어진 일에 최선을 다한다는 듯 주은은 목소리를 높였다.

"아, 그리고 이건 패스워드 설정인데요."

패스워드 설정이라는 다소 비밀스러운 상황 때문에 주은의 목소리가 잦아드나 싶었다.

"오진환 과장님이 여기 무슨 임원 사위래요. 저희 호텔 전체 금연인데, 저렇게 담배를 뻑뻑 피워 댄다니까요. 본인이 완전 진골 낙하산이면서, 지수 대리님도 분명히 누구 끈 잡고 내려온 거라고 난리였어요."

패스워드를 핑계로, 진환이 자리를 비운 틈을 타 귀띔이라도 해 주고 싶었나 보다.

"아니, 지수 대리님같이 능력 좋으신 분이 우리 호텔에 스카우트될 수도 있는 거지. 안 그래요? 설마 대리님이 뭐, 대표님이라도 꼬셔서 여기 들어왔겠어요?"

아, 그런 게 아니라.

하마터면 진지하게 설명해 줄 뻔했다. 결코 그 남자 꼬셔서 이 호텔 들어온 건 아니라고. 아닌가, 이쯤 되면 그게 맞는 건가?

이제는 당사자조차도 전후 관계가 헷갈리는 지경에 이르렀다. 환장할 노릇이다.

"암튼 오 과장님 조심하세요. 아마 어떻게든 지수 대리님 캐내려고 벼르고 있을걸요? 막 어제는 그러는 거예요. 대표님이 직접 인사에 개입한 정황상……."

그건 또 어떻게 소문이 났을까? 지수의 스카우트부터 시작해서 오 과장의 가정사를 훑고 급기야 호텔 내 가십까지 쉴 새 없이 떠들어 대는 주은에게 적당한 반응을 보이며 경청하는 척하고 있을 때였다.

IP Phone 화면에 깜빡거리며 불이 들어오는가 싶더니 전화기가 청량한 소리를 내며 울어댔다.

[love - 12106]

내선 번호 다섯 숫자가 심란하다. 문제의 2106호를 떠오르게 하는 조합이다. 게다가 love?

"어서 받으세요."

주은이 손짓함과 동시에 지수가 수화기를 집어 들었다.

"네, 이지수입니다."

– 방으로 와.

밑도 끝도 없이 방으로 오라는 남자, 이쯤 되면 전화를 건 인물이 누군지 예상하지 못할 사람은 아마 없을 것이다.

대답할 새도 없이 전화가 끊겨 버렸다. 지수는 당황스러움을 애써 감추며 수화기를 내려놓았다.

"어디예요? 그거 처음 보는 내선 번혼데. love가 누구지? 그 자리에 직원 영문 이름이나, 콘퍼런스룸일 경우 거기 이름이 뜨거든요. 누구지? IT에서 직원 이름 입력할 때 장난쳤나?"

주은이 호기심 어린 눈동자를 반짝반짝 빛내며 지수를 바라보았다.

이 아가씨 궁금한 것도 많고, 말도 많고. 여기서 대표이사가 전화했다고 하면, 오 과장이 떠들었던 말에 방점을 찍어 주는 꼴이 되는 건가?

아니지, 당사자가 정정당당하게 스카우트되었다고 하면 소문을 불식시킬 수도 있는 거였다.

뭐든 당사자가 대응하지 않으면 오해가 커지는 법이다.

"대표님이시네요. 아무래도 제가 서명한 근로계약서 건으로 부르시는 것 같아요."

가십을 떠드는 동안에 반짝반짝 빛나던 주은의 두 눈동자가 이제는 빔이라도 쏠 태세로 과하게 빛났다.

"아, 대표님이 직접 스카우트하셨으니까 그럴 수도 있겠네요."

목 언저리까지 오는 단발머리가 찰랑찰랑하도록 세차게 고개를 끄덕인 주은이 어서 다녀오시라며 생글거렸다. 궁금한 것도 많고, 말도 많고, 가십도 많이 아는 아가씨가 수긍도 빠르다.

지수는 은은한 미소를 한 번 지어 보이고는 사무실을 나섰다. 왠지 거들먹거리는 오 지배인보다 주은이 더 요주의 인물이 될 것 같은 확신이 든다.

2106호 앞에 선 지수는 열심히 초인종을 눌러 댔다. 또 늦었네! 어쩌네! 꼬투리를 잡고 시비를 걸어올까 싶어서 부리나케

달려온 참이었다.

숨을 고르고 있는데, 안에서 아무런 기척도 느껴지지 않는다. 지수는 시계를 한 번 확인하고 초인종을 한 번 더 눌렀다.

대표의 전화를 받고 6분이 지난 시점, 방문은 여전히 굳게 닫힌 상태에서 휴대전화가 울리기 시작했다.

– 왜 안 와?

수화기 너머에서 들려온 목소리는 당연히 연우석 대표였다.

"밖에서 계속 초인종 누르고 있는데, 안 열어 주시고 계신데요."

– 방으로 갔어?

"네, 방으로 오라고 하셨잖아요."

– 이지수 씨가 생각하는 방은 호텔 룸뿐이야?

수화기 너머에서 낮은 웃음소리가 들려왔다. 당연히 2106호에 있을 줄 알았지, 그새 대표이사실로 집무 공간을 옮겨 간 줄은 몰랐다.

지수가 아랫입술을 지그시 깨문 순간, 낮게 성기는 목소리가 이어졌다.

– 이지수 씨가 원한 방은 거기야? 그럼 내가 거기로 가고.

"아뇨. 제가 대표님 계신 곳으로 가겠습니다."

– 그럼, 와. 빨리.

누가 지체 높으시고 바쁘신 양반 아니랄까 봐 대표이사실이 어디 있는지 알려 줄 시간도 없나 보다.

이럴 때 도움을 요청할 곳은 홍 실장밖에 없다는 사실이 애

164

석할 따름이다.

[대표이사실이 어디죠, 실장님?]
[빌라동 끝으로 오시면 직원 전용 공간이 있습니다.]

성질 급한 대표 밑에서 일해서 그런지 답 하나는 빠른 홍 실장이다. 눈치도 빠르면 정말 좋을 텐데.

지수가 속한 연회 판촉팀은 고객과 가까운 곳에 있어야 했기에 객실 판촉, F&B팀 등과 함께 지하에 있는 백오피스를 사용했다.

빌라동 끝자락에 위치한 오닝 컴퍼니 신축 사옥에는 재경부와 인사과를 비롯한 매니징 부서가 모여 있었고, 그 가운데 대표이사실이 자리했다.

마치 지수가 올라올 것을 알았다는 듯이 홍 실장이 건물 입구에서부터 기다리고 있었다.

3화 - 티아라의 저주

"이지수 대리님."

홍 실장의 목소리가 또 세상 진지하다. 이 사람이 무게를 잡을 때는 항상 뭔가 일이 터졌었다.

"왜요? 대표님이 또 무슨 흥분 상태세요?"

안쓰럽기는 하다만 심각한 표정을 보니 골려 주고 싶은 마음마저 든다.

"저는 대표님이 주시는 월급을 받고 사는 처지입니다."

골려 주고 싶은 마음을 먹었던 게 미안해질 만큼 홍 실장이 갑자기 심각한 얼굴을 한다. 심각한 상태에 놓인 듯 혼란 가득한 눈가가 안쓰럽기까지 할 정도다.

"다 같은 처지죠, 뭐."

지수는 다정한 미소를 지으며 안타까운 얼굴을 한 홍 실장을 안심시키려 노력했다. 지수가 방을 잘못 찾는 바람에 홍 실장이 또 한 소리를 들었나 싶어서 숙연해진다.

"그럼, 이 대리님도 제 마음 이해하시는 거죠?"

그래, 똑같이 월급 받고 사는 처지에 이해 못 할 것도 없다. 게다가 본인 내선 번호 표기명을 'love'로 해 놓은, 그 속을 알 수가 없는 대표 밑에서 일하는 게 만만할 리가.

"그럼요. 힘드신 거 알죠. 대표님이 보통 분은 아니신 것도 알고요."

"알아주시니 감사합니다. 그리고 다행입니다."

목을 길게 뺀 채로 시무룩해 있던 홍 실장의 표정이 한결 가벼워졌다. 어딘지 모르게 께름칙한 구석이 있는 것 같은데, 그게 정확히 뭔지는 모르겠어서 괜히 마음이 불편해졌다.

가 보면 알겠지. 또 뭔 일이 일어나는지. 이젠 놀랄 것도 없다!

지수는 홍 실장이 안내하는 대로 대표이사실로 향했다. 자동 유리문 두 개를 지나 안팎으로 앉아 있는 비서진들에게 인사를 건네고 두꺼운 나무문을 열고 들어간 다음에야 연우석 대표와 마주할 수 있었다.

그는 강화유리로 만든 투명한 집무용 책상 앞에 앉아서 열심히 키보드를 두드리는 중이었다.

"늦어서 이야기할 시간이 별로 없어."

"죄송합니다, 대표님."

일단 방을 잘못 찾아서 대표의 금 같은 시간을 빼앗았으니 심심한 사과를 건넸다.

"오늘 저녁은 시간 비워 둬."

오늘 저녁? 오늘 저녁은 오랜만에 윤수와 함께 외식을 하기로 했다.

"오늘 저녁은 선약이 있습니다, 대표님."

윤수와의 약속을 어길 수는 없었다. 외박한 뒤로, 지수의 직장까지 바뀌면서 주의할 필요가 있었다. 환경이 바뀌면 윤수는 늘 예민해졌고, 그럴 때마다 크고 작은 사고가 발생했다.

"누구랑?"

내내 모니터를 향해 있던 그의 시선이 지수를 향해 왔다. 그는 고개는 고정한 채로 시선만 흘끗 옮기며 고깝다는 듯이 물었다.

"사적인 일은 말씀드릴 수 없습니다."

아무리 대표라고 해도 가정사까지 구구절절하게 털어놓을 필요는 없었다.

"이지수 씨."

나직하게 이름을 부르는 그의 얼굴에 뜻 모를 미소가 번져 갔다.

네가 제대로 놓친 그걸 드디어 알려 줄 때가 됐다는 듯이?

그래서 무척 재미있다는 듯이?

"네, 대표님."

궁지에 몰릴수록 여유를 가장할 줄 아는 지수였다. 지수는 은은한 미소를 머금으며 연우석 대표를 응시했다.

"계약서 안 읽어 봤구나?"

"네?"

미간을 좁히며 되물은 순간 깨닫고 말았다.

표준 근로계약서가 내가 아는 표준이 아니었구나.

깎아 놓은 듯 수려하고 단정하게 잘생긴 그의 얼굴에 야릇한 미소가 떠올라 있었다. 너무도 반듯한 얼굴이어서 그런지 그 짓궂은 미소가 외려 퇴폐적으로 보이기까지 했다.

지수는 모르는 척 되물었다.

"표준 근로계약서 말씀이십니까?"

분명 홍 실장도 그렇게 말했는데…….

순간 뒤통수를 한 대 세게 얻어맞은 것처럼 얼얼해졌다.

이 사람이 아까 그럼 나한테 약 친 거야? 본인도 대표한테 월급 받는 처지여서 어쩔 수 없이 그랬다고?

지수의 살벌한 시선이 홍 실장에게로 옮겨 가는 순간, 그것 조차 용납할 수 없다는 듯 낮은 목소리로 그가 물어 왔다.

"표준?"

그는 미간을 찌푸리며 고개를 갸우뚱 기울이더니, 비장하게 서 있는 홍 실장에게로 시선을 옮겨 갔다.

"네, 대표님. 그렇게 설명해 드렸습니다."

세상 이런 충신이 없다는 듯 홍 실장은 엄숙하게 고개를 숙이며 대꾸했다.

"아, 우리 홍 실장. 내가 또 빨리 처리하랬다고 읽을 시간도 안 줬어, 우리 이지수 씨한테?"

자신은 할 일을 했을 뿐이라는 얼굴로 겸허히 서 있는 홍 실장과 그런 그에게 뭐 그렇게 빡빡하게 굴었느냐며 나무라는 대표를 지수는 얼이 나간 얼굴로 번갈아 보았다.

이것들이 손발이 척척 맞아서 나를 갖고 노시네?

"못 읽었으면, 지금이라도 읽어야지. 홍 실장, 계약서 갖다 줘요. 한 부는 이지수 씨 줬어야지."

"제 불찰입니다, 대표님."

뚫린 입이라고 잘도 지껄이시는군요, 님들.

홍 실장은 손에 들고 있던 결재판을 얼른 지수에게 건넸다. 모르는 척 대기하고 있었던 홍 실장의 준비성에 손뼉이라도 쳐 줘야 하나?

"앉아서 봐. 아마 길어서 한참 봐야 할걸."

A4용지 50장은 족히 넘는 분량이었다. 빠르게 훑어보았던 첫 장과 마지막 장에서는 특이점을 발견하지 못했기에 당연히 호텔 I의 표준 근로계약서라 생각했다.

물론 홍 실장의 대쪽 같았던 증인 출석도 한몫했기에 당연히 믿고 서명을 한 지수였다.

뭐, 5억짜리 티아라 때문에 진퇴양난이었기에 읽어 봤다 한들 여기에 서명하지 않을 수도 없었을 것이다.

지수는 한숨을 집어삼키며 근로계약서를 읽어 내려가기 시작했다.

"……."

너무 어이가 없으면 웃음이 나온다고 했던가? 뒤늦게 읽게

171

된 계약서는 너무 기가 막혀서 말도 안 나오고, 이게 정말인가 싶을 정도로 현실감각이 사라지는 내용이 포함되어 있었다.

"그래서 이지수 씨, 오늘 누구랑 선약 있어?"

제 1조 1항, 이것부터가 가관이다.

『제 1조 1항, 이지수의 사생활은 필요에 따라 전부 연우석에 게 보고한다.』

뭐, 이런······!

하마터면 면전에 대고 쌍욕을 할 뻔했다. 고개를 쳐들고 대 표가 앉아 있는 쪽으로 매섭게 시선을 돌렸더니 생글거리며 웃 는 얼굴이 눈에 들어왔다.

"왜? 뭐 이런 개 같은 경우가 다 있나, 싶어?"

그렇게 하고 싶은 말을 콕 집어 물어봐 주니 황송할 정도다.

"홍 실장, 잠깐 나가 있어."

지수는 얼른 홍 실장에게 고개를 돌리며 눈을 부릅떴다. 나 가지 말라고 고개를 슬쩍 내저어 보았지만, 홍 실장은 '저는 대 표님께 월급 받습니다.' 하는 얼굴을 하고는 집무실 밖으로 나 가 버렸다.

"이지수 씨."

분명 대리라는 직함이 있는데도 대표는 꼬박꼬박 이름을 불 렀다.

암갈색 가죽 의자에서 몸을 일으킨 그는 지수가 앉은 소파 세트 쪽으로 천천히 걸어왔다.

"내가 치사해 보여?"

또 이렇게 속마음을 콕 집어 주시니 할 말이 없어진다.

"이지수 씨가 나한테 5억 빌려 가 놓고 튀면 어떡해? 내가 이지수 씨 일정 보고 받는 거야 당연한 거 아냐?"

또 듣자 하니 그런 것 같기도 하고. 지수는 저절로 끄덕여지려는 고개에 힘을 주었다.

"내가 이지수 씨 도왔으니까, 이지수 씨도 나 좀 도와 달라는 의미야."

"뭘……요?"

지수는 되묻자마자 다 읽지 못한 계약서 뒷부분을 후루룩 넘겨보았다. 지수의 입이 떡 벌어졌다.

어렸을 때부터 천재 소리 들었다는 양반이 대체 왜 이렇게 무모하실까?

"이거 진심이세요?"

"그럼 이지수 씨는 나한테 5억 빌려 달라고 한 거 진심 아니었어?"

"그렇기는 한데."

"나도 똑같아."

그는 의미심장하게 눈빛을 빛냈다.

"나도 진심이라는 의미야."

꼬셔도 안 넘어갈 거라고 호언장담을 했더니.

『제 6조 11항, 이지수는 연우석이 꼬시는 대로 넘어온다.』

근로계약서에 꼬시면 넘어오라는 조항을 넣어 놓는 남자라니! 왼쪽 가슴이 묵직하게 울리기 시작했다.

"제가 이 계약 무르자고 하면요?"

일단 물어는 봐야겠다 싶어서 입을 뗐더니.

"그럼 다 없었던 일이 되는 거지."

"아, 아……."

아쉬운 건 그쪽 아니냐는 듯이 그는 산뜻한 미소를 머금은 채로 지수를 응시하고 있었다.

걷잡을 수 없는 혼란에 빠진 나머지 동공이 흔들리는 게 느껴질 정도였다.

"생각해 봐, 이지수 씨. 이 계약 무르면 이지수 씨는 당장 5억을 구하러 나서야 해. 사업체도 접었는데 수익도 없이 길바닥에 나앉을지도 모르지. 서명한 후에라도 계약 종료를 선언하고 싶으면, 5억 갚으면 되는 거고."

그러니까 계약 무르면 거지꼴로 길바닥에 내몰릴 수도 있다, 라고 친히 가정까지 해 준다. 게다가 5억이 솟아나기 전까지는 이 계약을 이행해야 한다는 뜻?

"하지만 이대로 근로계약을 엄숙히 이행하며 호텔에 근무한다면, 티아라값도 변제할 수 있고. 또."

가장 중요한 것이 남아 있다는 듯이 그는 뜸을 들였다.

"그날 내가 별로였나?"

훅 들어오는 질문에 지수는 황망히 두 눈을 깜빡거렸다. 뭐라고 대답해야 할지 모르겠다. 기억이 하나도 나지 않으니까.

"기억 안 나?"

독심술이 있는 것도 아니고, 사람 속 읽어 내는 솜씨가 출중하다. 아니지, 내가 지금 표정을 못 숨기고 있나? 포커페이스는 웨딩플래너의 필요충분조건이었다. 그런데 이 남자 앞에만 서면 감정이 알알이 배어나고 만다.

대체 왜?

"기억나게 해 줄까?"

"어떻게요?"

그 밤, 그날의 사건들을 대체 어떻게 기억나게 해 준다는 건지 기가 막혀 되물은 거였다. 그런데 멍청한 질문이었다는 것을 바로 깨닫고 말았다.

"나랑 다시 자 보면, 알겠지."

지수는 크게 터져 나오려는 한숨을 애써 집어삼키며 애석하다는 듯 미소를 머금었다.

"그건 안 된다고 전에도 말씀드렸는데요?"

"뭐 당장 싫으면 말고. 연애나 천천히 하면서 생각해 봐."

얼굴색 하나 안 변하고 천연덕스럽게 하는 말에 지수는 눈알이 빠지도록 눈을 커다랗게 떴다.

"뭘 해요?"

"연애."

"왜요?"

"나랑 계약했으니까."

"제가요?"

그래, 내가 한 거다.

"그럼 여기 이지수 씨 말고 다른 사람이랑 이야기하고 있어, 내가?"

언젠가 보석의 저주에 관한 이야기를 본 적 있다. 블루 다이아몬드를 선물 받은 여자들은 다 불행하게 죽었다든지, 레드 사파이어의 주인이 어쩌고저쩌고.

이건 혹시 티아라에 박혀 있던 옐로 다이아몬드의 저주가 아닐까? 저주에 걸린 건 내가 아니라, 이 남자가 아닐까? 이 남자가 뭐가 아쉬워서 나한테 이러는 거지?

지수는 혼란스러운 눈빛으로 그를 응시했다.

"혹시 이런 계약이…… 많……."

"처음이야."

"그럼 대표님의 취향이……."

"변태도 아니고."

"그럼 왜 저한테……."

"내가 말했잖아. 처음이라고."

"아……."

지수는 아랫입술을 잘끈 깨물었다.

"어떤 방식으로든 날 먼저 건드린 건 이지수 씨 그쪽이야."

내내 장난기를 머금었던 얼굴이 사뭇 진지해졌다. 그는 깊은 시선으로 지수를 응시했다.

176

"그게 몸이든, 자존심이든, 승부욕이든."

승부욕? 지수는 순간 잘못 들었나 싶어서 미간을 찌푸렸다.

지금 이 남자 유치하게 나 이겨 먹겠다고 이러는 거야?

대체 어떤 부분에서 나한테 졌다고 느끼신 건데요? 뭐로 이겨 먹으시려고요?

하지만 곧 이어진 그의 목소리에 지수는 숨이 멎는 듯했다.

"아니면 마음이든."

심장이 쿵 울렸다. 갑자기 현기증이 이는 것처럼 눈앞이 어지러웠다. 심지어 어디선가 콩콩거리는 낯선 소리까지 들려오기 시작했다. 온 세상이 빙글빙글 도는 것 같은데, 눈앞의 남자는 온전한 모습 그대로 앉아 있었다.

방금 이 남자가 뭐라고 했더라?

'어떤 방식으로든 날 먼저 건드린 건 이지수 씨 그쪽이야.'

그러고 그다음에……?

'아니면 마음이든.'

지수를 바라보는 그의 눈빛이 새삼 깊었다. 깜깜한 밤하늘에 반짝이는 별이 총총 떠 있는 듯 그의 눈동자는 놀라울 정도로 투명한 검은색이었다.

그의 검은 눈동자를 바라보고 있는데, 불현듯 2106호에서 잠들었던 날 밤의 편린들이 머릿속에 떠오르기 시작했다.

인기척이 느껴져서 눈을 떴던 것 같고, 눈앞에 아른거리는 잘생긴 얼굴을 손으로 덥석 끌어당겨서는…….

아, 키스를 내가 먼저 하셨네요?

하필 이런 타이밍에 야릇한 기억이 떠오른 것도 모자라 혀끝에서 느껴졌던 말캉하고 뜨거웠던 감촉까지 전부 되살아났다. 깊게 맞물린 채로 끝없이 서로를 탐하던 키스는 농밀했다.

심장이 덜컥 내려앉을 것만 같아서 지수는 크게 숨을 들이마셨다. 평정을 유지하려 애썼지만, 이미 키스부터 시작된 그날의 기억은 끝 간 데를 모르고 뻗어 나갔다.

저도 모르게 볼이 달아오르는 것만 같아서 지수는 다른 생각을 떠올리려 애썼지만 허사였다. 그날 밤 그의 손이 지수의 블라우스 앞섶을 더듬거리는 것까지 기억해 낸 순간이었다.

가만히 눈을 맞추고 있던 남자가 고개를 갸우뚱 기울이더니 지수가 앉아 있는 쪽으로 커다란 손을 뻗어 왔다.

왜요, 뭐 하려고?

콩콩대던 소리가 쿵쿵 요란하게 울리기 시작했다.

아, 이게 내 심장 소리였나?

새삼 심장이 격하게 반응하고 있음을 오롯이 느끼고 있는데, 그의 손이 지수의 어깨 언저리를 가볍게 스쳤다.

가녀린 어깨를 단단한 팔뚝 안에 끌어안고는 목덜미를 감싸듯 뒤통수를 잡아채는가 싶더니, 두 사람의 입술이 깊게 맞물리고…….

따위의 일은 일어나지 않았다.

그는 세심하게 지수의 재킷에 붙어 있던 머리카락 한 가닥을 집어서 보여 주고는 입으로 후 불어 허공으로 날려 버렸다.

그의 입김에 날아가는 머리카락을 보며 지수는 공연히 허허로워졌다. 그의 세심함에 허탈할 지경이었다.

아니지, 내가 지금 무슨 기대를 한 거야?

지수는 두 눈을 크게 한 번 깜빡거렸다. 눈꺼풀이 꺼떡거리는 소리가 들릴 것처럼 눈이 뻑뻑했다. 이 남자 때문에 긴장한 나머지 눈을 깜빡거리는 것도 잊어버려 눈이 건조해졌나 보다.

"뭘 할 줄 알고 그렇게 긴장했어?"

"긴장 안 했는데요."

그래, 뭘 할 줄 알고 이렇게 긴장해 버렸다.

정신을 바짝 차려야겠다는 생각이 들었지만, 의지와 다르게 머릿속은 끊임없이 그날 밤의 기억을 되짚고 있었다. 이왕 이렇게 된 거 기억나는 데까지 떠올려 보는 거다. 블라우스 단추를 풀어 내려가던 그의 손이 떨렸던 것 같다.

그 떨림에 답답해진 나머지……. 내가 또 먼저 움직였어?

아까는 혀끝에서 되살아나던 감촉이 이제는 지수의 손끝에서 되살아나기 시작했다. 그의 가슴근육과 오돌토돌했던 복근은 꽤 단단했던 것 같다. 지금에 와서 떠올려 보니 그날 밤 탈의를 주도한 것 역시 지수였다. 또 약간은 머뭇거리던 남자를 과감히 몰아붙인 것도…….

내가 그랬구나.

이러니 이 남자가 책임지라고 길길이 날뛸 만도 한 건가?

아니, 그런데 사지 멀쩡하다 못해 침대 위를 거룩하고 위대하게 만들 만한 능력을 충분히 갖추신 분이 왜 이제껏 동정이셨습니까?

그렇다. 되짚어 보자면 그와의 하룻밤은 가히 완벽했다.

다시 본론으로 돌아와서, 그에게 이해할 수 없는 점투성이지만 왜 이제껏 자신의 몸을 그리도 아끼고 살았냐고 직접 물을 수는 없다.

"근데 왜 떨어?"

가슴에 훈풍이 좀 불고, 심장이 조금 두근거렸다 한들 파들파들 떨 만큼 약골은 아니었다.

"안 떨었는데요."

"그럼, 내가 떨려서 이지수 씨도 떨고 있는 것처럼 보이나?"

와, 사람을 쥐락펴락하다가 갑자기 약한 척하는 거 반칙!

그의 검고 투명한 눈동자가 이내 지수를 비껴가는가 싶더니 허공 어디쯤 머물렀다가 다시 돌아왔다.

심지어 그의 잘생긴 얼굴에는 첫사랑에 눈이 먼 소년 같은 수줍은 미소가 어려 있었고, 검고 투명한 눈동자에는 아련 열매가 송알송알 맺혀 있었다.

이 남자…… 지금 장난 아니고, 진심인 거야?

아니지, 여태껏 이 남자는 진심이었는데, 내가 호도했나?

"사무실 분위기는 어때?"

그는 눈가를 가늘게 찌푸리며 나긋나긋하고 다정다감한 목소리로 물었다. 사무실로 처음 출근한 지수에 대한 진심 어린 염려가 느껴졌다.

"좋아요. 다들 친절하고요."

아련히 바라보던 그의 눈동자가 이내 더 깊어지는가 싶더니 나지막한 목소리가 들려왔다.

"누가 괴롭히면 나한테 일러."

이제 막 막대기에 휘감겨 따스한 온기를 머금은 분홍빛 솜사탕을 입에 넣은 기분이다. 믿을 수 없게도 그의 모습이 미치도록 달콤했다. 단호한 목소리를 냈지만, 그의 귓불은 새빨갛게 물들어 있었다.

사업 접고, 호텔 들어와서 대표한테 계약서로 엮이고 그룹 오너한테까지 들킨 마당에…….

미쳤다고.

설렌다.

"지금 대표님이 제일 많이 괴롭히고 계신데요?"

어머, 나 끼 부리는 것 좀 봐? 진짜 미쳤어?

말을 내뱉고 나서야 지수는 입 안쪽 말캉한 살을 어금니로 꾹 깨물었다.

정신을 못 차리고 밀어 주시니, 당겨 드리고. 주거니, 받거니. 북 치고, 장구 치고. 장단을 맞춰 주고 말았다.

이미 뱉은 말을 주워 담을 수는 없어서 지수는 입술을 말아 물었다.

그는 물끄러미 지수를 바라보다가 피식 웃음을 터뜨렸다. 언제나 고압적인 자세로 무게만 잡던 그가 탄산수 기포가 터지듯 가볍게 웃음을 터뜨리자 가슴속에서 몽글몽글 거품이 이는 듯했다.

이내 짧은 웃음을 거둔 그가 미간을 좁히며 눈을 가늘게 뜨더니 낮게 속삭였다.

"이제 시작했는데, 이 정도에 겁먹으면 곤란해."

님 때문에 내가 곤란해.

절대 넘어가지 않겠노라 철벽을 쳤는데, 철옹성이라 자부했던 게 무색하리만큼 동요하고 말았다. 뭐 사실 따지고 보면 처음부터 이 남자의 빼어난 외모에 두근거렸던 것도 사실이다.

그런데 이제는 그의 외모가 아니라 언뜻언뜻 내비치는 그의 진심 어린 언행들이 지수를 혼란스럽게 했다.

"겁먹은 거 아닌데요."

터진 입이라고 대꾸는 참 잘한다.

"그럼, 강도를 좀 올려도 되겠네?"

올리길 바라는 건지, 아닌 건지. 머릿속은 복잡하고, 심장은 콩닥대고. 딱 미치고 환장하겠다. 그런데 이 남자는 그게 원했던 바라는 듯 한마디 더 보태었다.

"아까 말했다시피 오늘 저녁은 시간 비워 둬."

"아까 말씀드렸다시피 오늘 저녁은 선약이."

"연인경 회장님이 보기보다 성격이 더 급하셔."

"네?"

지수가 눈을 휘둥그렇게 떴다.

"걱정 마. 당장 날 잡고 결혼식장 데리고 들어갈 건 아니니까."

농담하지 말라고 웃어야 하는 건지, 당장은 참아 줘서 황송하다고 해야 하는 건지 헷갈린다.

"그럼 무슨 일이신데요?"

"저녁 식사 같이하자고 하시네."

아……. 그럼 저는 그 자리에 앉아서 서민과 재벌 사이의 간극이 얼마나 큰지 느끼고 스스로 짜부라져야 하는 역할인가요?

머릿속에 떠오른 질문을 그대로 던지지는 못하고 지수는 우석을 가만히 바라보았다. 대답을 요구하는 듯한 지수의 시선에 우석이 말을 덧붙였다.

"그냥 가족 저녁 식사 자리니까 부담 갖지 말고."

재벌가 저녁 식사 자린데, 부담 갖지 말라고요. 제정신이야?

또 역시나 곧이곧대로 묻지 못하고 지수는 아랫입술을 한 번 더 말아 물었다.

"6시 반쯤 호텔에서 강남대로 방향 사거리 직전에 있는 버스 정류장에서 기다리고 있으면 태우러 갈게."

세심하게 접선 장소까지 알려 준 그는 또다시 첫사랑에 눈이 먼 소년 같은 아련한 미소를 머금으며 덧붙였다.

"직원들한테 우리 관계가 알려지면 곤란하니까."

그러니까 이 질문의 의도를 파악해 보자면 그는 호텔 직원들한테 이지수와의 관계가 알려지는 건 꺼려진다는 의미인 거다.

그렇다면 이 남자 진심이 아니라 여전히 갖고 노는 게 맞는 거 아냐?

그렇게 단정 지으려는 순간 그가 나직이 덧붙였다.

"아직은 좀 어정쩡한 사이니까. 그런 건 차차 하도록 하고."

진지한 얼굴에서 장난기라고는 찾아볼 수 없었다.

아까 분명히 이런 계약도 처음이고, 변태도 아니라고 했는데……. 정말 처음이라서……. 놓치지 못할 첫사랑에라도 빠졌다는 건가.

그는 이제 회의가 있어서 나가 봐야 한다며 황급히 자리를 떴고, 지수도 덩달아 다급히 신사옥을 빠져나왔다.

정신이 혼미해지는 듯했다. 승부욕이 어쩌고 했던 것 보면 미친놈이 계약서 갖고 사람 능욕하려는 것도 같고. 방금 보였던 말투, 행동, 표정 하나하나를 되짚어 보면 첫사랑에 빠진 남자의 순애보 같기도 하고. 합리적인 결정을 내릴 수 없도록 사람 헷갈리게 하는 데 도가 튼 인간인 것도 같고.

당분간 제정신으로는 못 살 것 같은 불길한 예감이 든다.

불길한 예감는 꼭 들어맞기 마련이다.

그가 말했던 버스 정류장에서 기다리고 있는데, 검은색 세단이 도로 위를 미끄러지듯 유유히 다가와 지수의 앞에 멈춰 섰다.

값비싼 차가 버스 정류장 근처에 멈춰 서니 사람들이 흘긋거리는 시선이 느껴졌다.

이윽고 뒷좌석 문이 열리고 연우석 대표가 내렸다.

"추운데, 많이 기다렸어?"

그의 다정한 음성과 따스한 눈길이 지수를 향하자, 버스 정류장에 모여 있던 뭇 여자들의 시선이 지수의 뒤통수에 따갑도록 꽂혔다.

"아뇨, 방금 왔어요."

"타."

그는 왼손으로 차 문을 잡고, 오른손을 지수 쪽으로 내밀었다.

이런 융숭한 대접은 태어나서 처음이다. 우아하게 손을 내밀고 차에 오르면 좋으련만 지수는 어색해서 쭈뼛거렸다.

"어서 타라고."

그가 내밀었던 손으로 지수의 어깨를 끌어안아 당겼다.

"엄마야!"

……이것은 지수의 입에서 나온 목소리가 아니다. 근거리에 서 있던 여자가 자기 어깨라도 붙잡힌 것처럼 조용히 감탄했다.

"감사합니다."

지수가 고개를 살짝 끄덕이며 인사를 건네자, 그가 탄산수 기포 같은 미소를 터뜨렸다.

마치 파블로프의 개가 된 기분이다. 고압적인 CEO의 전형인 남자가 청량감 넘치는 미소를 터뜨릴 때면, 가슴속에서 올랑올랑 거품이 일듯 간질거렸다.

정말 중요한 결정을 내릴 때, 합리적인 요인들보다는 부수적인 것들이 더 크게 작용할 때가 많다는 통계를 본 적 있다.

그래서 합의를 도출해 낼 때, 합의안을 십분 활용하는 것만큼이나 감정을 교류하고 분위기를 살피는 게 중요하다고들 한다.

그런 면에서 볼 때, 이 남자는 치밀한 계산 능력을 가진 협상가인지도 모른다. 한 회사의 대표직을 맡고 있으니 당연히 그런 능력도 갖추고 있을 터였다.

그럼 이 남자가 이지수와의 협상에서 이겨서 얻을 수 있는 게 대체 뭘까?

그게 정말…… 내 마음이라는 거야?

상념을 이어 가는 사이, 버스 정류장을 출발한 차는 높은 담벼락이 즐비한 동네의 어느 저택 앞에서 멈춰 섰다.

"도착했습니다. 대표님. 주차장으로 들어갈까요?"

기사의 물음에 그는 고개를 가볍게 한 번 끄덕했고, 검은색 세단은 저택 대문 옆에 있는 차량 전용 통로로 미끄러져 들어갔다.

"여기가 대표님 본가예요?"

"빨리도 물어본다."

이동하는 내내 말 한 마디 붙이지 않다가 이제야 저녁 식사 장소가 궁금해졌냐는 듯이 그가 웃었다.

"먼저 말씀해 주시지도 않았잖아요."

"생각이 많아 보여서 일부러 말 안 걸었지."

솔직한 그의 대답에 잠시 잠깐 잠잠했던 심장이 콩콩 울리기 시작했다.

"지금 보태 봤자, 더 긴장할 거 아냐. 안 그래?"

상념에 잠겨 있던 자신을 그저 바라보기만 했다는 그의 배려가 묻어나는 물음에 지수는 잠자코 그를 바라보았다.

"그동안 일하면서 이런 사람들 많이 봐 온 거로 아는데."

웨딩플래너로 일하면서 재벌가 천태만상을 지켜보기는 했으나, 자신이 그 중심에 선 적은 단 한 번도 없었다.

"크게 다를 거 없어. 긴장 풀어."

그는 커다란 손을 뻗어 지수의 손을 가볍게 쥐었다가 놓았다. 갑작스러운 피부 접촉에 살갗에 오스스 소름이 돋아났다. 그의 손은 무척이나 부드럽고 따뜻한데도 말이다.

차에 오를 때와 마찬가지로 지수는 그의 융숭한 에스코트를 받으며 차에서 내렸다. 부담스럽기도 하고, 두근거리기도 하고. 보통의 연애 상황이었다면 매너 좋은 남자라며 흐뭇해했을 거다.

하지만 애석하게도 지금은 그의 매너에 흐뭇하다고 할 깜냥이 못 된다.

지하 주차장에서 엘리베이터만 타고 오르면 그룹 인경의 오너 일원이 사는 저택이었다. 여성지 표지를 화려하게 장식하곤 했던 타이틀이 머릿속에 둥둥 떠다닌다.

《재벌가 입성!》

입성(入城)이라는 단어가 충분히 어울릴 만큼 그의 본가는 위압적인 모습을 하고 있었다.

187

지하 2층에서 올라탄 엘리베이터는 지상 2층에서 멈춰 섰다. 그동안 지수는 훌륭한 포커페이스와 타고난 평정심 덕에 재벌가 전문 웨딩플래너로 활약할 수 있었다.

"들어가자."

그러나 애통하게도 밀랍 같던 포커페이스와 타고났다고 생각했던 평정심이 단번에 무너져 내렸다.

그는 청량감 넘치는 미소를 지으며 지수의 등허리를 왼팔로 부드럽게 감쌌다.

이건 누가 봐도 연인을 에스코트하는 남자의 모습이다. 이렇게 저렇게 그렇게 출중한 남자가 달콤한 연인 대접을 해 주고 있는데 설레지 않는다면 거짓이다.

엘리베이터에서 내리자마자 커다란 유리문이 눈에 들어왔다. 두 사람이 도착했음을 미리부터 알고 있었는지, 아니면 호텔 벨보이처럼 문을 지키는 사람인 건지, 검은 슈트를 입은 남자가 반들반들 윤이 나는 황동으로 장식된 유리문을 열어 주었다.

재벌가의 결혼식을 담당하면서 그들이 사는 집에 방문했던 적이 없었던 건 아니었다. 간혹 그들의 요구에 따라 중요한 결정을 내릴 때 포트폴리오를 가지고 그들의 집을 방문하기도 했었다.

그런데 말했다시피 지금의 방문은 그간의 것과 결이 달랐다. 그때는 업무상 방문이었고, 지금은…….

지수는 고개를 돌려 잘생긴 얼굴을 빤히 올려다보았다. 특이

한 근로계약서에 의한 일종의 쌍무적 계약 관계니까, 이것도 업무상 방문이라고 치부해야 하나?

그렇게 생각하고 보니 놀랍도록 빠르게 동당거리던 가슴이 진정되었다.

"뭘 그렇게 봐?"

내내 앞을 향해 있던 그의 시선이 단번에 지수에게로 옮겨 왔다. 대뜸 얼굴을 가까이 들이미는 통에 지수는 흠칫 놀라 저도 모르게 숨을 멈추었다.

진정이고 나발이고 아까 버스 정류장 앞 약국에서 청심환이라도 하나 사 먹을 걸 그랬다. 평정을 되찾으려다가도 이 남자가 예고도 없이 훅 치고 들어올 때면 심장이 덜컥 내려앉았다. 다리가 풀려서 주저앉지 않은 걸 다행이라고 여겨야 할까.

이성적 사고를 바탕으로 한 훌륭한 평정 능력으로 아무리 약을 쳐도 이 남자의 잘생긴 얼굴이 내뿜는 심장 어택 바이러스는 맹독성이라 소용없었다.

지수는 자잘하게 숨을 내뱉고는 은은한 미소를 장착했다. 예고가 없으면 이쪽에서 미리 여러 가지 버전의 예고를 준비하면 되는 거다.

이렇게, 그렇게, 저렇게.

집사라고 칭해야 좋을까 싶은 나이 지긋한 남자가 식사가 준비되어 있다며 곧장 다이닝룸으로 두 사람을 안내했다.

"어서 와요. 오는 길 어렵지는 않았지요? 연 대표가 에스코트 잘했겠지요?"

손주에게는 볼일 없다는 듯이 연인경 회장은 지수만을 바라보며 인사를 건넸다.

"안녕하십니까, 회장님. 염려해 주신 덕분에 무탈하게 왔습니다. 기다리게 해 드려 죄송합니다."

지수의 단정하고 맑은 목소리가 다이닝룸 안을 선선히 울렸다. 연 회장은 인자한 미소를 머금으며 대꾸했다.

"기다리긴, 약속 시간 딱 맞춰 와 줘서 고마워요."

이곳으로 지수를 에스코트한 사람은 연우석 대표인데, 연 회장은 자신의 손주에게 눈길 한 번 주지 않았다.

"자, 일단 시장할 테니 식사부터 합시다."

88세라는 연세가 무색할 만큼 연 회장은 활기가 넘쳤다. 연 회장의 권유에 따라 착석하려는데, 다이닝룸으로 안내했던 집사가 다가왔다. 그러자 그가 오른손을 들어 보이며 나직한 목소리로 말했다.

"제가 하겠습니다."

지수가 앉으려는 의자 등받이를 잡으려 손을 뻗었던 집사는 가만히 한 번 고개를 끄덕이고는 뒤로 한 발짝 물러섰다.

그는 지수의 의자 등받이를 잡고는 빙긋이 미소 지었다.

매너가 몸에 밴 남자다. 제 여자의 착석 도우미는 자신이 직접 하겠다며 나선 남자의 모습이 실로 감탄스러울 지경이다. 그것도 자신의 조부가 지켜보는 앞에서 그는 한 치의 머뭇거림도 없이 지수의 의자를 밀어 넣어 주었다.

"호텔에 들어온 지는 얼마 되지 않았다고?"

190

설렐 틈도 없이 연 회장의 목소리가 들려왔다.

"네, 며칠 되지 않았습니다."

"그럼, 이지수 씨는."

"식사부터, 하시죠. 회장님."

연 회장의 물음이 이어지려는 찰나 그가 끼어들었다. 지수에게 청량감 넘치는 미소와 다정한 태도를 일관하던 남자가 맞나 싶을 정도로 딱딱하고 건조한 말투였다.

갑자기 등줄기를 타고 식은땀이 삐질 흐르는 듯했다. 그는 다소 예의 없어 보일 것을 알면서도 일부러 그런 듯했다.

질문이 이어지면 연 회장의 날카로운 통찰력이 두 사람의 어설픈 관계를 꿰뚫어 볼 수도 있어서?

식탁 위에는 팽팽한 긴장감이 흘렀다.

"그래요. 일단 식사부터 하지."

연륜만큼이나 연 회장은 유연하게 넘어갔다.

유기 수저가 자기 그릇에 부딪히는 소리만 이따금 울릴 뿐 식사 시간 내내 먼저 입을 여는 이는 없었다.

지수를 향해서는 여전히 부드러운 미소를 보여 주었지만, 그는 연 회장에게 알게 모르게 날을 세우고 있는 듯했다.

"저, 식사 중에 실례하겠습니다."

등 뒤에서 들려온 목소리는 홍 실장의 것이었다. 운전은 다른 수행비서가 했기에 홍 실장은 퇴근했나 싶었는데, 그건 아니었나 보다.

"안녕하십니까, 회장님."

"그래, 홍 실장이 무슨 일로?"

"대표님께 긴히 드릴 말씀이 있습니다."

연 회장에게 인사를 건넨 홍 실장의 시선이 그에게 향했다. 그는 곤란하다는 듯 되물었다.

"지금?"

"예, 대표님."

"홍 실장이 호텔 I 본사 쪽 만나고 온다 하지 않았나?"

넌지시 묻는 연 회장의 말에 그의 미간에 미세한 주름이 잡혔다.

"잠시 실례하겠습니다."

그는 연 회장에게 고개를 한 번 까닥하더니, 지수의 어깨를 가볍게 쥐었다가 놓고는 다이닝룸 밖으로 향했다.

손주가 나가는 모습을 흘끗거리는 연 회장의 얼굴에 묘한 기류가 흐르기 시작했다.

"알다시피 한국에 들어와 있는 호텔 I는 인경개발이 오닝 컴퍼니로 있는 미국계 호텔이라."

연 회장은 국을 한술 뜨고는 느른한 목소리를 이어 갔다.

"내가 참 아쉬운 부분이 많아요. 처음 호텔 I가 한국에 들어온다고 했을 때, 마땅한 사업 파트너를 찾기가 어려웠지. 내가 아니었다면 아마 한국 시장에 접근하는 게 힘들었을 게야."

연 회장은 여태껏 보였던 인자한 태도는 접어 두고 고압적인 그룹 회장의 얼굴을 하고 있었다.

"호텔 I 직원이면 우리 호텔 연혁 정도는 알고 있겠지요?"

솔직히 자세히는 모른다. 다음 시즌 웨딩드레스 트렌드에 관해 논하라면 입에 침이 마르도록 떠들 수 있지만, 연 회장은 너 그렇게 이쪽 전공 분야를 물을 생각은 없어 보였다.

"그래서 이번에 우리 인경그룹에서."

또 애초부터 지수의 대답을 들을 생각도 없었다는 듯이 연 회장은 말을 이어 갔다.

"미국계 호텔 체인인 호텔 I 그룹을 인수할 계획인데, 아마 쉽지 않을 겁니다."

그룹 기획전략실 핵심 인물들만 알 법한 정보를 흘리는 연 회장의 의중을 알 수가 없었다.

"연 대표가 그 일의 총책임자니까, 책임이 막중하겠지요?"

"네, 회장님."

이건 대답을 원하는 질문인 듯 뜸을 들이기에 지수는 다소곳이 대꾸했다.

"우석이 저 녀석이 어릴 적에 친구네 집에 놀러 갔다가 부대찌개라는 음식을 접하고 집에 온 적이 있었어요."

회사 인수 · 합병을 논하다가 뜬금없이 부대찌개를 끌어온다. 이건 대체 무슨 화법이지?

"그 후로 저 녀석은 딱 열 달 동안 삼시 세끼를 부대찌개랑 먹었어."

말만 들어도 물린다.

"한번은 또 중학생 때 겨울이었나? 기사가 자판기에서 율무차를 뽑아 줬는데, 그 후로 아주 오랫동안 자판기용 율무차를 구해서 마시더구만."

그러니까 한 번 꽂힌 거엔 질릴 때까지 몰입한다, 이건가요?

지수는 물음 대신 조심스러운 눈빛으로 연 회장을 물끄러미 바라보았다.

"부대찌개랑 율무차는 우석이를 망쳐 놓을 수가 없는 존재거든?"

이제 본론이 나오려나 보다. 심장이 불안한 박자로 덜컥 내려앉았다. 결혼을 약속한 것도, 저 남자 없으면 죽고 못 살 것처럼 불같은 사랑을 하는 것도 아닌데도 가슴 한편이 찌르르했다.

"사람은 다르지. 근과 본이 어떠한가에 따라서 다르기 마련이지."

그러니까 저는 본데없는 인간이다, 이런 말씀이신가요? 이건 살짝 기분 나쁜데?

자존심을 콕콕 건드리는 연 회장의 언사에 지수는 은은한 미소를 잃지 않으려 노력했다.

"그렇다고 당장에 뭘 어떻게 하겠다는 건 아니니."

연 회장은 큰 인심을 베푼다는 듯이 미소를 머금으며 말을 이어 나갔다.

"남자가 중요한 일을 겪고 있는데 괜한 감정 소비하지 않도록 주의해 주길 바랍니다."

음?

지수는 잠시 연 회장이 던진 말에 담긴 의미를 유추하느라 생각에 잠겼다.

그러니까 호텔 I 인수·합병할 때까지는 조용히 있어라, 그 다음에는 내가 널 처리할 테니까. 이런 건가?

"나랑 거래 하나 하겠소, 이지수 양?"

친히 이름까지 불러 주시며 거래를 트자고 하신다. 나이로 보나, 직급으로 보나, 지금 처한 상황으로 보나 거래를 거절할 만한 처지는 못 된다.

"동생이 많이 불편하다지?"

이런 면에서 연우석 대표는 정의로운 편에 속한다고 볼 수 있다. 그는 아직 지수에 관한 뒷조사를 하지 않았는지 윤수의 존재를 전혀 모르는 듯했다.

"조금 불편하긴 하지만 무탈하게 생활하고 있습니다."

윤수 이야기가 나오니 지수는 다소 방어적인 자세를 취할 수밖에 없었다.

"이지수 씨, 나는 가진 게 많은 사람이오."

연 회장이 가진 게 많은 사람이라는 것을 지수가 모를 리 없었다. 시가총액 최상위에 해당하는 그룹을 소유한 연인경 회장이었다. 가진 게 많다는 것을 굳이 강조한다는 이유가 있어 보였다.

"내가 가진 거로 그 불편함을 해소해 준다면, 이지수 씨는 나를 위해 뭘 해 줄 텐가?"

짐작건대 연우석 대표의 심복처럼 일하는 홍 실장은 연인경 회장이 심어 둔 사람일 것이다. 홍 실장이 손주를 오랫동안 붙들고 있지는 못할 것을 예상했는지, 연 회장은 본론을 빨리 꺼내 들었다.

드라마 속 여주인공처럼,

'저는 그런 제안 받아들일 생각 없습니다. 저는 우석 씨를 진심으로 사랑하기에 절대 그런 짓은 못 합니다.'

라고 멋들어지게 외쳐 볼까? 그가 들어오면 아무 일도 없었다는 듯이 속앓이를 하며 식사를 하는 거다. 그러다 나중에 그가 알게 되어서,

'그날 그런 일이 있다고 왜 말하지 않았어!'

하고 화를 낸다면,

'내가 어떻게 말해! 우석 씨 할아버님이 그러셨다고, 내가 감히 어떻게! 따흐흑!'

하고 단단한 그의 품에 안겨 눈물 한 바가지를 쏟으며 비련의 여주인공 역할에 충실하는 거다.

그러면,

'걱정 마, 내가 다 알아서 할게. 호텔 I도, 이지수 너도 내가 지켜 내겠어!'

하고 드라마가 끝이 나는 거다.

It's a beautiful life. 난 너의 곁에 있을게.

시대를 풍미했던 드라마의 BGM이 머릿속을 왕왕 울렸다.

그러나 뭐 드라마 여주인공 할 것도 아니고, 연 회장이 내미는 카드가 무엇인지 궁금하기도 해서, 지수는 버릇없어 보이지 않도록 목소리와 말투에 신경 쓰며 입을 열었다.

"구체적으로 어떻게 불편을 해소해 주신다는 말씀이신지요."

날카로운 눈빛으로 지수를 주시하던 연 회장의 얼굴에 일순간 화색이 돌았다.

"사업 수완이 꽤 좋다고 소문이 자자하더니만, 계산이 빠르구만, 이지수 씨."

고까운 기색 하나 없이 연 회장은 꽤 흡족해하는 얼굴이었다.

회장님께서도 열심히 계산기 두드리고 계시면서, 뭘.

지수는 여유로운 미소를 머금으며 연 회장을 응시했다. 이런 거로 주눅 들 사람이었으면 애초에 재벌가 상대로 사업도 못 했다. 조금 전 그가 곁에 있을 때까지만 해도 심장이 쉴 새 없이 날뛰어 정신을 차릴 수가 없었는데, 눈앞에서 그의 모습이 사라지고 나니 이성이 조금 돌아온 듯했다.

"과찬이십니다. 사업체는 이미 접었는걸요."

지수는 적당히 겸손하게, 그렇지만 비굴하지는 않게 맞받아쳤다.

"동생이랑 평생 편하게 먹고살 수 있을 만큼 보상하지. 그리고 이지수 씨가 포기한 사업체도 이전보다 훨씬 더 크게 일굴 수 있도록 내가 도와줄 수 있는데."

현재 지수가 필요로 하는 절대적 가치를 정확하게 파악하고 내민 극단적 제안이었다. 가진 것 많다는 연 회장에게는 쉬운 일일지도 모르지만, 지수에게는 인생 역전의 기회나 다름없었다.

하지만 이렇게 강력한 카드를 내밀었다는 건 상대도 그에 상응하는 대가를 원한다는 의미다.

"그럼, 실례가 되지 않는다면, 회장님께서 원하시는 바를 여쭈어도 되겠습니까?"

"그럼, 나 역시도 실례가 되지 않는다면 내 제안을 마저 설명해도 되겠는가?"

"죄송합니다, 회장님. 말씀 끝나신 줄 알았습니다."

시종일관 평정을 유지하며 이성적으로 대답하는 지수가 상당히 마음에 든 듯 연 회장은 자애로운 미소를 머금었다.

"만약 나와 거래를 하지 않는다면, 이지수 씨는 아마 온전히 살지는 못할 게야."

연 회장은 눈 한 번 깜빡이지 않고, 여전히 자애로운 미소를 머금은 채 끔찍한 말들을 쏟아 내기 시작했다.

"평판은 바닥을 치게 될 거고, 사업은커녕 호텔 I에서 근무하는 것도 어려워지겠지. 대한민국 그 어느 곳에서도 돈벌이는 못 할 걸세. 부친께서 작은 카페를 운영하신다고?"

지수는 대꾸 없이 가만히 연 회장을 바라보기만 했다. 말투, 표정, 행동 하나까지 놓치지 않아야 했다. 연 회장이 지금 무엇을 제안하는 것인지 아직은 파악이 되지 않았기 때문이다.

또 아버지의 카페에 대해 언급했다는 것은, 아버지 또한 같은 처지가 될 거라는 뜻이었다.

제안을 받아들이지 않으면, 집안을 풍비박산 내고 못살게 굴겠다는 뜻인데…….

지수는 신중을 기하며 입을 열었다.

"저에게 이런 제안을 하시는 연유를 여쭈어도 될는지요."

연 회장이 미간에 깊은 주름이 패도록 인상을 찌푸렸다.

"진정 몰라서 묻는 겐가?"

"네, 잘 알지 못해 여쭙습니다."

갑자기 연 회장이 호탕하게 웃음을 터뜨리는 바람에 지수는 어안이 벙벙해졌다.

"요즘 재벌 세습 때문에 말이 많아. 전문 경영인이 아닌 자식에게 경영권을 세습하는 경우는 대한민국에만 존재한다며 매스컴에서 떠들어 대지."

연 회장은 못마땅하다는 인중을 실룩거렸다.

"그런데 창업주로서는 말이야. 힘들게 일군 회사를 내 식구아닌 사람한테 넘겨주는 거, 달갑지 않거든."

동의를 구하듯 연 회장은 눈썹을 치떴다.

"내가 내 아들 자리를 만들어 줄 때만 해도 세상이 이렇지는 않았네."

연우석 대표의 아버지는 연인경 회장 덕에 능력이 고평가되었다는 평을 듣고 있는 사람이었다.

"우석이 놈한테 제대로 물려주려면, 이제는 그놈도 제 능력을 인정받아야 하는 세상이야. 그걸 제일 처음 입증할 기회가호텔 I 체인을 인수·합병하는 거고."

그러니까 그가 경영자로서 중요한 시기에 있다는 것을 연 회장은 재차 강조했다.

"약점 만드는 법을 몰랐던 녀석이야. 그런데 지금은."

연 회장은 지수를 물끄러미 바라보며 입술을 길게 늘어뜨리고는 웃었다.

"제가 연우석 대표의 약점이라는 말씀이신가요?"

충분히 약점이 될 수 있을지도 모른다. 그가 인수·합병을 진행하는 데 있어서 막강한 투자 세력을 끌어올 수 있는 집안의 여자라면 강점이 되려나.

"애석하게도 그렇다네. 그래서 내가 이렇게 겁박하듯이 거래를 제안하고 있는 거고. 손자 위하는 할아비 마음을 이해해 주게나."

연 회장은 진심에 호소한다는 듯이 목소리에 힘을 실었다.

"제가 온전히 살아가려면, 회장님의 거래를 받아들이는 수밖에 없는 거네요."

지수는 고깝지도, 그렇다고 달갑지도 않은 목소리로 대꾸했다.

"이지수 양."

"네, 회장님."

연 회장은 마치 지수에 대한 애정이 흘러넘친다는 듯 다정하게 지수의 이름을 불렀다.

"나는 이제껏 살면서 정정당당하게 사업을 꾸려 온 사람이야. 서로 윈윈 하는 거래가 좋은 거래라고 생각하는 경영주고."

절대 지수가 손해 보는 일은 아니라는 듯 연 회장은 힘주어 말했다. 이제 결론이 나올 타이밍이 된 듯했다.

'우리 우석이 곁에서 이만 물러나 주게. 그러면 내 당장 이지

수 양 계좌로…….'

　이런 내용이겠지?

"우리 우석이 잘 부탁하네."

　……What?

"예?"

　지수는 잘못 들었나 싶어서 너무 빠르게 되묻고 말았다.

"무사히 인수·합병이 이뤄질 때까지만이라도 우리 우석이 잘 부탁하네."

　전혀 예상치 못했던 발언에 지수는 입을 꾹 다물었다.

"아까도 내 얘기했지만, 한 번 마음을 주면 우석이는 쉽게 헤어 나오질 못해. 하지만 여태껏 우석이가 빠졌던 것들은 우석이를 뒤흔들 수 있는 존재가 아니었잖나? 한데 이지수 양은……."

　하지만 너는 그럴 수 있지 않나?

　하고 묻는 듯했다.

"내가 알기로 우석이 녀석이 사람한테 빠진 건 이번이 처음일 게야. 그런 데는 도통 관심이 없던 녀석이라 평생 혼자 지낼 줄 알았지."

　이, 이건 무슨 혼돈의 카오스란 말인가!

　그러니까 연 회장이 말하는 건, 인수·합병 마무리 지을 때까지 손자 속 썩이지 말고 잘 만나라, 이거야? 그럼 사업도 다시 하게 해 주고 윤수랑 평생 편하게 먹고살게 해 주겠다고?

　아니, 평생 편하게 먹고살게 해 준다는데 내가 사업은 다시 왜 해?

어젯밤에 돼지꿈을 꾼 것도 아닌데, 이런 횡재수가 다 있나!

지수는 두 눈을 깜빡거리기만 할 뿐이었다. 연 회장은 할 말이 많은 얼굴로 지수를 바라보았다.

"우석이 녀석이 답답하게 굴지 않아?"

'답답하지는 않습니다만, 약간 또라이 같기는 해요.'라고 말하면 미수 노인 놀라 자빠지실지도 모르니까.

"아닙니다, 회장님. 어리숙한 사람 아닌 거 회장님도 잘 아시리라 생각합니다."

아, 이런 영업 멘트가 튀어나오다니. 몸에 배고 혀에 새긴 영업용 멘트가 잘도 흘러나왔다.

연 회장은 흡족한 미소를 거두곤 다시 신중한 목소리를 냈다.

"대신."

"예, 회장님."

"내가 이런 부탁 했다는 건 우석이한텐 비밀이네. 할아비가 청춘사업에 끼어들었다고 저 녀석 노발대발할지도 몰라."

연 회장님, 업계를 흉흉하게 만들었던 무시무시한 업적들과는 다르게 상당히 귀여우시다.

"수완 좋은 녀석인데, 그 녀석 딱 하나 마음에 안 드는 게 연애 사업이야."

싱글벙글한 미소를 머금은 채 연 회장은 말을 이어 나갔다.

"뭐, 결혼은 인륜지대사라고 거기까지 생각하는 건 무리가 있을 테고."

지체 높은 양반이랑 이야기할 때는 문장 속에 숨겨진 속뜻을 잘 파악해야 귀염받는 법이다.

그러니까 연 회장이 한 이야기를 죽 되짚어 보면, 연우석 대표 중요한 일을 무사히 마칠 때까지 옆에서 신경 쓰이게 앵앵거리지 말고 얌전히 있되, 결혼은 안 되니 일 마치면 물러나서 주는 돈 받고 곱게 살아라?

자, 이지수. 돌려 보자, 행복회로!

사랑에 눈이 멀어서 계산기 꺼낼 정신도 없는 무구한 여인은 아니니까, 지수는 연 회장이 내민 카드를 조심스레 살폈다.

연우석 대표가 이상한 근로계약서로 사람 묶어 놓은 마당에 5억 빚까지 졌으니, 얌전히 있다가 연 회장이 주는 돈으로 5억 갚고 계약 파기하면 되는 건가?

나쁘지는 않은데…….

면전에다 대고 가진 게 많다는 둥, 불편한 동생에 아버지가 카페 운영하시냐는 둥 가족까지 끌고 와서 협박하는 마당에 거절할 수 없을뿐더러, 손자를 위해서 이용하시겠다니 이쪽에서는 충분한 대가 받고 그 선까지만 합의하면 되는 거다.

솔직히 편한 인생 사는 거야 누구든 원하는 바이고, 5억과 함께 이상한 근로계약서 받고, 조부와의 이면 계약으로 5억 갚고.

모두가 행복해질 수 있는 거래 아닌가!

문제는 독기 올라서 덤비는 것처럼 보이던 그가 자꾸만 진심처럼 보인다는 거다. 연 회장도 제 손주 마음이 애먼 방향으로 움직이는 기미가 보이니 직접 나선 것일 터였다.

아, 사람 마음 가지고 이러면 안 되는데.

"거래는 성립되었다고 보면 되나?"

지수는 입 안쪽 말캉한 살을 짓씹으며 머뭇거렸다. 연 회장은 다이닝룸 유리문을 흘끗 보고는 채근하는 듯 눈썹을 치떴다.

"회장님, 제안 감사드립니다. 조금 갑작스러운 듯하여, 며칠 생각할 시간을 주실 수 있는지요?"

지수는 한 발짝 물러날 생각이었다. 조건만 따지고 보면 감당하기 어려운 삶을 말랑말랑하게 해 준다는데 무조건 수락해야 맞다.

하지만 연우석, 그 남자의 진심이 걸리적거렸다.

"하루. 하루면 되겠나?"

연 회장은 더는 양보할 수 없다는 듯이 물었다.

"하루면 충분할 것 같습니다."

지수는 나지막이 대꾸했다. 식사를 마치고 집에 가는 길에 그의 의중을 확인해야 할 것 같았다.

대놓고 '너 나 좋아하냐?' 물을 수도 없을 텐데.

그때였다.

"원래 사람한테 받은 상처는 다른 사람으로 치유하면 되니까, 걱정하지 마시게나."

연 회장이 지수의 속마음을 훤히 꿰뚫고 있는 것처럼 말했다.

"이지수 양이 우석이 마음 아프게 하면, 할아비가 그냥 두고 볼 수야 없지. 규수들이야 많으니 염려 내려놓으시고."

다시 말해 중요한 시기에 얌전히 붙어 있다가 나가떨어지면, 결혼은 있는 집 처자와 시킬 거다, 이거네.

당장 이 돈 받고 떨어지라고 맹렬히 퍼붓는 것보다 더 무서운 사람이다.

연 회장이 뱉은 말에 지수는 귓불까지 빨갛게 달아올라 버렸다. 얼굴을 붉히고, 열이 오를 만큼 당황한 이유는 연 회장에게 속마음을 들켜서가 아니었다. 연우석이 상처받을까 봐, 이지수가 걱정하고 있다는 사실 때문이었다.

타인에게 상처 주고 나 몰라라 하고 살 만큼 몰염치한 인간은 아니다. 하지만 이건 몰염치와는 궤를 달리하는 감정이었다. 그에게 상처를 주면, 이쪽도 아플 것 같은 느낌이랄까.

어쩌다가, 어느새, 저도 모르게 감정이 이런 방향으로 흘러들었을까.

지수가 골몰하는 사이 다이닝룸의 문이 열리는 소리가 들려왔다.

"죄송합니다. 말이 좀 길어졌습니다."

그는 깍듯이 고개를 숙여 인사하고는 다이닝룸 안으로 들어섰다. 나갈 때와 마찬가지로 그는 의자에 앉으며 지수의 어깨를 가볍게 감싸 쥐었다가 놓았다.

내내 잠잠하던 심장이 그의 목소리가 들려온 직후부터 다시 콩콩거리기 시작하더니, 콩닥콩닥 착실하게 박자를 높였다.

"죄송할 거 없다. 지수 양이 생각보다 훨씬 지혜롭고, 재치가 넘치더구나. 덕분에 아주 즐거웠다."

연 회장이 호탕하게 웃었지만, 그는 걱정 반, 의심 반 섞인 눈빛으로 지수를 바라보았다.

"식사해요."

지수는 은은한 미소를 머금으며 조용히 속삭였다. 그제야 흔들리던 그의 검고 투명한 눈동자가 잠잠해지는 기분이었다.

식사를 이어 가고 있는데, 누군가 유리문을 조심스레 두드리는 소리가 들려왔다. 세 사람의 시선이 동시에 유리문으로 향했다.

유리문을 열고 들어온 이는 대략 30대 초중반으로 보이는 여자였다. 단정하지만 명품으로 휘감은 복장, 고급 에스테틱에서 관리 받았음직한 결 고운 피부, 머리카락 한 올 빠지는 것도 용납할 수 없다는 듯이 우아하게 올려 묶은 머리까지, 그녀의 모든 게 있는 집 여식이라 말해 주고 있었다.

여자에게 잠시 머물렀던 시선을 거둔 지수는 연우석 대표와 연인경 회장을 번갈아 보았다.

연 회장은 무척이나 반가운 표정을 하고 있었고, 연우석 대표는 탐탁지 않다는 듯 미간에 미세한 주름이 잡혀 있었다.

뭘까, 이게?

설마 좀 전에 말했던 '규수' 후보 중에 한 명이야? 이쪽에서는 아직 뭘 시작도 안 했는데, 저쪽에서는 이미 후발주자까지 마련해 두었나 보다.

"앉거라, 아가. 모처럼인데 같이 식사나 하자고 불렀다."

아가?

지수는 제 귀를 의심했다. 고로 등장한 여인이 '아가' 소리를 들으려면 연 회장에게 며느리, 혹은 손자며느리 정도는 되어야 했다.

알려진 바, 연우석 대표에게 형제는 없었다. 친모를 일찍 여의였고, 연우석 대표의 아버지도 혼자 지내는 것으로 알려져 있었다.

따라서 저 '아가'라 불린 여자는…….

지수는 가만히 연우석 대표를 응시했다. 단지 미간에 미세한 주름만 잡혀 있을 뿐인데 곧 폭발이라도 할 것처럼 위태로워 보였다.

"저희는 이만 일어나야겠습니다. 호텔 I 본사에서 콘퍼런스 콜 요청이 들어왔습니다. 가 봐야겠습니다."

조금 전 다이닝룸에 들어올 때만 해도 단란하게 식사를 할 것처럼 굴었던 그였는데, 지금은 마치 밥알 속에서 구더기라도 발견한 말투를 하고 있다.

"그래, 사업하는 사람이 그럴 수도 있지."

예의 없이 이게 뭐 하는 짓이냐며 노발대발할 줄 알았는데, 연 회장은 의외로 순순히 수긍했다.

"일어나자."

그는 지수를 향해 짧게 속삭인 후 먼저 자리에서 일어났다. 그는 여자에게 단 한 번의 시선도 주지 않은 채로 지수의 손을 붙들고 다이닝룸을 나섰다.

아, 대체 이게 뭔……?

흘끗 보니 여자도 딱히 원망 어린 얼굴을 하고 있지는 않았다. 마치 그럴 줄 알았다는 듯이……?

아니, 이게 대체 뭔……?

지수는 어안이 벙벙해진 채로 나와 그의 차 조수석에 올랐다. 직접 운전대를 잡으려는지 그는 기사를 물리고 운전석에 앉았다.

당최 종잡을 수가 없는 집안이다. 서민의 지극히 일반적인 사고방식으로는 일어날 수 없는 일들이 연쇄적으로 일어나는 것을 보니 재벌은 맞나 보다.

"설명이 좀 필요할 것 같은데요."

이런 거 돌려 물어 봐야 시간만 아깝다. 그리고 따지고 보면, 이거 대놓고 자존감 짓밟힌 거다. 계약에 의한 관계여서 동행한 곳이기는 하지만, 기분이 썩 유쾌하지만은 않았다.

"무슨 설명?"

그는 고저 없는 목소리로 되물었다.

"방금 다이닝룸에서 일어났던 일이요."

엔진음이 묵직하게 울리고, 차가 지하 주차장을 빠져나왔다. 겨울 밤하늘은 지독히도 어두웠고, 드문드문 밖에서 흘러 들어오는 가로등 불빛이 그의 얼굴 위로 어른거렸다.

어떤 표정을 하고 있는 건지 알 수가 없었다. 마음 같아서는 휴대전화 LED등을 얼굴에 가져다 대고 싶은 심정이었다.

목소리에도 감정이 없고, 말투도 건조하고. 아, 뭐 어쩌라고!

답답하게 굴지 말라고 신경질을 확 부리고 싶었지만, 지수는 평정을 유지하려 애썼다.

순간 아이돌 덕질 하다가 참사랑의 아픔을 깨달았다는 친구 은경의 말이 머릿속을 스치고 지나갔다.

'원래 더 좋아하는 사람이 약자야.'

하필 왜 이런 말이 머릿속에 떠오르는 건지 모르겠다.

그러니까 내가 이 남자 좋아해서 참는다는 건가?

지수는 가볍게 고개를 흔들어 버렸다. 갑자기 이상하게 끼어든 생각 따위는 훌훌 털어 버려야 했다. 지금 눈앞에 있는 남자와 얽힌 문제만으로도 충분히 복잡한데, 거기에 감정까지 끼얹을 필요는 없었다.

아니지. 감정이 끼어들어서 복잡해지는 건가?

가슴에 묵직한 돌덩이를 얹은 것처럼 갑갑해지려는데, 무미건조한 대답이 돌아왔다.

"내가 대답해야 할 의무가 있나?"

아까는 세상 부러울 것 없는 연인처럼 살갑게 굴더니, 태도가 180도 바뀌셨다.

아, 아까는 기사가 있어서? 설마 다른 사람 앞에서는 연인 코스프레 하고, 지금 둘이 있으니까 찬밥 취급하는 거야?

이 남자 인수니 합병이니 때려치우고 연기하는 게 낫겠다.

"그럼, 다른 거 하나만 묻죠."

심통이 나서 목소리가 튀어 버렸다. 쉽사리 감정을 드러내지 않는 성격인데, 이 남자랑 얽히면 이상하게 튀는 감정이 고스란히 묻어 나왔다.

그는 못 들었는지, 아니면 이번에도 대답해 줄 의사가 없는 건지 운전에만 집중했다.

"오늘 저녁 식사 자리, 대표님 선에서 거절할 수 있었던 거 맞죠?"

"어."

어? 너무도 쉽게 흘러나온 대답에 지수는 기가 찼다.

"그런데 왜 그렇게 안 하셨어요?"

"귀찮으니까."

귀찮으니까? 이젠 기가 막힐 정도다.

"손자며느리 보고 싶으셔서 안달 나신 분이야. 오늘 저녁 식사 한 번이면 당분간 선이니 뭐니 괴롭히실 일 없을 테니까."

아, 그러니까 연 회장이 혼처 물어 오는 게 귀찮아서 선량한 서민을 방패로 쓰셨다?

"제가 수치심을 느낄 수도 있다는 건 안중에도 없었다는 거네요? 내 감정이 어떻든 상관없었다는 거고요, 그렇죠?"

지수는 삐딱한 말투로 물었다. 이번에는 그의 입에서 쉽사리 대답이 흘러나오지 않았다. 아주 잠깐의 침묵이 흐르는가 싶더니 깊게 가라앉은 목소리가 들려왔다.

"수치심?"

기가 막힌 건 이쪽인데, 그는 어이가 없다는 듯이 되물었다.

210

"진짜 수치심이 어떤 건지 알고 하는 소리야?"

이 남자 왜 이렇게 삐딱해지셨을까? 내내 감정을 드러내지 않던 그가 화를 억누르는 듯 짓눌린 목소리로 말을 이었다.

"이지수 씨가 수치심 느낄 만한 부분이 있었나, 오늘?"

그럼 없었나, 오늘? 지수는 그리 되묻고 싶은 것을 꾹 참았다.

"아까 그 여자분 대표님이랑 결혼하시기로 내정된 분 아니에요?"

재벌가의 결혼식이야 물리도록 보았다. 지금 재벌가에서 예비 신랑들 순위를 매겨 본다면 단연코 연우석 대표가 최상위를 차지할 것이다.

"무슨 생각을 하는 거야?"

그는 어떻게 그런 끔찍한 생각을 할 수 있느냐는 듯이 힘주어 말했다.

"그럼 그 여자분은 누구신데요?"

"알 거 없어."

이 이상 캐물으면 뭔가 어긋나 버릴 것만 같은데, 왜 기분이 나빴는지에 대해서는 어필을 해야 할 듯했다.

"제가 연우석 대표님 진짜 연인은 아니지만, 그렇다고 해도 그 자리에 오신 여자분을 연 회장님이 '아가'라고 부르셨어요. 대표님, 형제 없으시잖아요? 형수님이나 제수씨는 아닐 테고. 안 그래요?"

"그래서 내 혼처라도 되는 줄 알고 기분이 나쁘셨다?"

그리 묻는 그의 목소리에 웃음이 묻어나는 듯했다.

웃어? 지금 웃겨? 뭐가?

"좀 그랬죠."

신호 대기에 차가 멈춰 섰다. 푸른빛이 감도는 가로등 불빛이 그의 얼굴 위로 쏟아져 내렸다.

"이지수 씨가 오해할 만한 사이 아냐. 그 여자한테는 관심 꺼. 그리고 아까 내가 한 말을 좀 곡해한 것 같은데."

무슨 말?

사실 지금은 그 어떤 말이라도 곡해하고 싶을 만큼 속이 꼬인다.

"회장님한테 소개할 만한 사람이니까 한 거야."

꼬깃꼬깃해졌던 심장이 갑자기 맥없이 녹아들었다.

심장아, 주인이 지금 진지하게 말하는데 이런 걸로 놀라서 두근거리지 좀 말아 줄래?

"결혼식 진행하면서 저 위치에 있는 양반들 어떻게 대해야 하는지 잘 알고 있을 테고, 그 덕에 식사 자리도 제법 매끄러웠고, 회장님 눈 밖에 날 만한 거리도 없고."

그는 여러 가지 이유를 대며 설명을 이어 갔고, 그럴수록 지수는 심장을 탓했다.

거봐, 내가 두근거리지 말랬잖아.

그러니까 이 남자는 애인 대행으로 써먹기 좋은 조건을 갖춘 자신을 이용했다는 뜻인가? 곡해하지 말라고 했는데, 이것보다 좋은 쪽으로는 해석이 되질 않았다.

결론이 나 버렸네.

재벌가 혼사 눈치 싸움에 재수 없이 끼어 버린 희생양이라고나 할까. 연우석 대표가 친히 이렇게 이용해 준다고 하시면, 저도 뭐 멍청하게 있을 수는 없겠네요.

내일은 연인경 회장한테 오케이, 콜! 을 외쳐야겠다.

저녁 내내 눈사람을 만드느라 좁은 마당을 휘젓고 다녀서인지 윤수는 베개에 머리를 대자마자 곯아떨어졌다.

지수는 울리지 않는 휴대전화 화면을 켰다가 껐다가, 수도 없이 들여다보았다.

이 사람이 진짜.

계약이니 연애니 해서 혼란스럽게 한 것으로 모자라 본가에까지 데리고 갔던 사람이 2주가 다 지나도록 전화는커녕 문자 한 통 없다.

그동안 호텔에서는 오닝 컴퍼니의 대표인 연우석 대표의 취임식과 함께 임직원들과의 차담회와 조찬이 진행되었다.

차담회와 조찬에서 그는 주로 직원들의 이야기에 귀를 기울이는 모습을 보였다고 한다. 연봉 및 인센티브, 사원 복지와 여직원 생리휴가, 여직원은 물론이고 남직원의 출산휴가 및 육아휴직과 근무유연제에 이르기까지 세세한 이야기들이 오고 갔다고 먼저 진행한 부서에서 소회들이 흘러나왔다.

자신의 업적이나 경력에 대해 공치사하는 연설 비슷한 것도 없었다. 처음 그를 만났을 때, 호텔 입구에 연우석 동상이라도 세울 것처럼 추켜세우던 홍 실장의 모습이 떠올라 좀 의아하기도 했다.

그 당시 이지수는 연우석에 대해 정보가 없었지만, 직원들은 어차피 다 알고 있으니까 그럴 필요 없다고 여기는 건지, 아니면 권위주의적인 대표의 이미지를 만들고 싶지 않은 건지.

어쨌든 일련의 일들에 대해 일부는 그가 직원들의 의견에 귀를 기울이는 합리적인 CEO상이라며 긍정적 반응을 보였고, 다른 이들은 처음에만 이미지 관리하려고 듣는 척하는 거라며 부정적 반응을 보였다.

또 이런 식의 담론에 익숙지 않은 이들은 대표 앞에서 무슨 말을 해야 할지 골치가 아프다며 여러모로 성가시다는 의견도 내비쳤다.

지수가 속해 있는 연회 판촉팀의 차담회는 내일로 예정되어 있다. 존귀하신 용안을 앞에 두고 지수도 무슨 말을 해야 하나 고민이 앞섰다.

호텔에 들어온 지 얼마 되지 않아서 아직 어리바리한 수준이기에 딱히 할 말도 없었다. 그런데 또 아무 말도 안 하면 나중에 심하게 갈굼당할 것 같았다.

이러려고 5억이나 빌려주면서 스카우트해 온 줄 아느냐, 그렇게 일할 거면 5억 뱉고 나가라! 이러면 어쩌지?

하아, 미치겠네. 진짜.

또 내일 얼굴을 맞대는 게 왜 이렇게 신경이 쓰이는 건지.

공식적인 자리에서 직원과 대표로서 대면하는 게 신경 쓰인다는 게 아니다.

알잖아요. 왜 그런 거, 있잖아.

뭔가 대단한 일이라도 시키며 부려 먹을 것처럼 엄청난 계약서를 갖고 협박 비스름하게 사람 겁줄 때는 언제고, 언제 그랬느냐는 듯이 안면 몰수하는 남자가…… 어떻게 신경이 안 쓰여요, 그죠?

지수는 이불 위에 몸을 누인 채로 누군가에게 이야기하듯이 허공을 휘저었다.

"내가 지금 이게 뭐 하는 짓이냐?"

갑자기 씁쓸함이 몰려와서 이불 안으로 숨어든 지수는 습관처럼 휴대전화를 집어 들었다.

아, 방금 난리 브루스를 췄던 모노드라마를 떠올리니, 누가 본 것도 아닌데 괜히 수치심이 몰려와 이불 킥을 하고 싶어진다.

지수는 오른손 검지로 휴대전화 화면을 톡톡 두드렸다.

[새로운 메시지]

심장이 쿵 내려앉았다. 예전에 그가 한 번 이렇게 야심한 시각에 '자나?' 하고 메시지를 보낸 적이 있었다.

설마……?

[이지수 고객님, 금월 말일까지 사용하셔야 하는 미사용 포인트 160 원은 … … .]

160만 원도 아니고 160원 미사용 포인트라니……. 갑자기 울화가 치미는 건 포인트 금액이 적어서가 절대 아닐 거다.

지수는 휴대전화를 가만히 노려보다가 그날 야심한 시각에 그가 보냈던 메시지를 찾아보았다.

자냐고 물었던 말에 대꾸를 못 했었다. 1분이나 시간을 줬는데도 말이다. 하긴 지금 와서 생각해 보면 바쁜 그에게 1분은 대단히 긴 시간이었는지도 모른다.

차담회와 조찬 모임도 그날 그의 일정에 따라 시작 시각이 각기 달랐는데, 분 단위가 매우 생소했다. 예를 들면 23분 시작, 38분 시작…… 이런 식이었다.

그는 촌각을 다투며 업무 현장을 오가고 있었고, 그렇기에 1분 단위로 회의와 조찬 모임, 차담회 등이 세팅된다는 게 혹자의 설명이었다.

되짚어 보면 재벌 고객 결혼식을 준비할 때도 그렇게 시간을 분 단위로 쪼개어 마이크로 컨트롤을 해야 했으니까.

이제 막 호텔 대표로서 업무를 시작했으니 오죽하겠느냐마는.

지수는 이불 안에서 뒤채다가 손에 쥔 휴대전화를 그만 바닥으로 떨어뜨리고 말았다. 그리고 그게 엄청난 사달을 불러오게 될 거라고는 감히 상상조차 하지 못했다.

"아, 진짜 핸드폰을 너무 큰 걸로 바꿨나. 왜 자꾸 손에서 미끄러져."

화면이 커서 좋다고 할 때는 언제고, 괜히 휴대전화 크기를 탓하며 기기를 집어 든 지수는 경악을 금치 못했다.

"이게, 뭔!"

휴대전화가 바닥에 떨어지면서 이제껏 한 번도 사용해 본 적 없는 음원 전송이 눌리는 기적이 발휘되었다!

이 휴대전화가 이런 기능이 있었어?

그런데 연우석 대표에게 전송된 음원이 가관이다.

Clean Bandit라는 이름조차 생소한 가수가 부른, 무려 제목이 I miss you!

잠시 고민에 빠져 본다. I miss you라는 곡을 찾아보고, 이 곡의 가사에 대한 검열을 먼저 해야 할까, 아니면 잘못 보냈다며 수습을 먼저 해야 할까.

아니면 핸드폰을 부숴 버리고, 이게 뭐냐고 다음에 만났을 때 연우석 대표가 물어보면 고장 나서 모르겠다고 시치미를 떼 버려?

뭐로 가든 답이 없어 보였다. 그때 동공이 마구 흔들려서 휴대전화가 덜덜 흔들리는 것 같은 착각이 인다.

헙! 착각이 아니었다. 화면이 검게 변하는가 싶더니 휴대전화가 부르르 진동하기 시작했다.

이거 혹시 꿈이야? 나도 윤수랑 같이 머리 대자마자 잠든 거 아냐?

현실을 부정하려 들수록 검은 화면 속 이름 석 자가 또렷해졌다.

[연우석]

전화를 안 받을 시에는 어쩌고저쩌고했던 계약 내용이 눈앞을 스치고 지나갔다. 안 받아 봐야 이쪽이 손해라는 의미다.

"여보세요?"

옛말에 매도 먼저 맞는 게 낫다고 했다. 근데 또 학창 시절을 떠올려 보면 선생님이 초반에는 온 힘을 다해 회초리를 휘두르다가 막판에는 힘이 빠져서 살살 때리거나 뒤에 그냥 들어가라고 했던 운 좋은 케이스도 더러 있었다.

아, 받지 말 걸 그랬나.

– 나와.

"네?"

당황스러움을 넘어 황당하다. 대뜸 나오란다.

– 보고 싶으면 봐야지.

목소리에 고저가 없다. 말투에 온도가 느껴지지 않는다. 이거 장난인지, 진심인지 구분이 안 된다.

"지금요?"

일전에 본가에 갔다가 오는 길에 시간이 늦었다며 집 앞까지 그가 데려다줬기에 그는 지수네 집이 어딘지 알고 있었다.

– 아니. 15분쯤 걸려.

이 남자 진심이야?

"진심이세요?"

– 그럼, 이 밤중에 나랑 장난하려고 그랬어?

아……. 장난은 아니었는데……. 실수였거든요.

라고 곧이곧대로 이야기하면 잡아먹을 것 같은 기분도 들고, 왠지 지금은 나가서 봐야 할 것도 같고. 그렇다고 연락 기다린 척은 하기 싫고, 뭔가 튕겨 보고도 싶고.

내가 왜 이러는지 나도 모르겠고.

지수 쪽에서 대꾸가 없자 그가 재차 되물었다.

– 지금 이 시간에 나랑 장난하자고 그런 거냐고.

이번에는 목소리에 높낮이가 더해졌다. 그런 거냐고오! 하고 끝을 길게 늘이며 올려붙였고, 신경질도 약간 묻어나는 것 같았다.

"……니요."

– 네?

당황한 나머지 기어들어 가는 목소리로 대꾸했더니 대답을 잘 못 들은 그가 목소리를 딱딱하게 굳히며 되물었다.

"아니요!"

이번에는 뜻이 정확히 전달되도록 똑똑히 발음했다. 그러자 휴대전화 너머에서 거친 숨소리가 들려왔다.

왜 이래, 이 사람이.

귓가를 간질이는 거친 숨소리에 야릇함을 느낀 지수는 괜히 다리가 꼬이는 듯한 착각이 일었다. 아니, 실제로 이불을 다리 사이에 둘둘 말고 어쩔 줄을 몰라 하고 있었다.

－15분 후에 전화하면 나와.

그의 목소리에서 웃음이 묻어났다. 거친 숨소리는 웃음을 참느라 나온 거였나 보다.

전화가 끊겼다.

자, 이제 15분 동안 뭘 한다?

뭔가 꾸미고 나가면 되게 기다린 거 티 내는 것 같고, 그렇다고 자다 깬 것 같은 몰골로 나가기엔 민망하고.

지수는 은은한 수면등 아래서 화장대를 더듬거렸다. 가볍게 쿠션을 바르고, 눈썹을 그린 뒤 핑크빛이 감도는 립밤을 살짝 발랐다.

됐어, 이 정도면 티 안 나게 꾸민 것 같아.

아, 옷은 어쩌지?

오밤중에 나가는데 출근하듯 빼입을 수도 없고, 그렇다고 프린트 부분이 쩍쩍 갈라진 캐릭터 잠옷 입고 나갈 수도 없고……. 왜 내게는 그 흔한 면으로 된 롱 원피스 하나 없단 말인가?

비루한 홈웨어를 탓하고 있는데, 휴대전화가 바르르 진동했다.

"네, 여보세요."

－다 왔어. 나와.

와, 이 남자 생각해 보니 되게 센스 없다. 보통 이런 경우에는 한 30분 정도 여자한테 고민하고 꾸밀 시간은 줘야 하는 거 아닌가?

지수는 생각을 얼른 고쳐 했다.

아, 나는 여자가 아닌 건가 보다. 쌍무적 계약관계, 주종 관계에 놓인 고용인일 뿐. 원피스고 나발이고…….

지수는 미키마우스 캐릭터가 자글자글한 회색 트레이닝복 위에 롱패딩을 껴입었다.

그래, 음악 메시지는 잘못 보낸 거라고 호소하기에 딱 어울리는 복장이야!

지수는 스스로 합리화하는 데 일정 수준 이상의 경지에 오른 듯했다.

성질 급한 양반 숨넘어가기 전에 얼른 나가야지.

대문을 나서자 가로등 불빛 아래 서 있는 그의 매끈한 검은색 세단이 눈에 들어왔다.

아, 보통 이런 경우에는 남자가 내려서 보닛 같은 데 기대서 있던데.

지수는 또 한 번 생각을 바로잡았다.

그는 저에게 남자가 되고 싶지 않은 건가 보다. 그저 깐깐한 고용주가 되고 싶을 뿐…….

그런데 왜 '아이 미스 유'에 반응하셨냐고요!

차창을 두드려야 하나 망설이고 있는데 조수석 유리창이 스윽 내려갔다.

안에서는 누군가가 열심히 영어로 떠드는 소리가 들려왔다.

지수는 빠끔히 열린 틈으로 운전석에 앉은 그를 바라보았다. 그는 통화를 하며 지수에게 손가락 두 개를 까딱거렸다. 타라는 뜻 같았다.

조수석에 오르자, 그가 차를 출발시켰다. 그는 옆에 지수가 탔는데도 아랑곳 않고 통화를 이어 갔다.

통화 내용에 귀를 기울여 보니, 호텔 I의 미국 본사인 듯했다. 듣자 하니 이야기가 잘 풀리지 않는 것 같았다. 표정는 상당히 언짢아 보였으나, 그의 목소리나 말투에는 그런 감정이 전혀 묻어나지 않았다.

10분 넘게 이어지던 통화는 어느 건물 주차장에 도착해서야 마무리되었다.

전화를 끊은 그는 한숨을 한 번 깊게 내쉬었다. 적잖이 바빠 보이는데, 그 메시지 하나에 달려온 건가 싶어서 심장이 콩콩 울린다.

"라면 끓일 줄 알아?"

"네?"

"라면, 끓일 줄 아냐고."

"네."

시동이 꺼졌다. 차 안이 적막해졌다.

"라면 좀 끓여 줘 봐. 오늘 한 끼도 못 먹었어."

그리 말한 그는 운전석에서 내려 보닛을 돌아 조수석 문을 열어 주었다.

차 문 열어 달라고 딱히 기다린 건 아니었다. 잠시 사리 분별이 되질 않아 얼어 있었다.

"내려."

"여기 어딘데요?"

오밤중에 끌려온 곳이 어떤 곳인지는 알아야겠으니까.

"내 아파트."

그러니까 저 남자가 지금 온 이곳이 자기 집이라고 말하고 있는 거였다. 그리고 거기 들어가서 나한테 지금 라면을 끓이라는 거다.

지수의 동공이 쉼 없이 흔들렸다.

이 남자 진심이야?

2주 만에 만나서…… 라면을 끓여 달라고?

4화 - 입술만 보여

우석은 조수석 문을 붙들고 서서 얼이 나간 얼굴을 하고 있는 지수를 가만히 내려다보았다.

여자와 사고 같은 첫 밤을 보낸 이후, 줄곧 우석은 자신이 생각해도 뜨악한 방식으로 여자를 옭아매려 들고 있었다. 그렇다고 여자가 자신에게 접근했던 방식 역시 지극히 정상적인 범주 안에 속한 것은 아니었다.

그래서 묘한 오기가 발동한 나머지 비정상적인 관계가 생성되었다고 여겼다. 그러나 매일 부딪치고, 매일 마주하니 그 골은 더 깊어지는 듯했다.

시간이 필요했다. 마수에 걸린 듯 알 수 없는 심연으로 빠져들어 가는 것만 같은 감정에서 잠시 벗어나고 싶었다. 생경한 감정이라는 사실을 우석은 직시했지만, 그게 연인 사이에나 느낄 수 있는 애틋함인지 아닌지는 확신할 수 없었다.

호텔 일을 본격적으로 시작하면서 무척이나 바빠졌고, 우석은 자연스레 여자를 멀리할 수 있을 거로 생각했다.

그런데 드넓은 호텔에서 여자는 잘도 눈에 밟혔다. 공교롭게도 언제나 그녀를 우연히 바라보게 되는 것은 우석의 역할이었고, 그녀는 우석을 발견하지 못했다.

직원들과 점심 식사를 마치고 이동하면서 예쁜 미소를 지었고, 직원용 휴게 정원에 앉아 커피를 마시며 즐거운 웃음을 터뜨렸다.

뇌에 거울 신경이라는 게 있어서 웃는 낯에 침 못 뱉는 거고, 웃음은 전염되는 거라고 했다. 그래서 그랬는지 멀찍이서 그녀의 웃음을 바라보면서, 우석은 저도 모르게 입꼬리를 올렸다.

눈이라도 마주쳤으면 상사에 대한 도리로 꾸벅 인사를 건네왔을 것이다. 그럼 여상하게 인사를 받아 줄 수 있었을까?

돌이켜 보니 차라리 면대면으로 마주하지 않은 게 나았던 것 같다. 그러면서 한편으로는 괘씸해지기 시작했다.

계약도 했고, 연애 비슷한 거 하자고 운도 뗐었고, 게다가 연인경 회장의 성화로 어쩔 수 없었다 해도 본가에까지 데리고 갔었는데, 이쪽에서 연락이 없다고 저쪽에서도 연락 한 통이 없었다.

지독하다고 해야 하나, 무심하다고 해야 하나.

은근히 먼저 연락이 오기를 기다렸다. 바쁘냐는 둥, 밥은 먹었느냐는 둥 아주 평범한 연락을 기다리는 자신을 보며 드디어 미쳤구나 싶었다.

하루는 연락을 기다리고, 하루는 그게 무슨 상관이냐며 무심한 척 굴고, 또 하루는 괘씸하다며 혀를 끌끌 찼다.

그렇게 변화무쌍한 하루를 보낸 지 2주쯤 흘렀나 보다.

시간이 이렇게 빨리 흘러갔는지도 몰랐다. 그리고 종내에는 기가 막혔다. 처음에는 짬이 날 때 이지수 생각을 했다면, 최근 며칠간은 시도 때도 없이 지수를 떠올리고 있었다.

그런데 선뜻 휴대전화에 손이 가질 않았다. 갑자기 명분이 없어진 기분이었다. 계약이니 뭐니 해서 사람 붙들어 놓았던 자신이 너무도 꼴사나워 보였다.

내가 미쳤었나? 싶은 순간이었다.

호텔 I와의 일도 꼬일 대로 꼬여서 스트레스가 극에 달해 있었다. 여느 때와 마찬가지로 호텔 I 본사 담당자와 콘퍼런스 콜을 하고 있을 때였다.

[I miss you.]

휴대전화 메시지로 노래 한 곡이 수신되었다.

이지수, 이 여우!

메시지를 보자마자 허탈하게 웃음이 났다. 사람을 쥐락펴락하려고 들었던 거라면 그녀가 이겼다.

메시지를 받은 순간 우석은 잠시 고민했다.

이걸 진심으로 받아들여야 하나?

우석은 메시지를 확인하자마자 그녀에게 전화를 걸었다. 그런데 수화기 너머에서 당황 섞인 목소리가 들려온 순간 또다시 허탈하게 웃음이 났다.

대체 뭘 기대한 거야, 연우석?

오밤중에 보낸 음원 메시지는 실수인 듯했다. 그런데 그 실수 어린 메시지 전송이 우석에게는 엄청난 파장을 불러일으켰다.

이렇게 실수로 메시지가 눌리려면 최소한 그 사람의 메시지 창이 열려 있던 상황이 존재해야 한다. 이건 경험적 예측이다. 일전에 우석도 휴대전화 화면을 열고 그녀에게 메시지를 어떻게 보낼까 고민하다가 '자나?' 하고 짧은 문장을 전송했던 적이 있었다.

최소한 내 생각을 했다는 건데. 우석은 회심의 미소를 지으며 다짜고짜 그녀의 집 앞으로 찾아갔다.

그런데…….

그녀의 모습을 마주한 우석은 실로 당황스러웠다. 그녀는 심히 내추럴한 모습을 한 채 우석의 차에 올라탄 것이다.

우석은 커프스 링크에 아직 넥타이도 풀지 않은 슈트 차림이었다. 그리고 그녀는 다소 고전적인 미키마우스 그림이 그려진 회색 트레이닝복 차림에 검은색 롱패딩을 입고 있었다.

자유로워도 너무 자유로운 그녀의 복장에 할 말을 잃은 것도 잠시, 차 안 가득 그녀의 향긋한 냄새가 퍼지기 시작했다.

호텔에서 마주했을 때는 분명 도회적인 향수 냄새가 그녀를 휘감고 있었는데, 지금은 코끝을 간질이는 달콤한 파우더 냄새가 은은하게 풍겼다. 신경을 곤두세우고 맡아야지 느껴질 만큼 미약한 향기여서 더 감질났다.

준비하고 나올 시간을 너무 적게 줬나 싶은 생각이 뒤늦게 들었다. 하지만 그게 그다지 후회스럽지는 않았다.

덕분에 호텔에서는 맡을 수 없었던 그녀의 향기가 우석의 폐부 깊숙이 새겨지기 시작했다.

"내려, 안 내려?"

우석은 멀뚱히 앉아 있는 지수를 내려다보며 재차 물었다.

"내려요."

그녀는 당황스러운 표정을 애써 숨기는 듯했다.

귀엽네.

또다시 어릴 적 바글바글하던 비글을 내려다보던 때 내뱉었던 말이 마음속에서 불쑥 솟아올랐다.

그런데 일견 같은 듯 보였지만 그 의미가 달랐다. 손을 뻗어 당황스러워하는 얼굴을 어루만지고 싶은 충동이 이는 귀여움이었다.

우석은 손이 제멋대로 뻗어 나갈까 싶어서 얼른 주먹을 움켜쥐었다. 그런데 타이밍이 늦어 버렸다.

그의 손이 주인의 말을 듣지 않고 멋대로 뻗어 나가 그녀의 손을 움켜잡아 버렸다!

"!"

그녀가 당황한 듯 붙잡힌 손과 우석의 눈을 번갈아 보았다.

그에 더 당황한 우석은 그대로 굳어서는 돌아섰다. 차에서 내린 그녀의 손을 잡고 우석은 앞만 보고 걸었다.

엘리베이터 앞에 서서도 역시 앞만 보고 서 있었다. 커다란 손에 잡힌 작은 손은 부드러웠지만 차가웠다. 일전에 본가로 향하는 차 안에서 그녀를 안심시키려고 잠시 잡았던 손도 이렇게 차가웠었다.

"수족 냉증인가?"

퍽이나 로맨틱한 말이 흘러나왔다. 우석은 자신이 물어 놓고도 어처구니가 없어서 하마터면 실소를 터뜨릴 뻔했다.

'손이 왜 이렇게 차?'

평범한 문장으로 걱정스레 물었다면 얼마나 좋았을까?

단언컨대 평생을 살아오면서 단 한 번도 자신이 무능력하다거나, 협상 능력이 떨어진다거나, 처세술이 빈약하다거나 하는 이유로 자괴감이 들었던 적은 없었다.

그런데 갑자기 무능해진 것 같고, 시의적절한 말을 꺼내지 못하는 눈치 없는 사람이 된 것 같고, 어떻게 행동해야 할지 몰라 전전긍긍하는 어린아이가 된 듯했다.

아니, 이 여자는 뭔데 나를 이렇게 무능하게 만들지?

거짓말 조금 보태서 연우석은 자신이 전능한 인간이라고 자부했었다.

뜻대로 되지 않는 일은 없었고, 안 되면 되게 할 수 있는 사람이었다. 원하는 것 역시 손아귀에 쥐어 보지 못한 적 없었다.

그런데 이 여자가 사람을 한없이 초라하게 만든다.

"네, 수족 냉증 있어요. 한여름에도 손발이 차요."

그녀는 어떻게 알았냐는 듯이 대꾸했다.

"그런데 보통 겨울에는 사람 손 다 차갑지 않아요? 수족 냉증인 줄 어떻게 알았어요?"

눈을 동그랗게 뜨고 되묻는데 심장이 덜컥 내려앉았다. 그러더니 갑자기 쿵쿵거리며 내달리기 시작했다.

"그게, 조금 전까지 따뜻한 차 안에 있었잖아. 그런데도 손이 차서."

"아아. 예리하시네요."

그녀는 수긍이 간다는 듯이 고개를 끄덕거렸다. 우석의 입꼬리가 달싹거렸다.

일순 무능한 인간이 된 기분이었는데, 예리하다는 그녀의 칭찬에 잘 벼린 칼날처럼 날카로워진 기분이다.

그런데 이 여자는 손을 잡혔는데, 아무렇지도 않은 거야?

그녀의 목소리는 평소와 다를 바 없이 평온했다. 누구는 지금 말 한 마디에 심장이 내달리고 있는데, 실로 억울한 생각이 들었다.

그리고 의문이 생겼다.

내 심장은 왜 이렇게 내달리고 있는가에 대해.

자기 잘난 맛에 살아온 인간 연우석이 다른 이로 인해 감정이 들쭉날쭉하니 기분이 이상하다는 생각만 들 뿐, 그 본질을 간파하지 못하고 겉돌았다.

엘리베이터에 오른 두 사람은 말없이 손만 붙잡은 채로 앞만 바라보았다.

이윽고 엘리베이터가 31층에 멈춰 섰다. 엘리베이터 도착음과 함께 지수는 심장이 덜컥 내려앉는 듯했다.

기어이 야심한 시각에 이 남자의 집에 오고 말았다.

뭐 하러? 라면 끓이러.

지수는 다소 당황스럽고 어이가 없는데, 온 신경이 붙잡힌 손에 가 있어서 심장이 널을 뛰듯 했다.

당황스러웠다가, 어이가 없다가, 떨렸다가. 손을 잡자마자 수족 냉증이 있느냐 묻는 남자의 자상함에는 하마터면 반할 뻔했다.

두어 번 손을 잡았을 뿐인데, 그걸 눈치채다니. 지수는 은근 저도 모르게 감동을 하고 말았다.

그래서 결심했는지도 모른다. 이 세상에서 가장 맛있는 라면을 끓여 주겠노라고.

"그런데 라면도 먹어요?"

재벌 3세쯤 되는 인사가 라면을 먹는다니 의문이 들기도 했다. 진시황 버금가는 건강식만 먹을 것 같은 사람이 라면을 운운하니 놀라운 것도 마찬가지였다.

"왜, 먹으면 안 되나?"

그는 현관을 들어서며 되물었다.

"아니, 먹으면 안 되는 건 아닌데……."

안 먹을 것처럼 생겨서 먹는다니까 신기해서요.

라고 덧붙이는 대신에 지수는 일반적인 견해를 이야기했다.

"밤늦게 라면 먹으면 속 부대낄 텐데, 괜찮겠어요?"

지수가 여상히 물은 말에 일순간 그의 눈동자에 이채가 어렸다.

이 남자 또 왜 이러지?

투명하게 빛나는 검은색 눈동자. 검은색이 투명하다고 느껴질 수 있다니 신기한 노릇이었다.

"괜찮아."

그가 자상한 목소리로 속삭였다고 느낀 것은 나만의 착각일까? 지수는 제 귀를 의심할 정도로 지나치게 달콤하게 들린 음성에 침음을 삼켰다.

이 남자랑 지금 집에 단둘이 있는데…… 나는 라면을 끓여야 한다?

"부엌은 여기. 이지수 씨도 먹으려면 두 개 끓이고."

지수는 다소 당황스러웠지만 방금 전에 수족 냉증으로 받았던 감동을 되새기며 물었다.

"내가 먹는 대로 끓여도 이의 없죠?"

심각한 물음에 그가 픽 웃음을 터뜨렸다.

"무슨 대단한 라면 레시피라도 숨기고 있나?"

"뭐, 그건 아닌데. 우유 있어요? 우유 넣으면 내일 아침에 덜 부대끼거든요."

"냉장고에 있을 거야."

그는 냉장고 홈바를 열고는 개봉이 되지 않은 우유 500ml 한 팩을 꺼내서 조리대 위에 올려 두었다.

"됐지? 허여멀건 국물은 싫은데?"

"걱정 마요. 세상에서 제일 맛있는 라면을 맛보게 될 테니."

의기양양하게 덧붙인 말이 말도 못 하게 어색해서, 지수는 순간 손발이 오그라드는 것만 같은 착각이 일었다.

일요일은 내가 짜장라면 요리사! 마치 요리왕 비룡이라도 된 양 떠든 말풍선 같은 대사를 그가 제발 그냥 넘어가 줬으면.

기대한다느니 이런 낯간지러운 대사 치지 마!

지수의 속을 알 리 없는 그는 빙그레 웃으며 대꾸했다.

"좋아, 기대할게."

아, 젠장. 손발이 오그라들어서 라면 못 끓일 것 같아!

"씻고 나올 테니까, 알아서 끓여 줘. 한 20분쯤 걸릴 거야."

"알겠어요."

지수가 어색한 미소를 지으며 자포자기한 심정으로 대답을 내뱉고 난 뒤, 그는 어디론가 사라졌다.

잠깐만요.

지금 뭐 하고 나온다고? 씻고 나와……서 뭐 하려고?

한편 욕실에 들어선 우석은 그동안 누가 입과 코를 틀어막아서 숨을 쉬지 못했던 사람처럼 긴 숨을 토해 냈다.

"내가 지금 뭘……."

원래 인생이라는 게 개연성 없이 흘러가서 사람을 간혹 당혹스럽게 한다. 그런데 지금은 정신은 못 차릴 정도로 뒤통수가 얼얼하다. 물론 뒤통수를 세게 내리친 것은 그 누구도 아닌 자신이었다.

"어쩌자고 지금······."

이 늦은 시각에 이지수를 집으로 데리고 왔을까?

게다가 씻고 나올 테니, 라면을 끓여 두라고?

흑심이 철철 흘러넘치는 말을 내던지고 도망치듯 침실로 들어왔다. 침실 안에 있는 욕실에 몸을 숨기듯 한 우석은 일단 씻고 나오겠다고 했으니, 씻기로 했다.

신에게는 아직 20분이나 남아 있습니다!

아직 그녀의 얼굴을 다시 마주하기까지 20분이나 남아 있다. 그러니까 라면을 먹고 수습을 해 보자.

우석은 평소보다 더 신경을 써서 꼼꼼히 몸을 씻어 냈다. 누군가 왜 이렇게 꼼꼼히 씻느냐고 물어본다면······.

혹시나, 만약에····· 음······.

머릿속이 뜨거워지는 상상을 몰아내며 우석은 겨우 수전을 잠그고 샤워를 마쳤다.

젖은 머리카락을 얼마만큼 말리고 나가야 하는지도 고민이 되었다. 이제 별게 다 신경이 쓰인다.

오래 기다리게 하면 안 될 것 같아서 우석은 대강 젖은 머리카락의 물기만 털어 내고 침실을 나섰다.

일 애기를 꺼내는 게 자연스럽겠지?

부엌으로 향하니 라면 냄새가 솔솔 풍겼다. 그녀는 하얀색 면기에 라면을 옮겨 담고 있었다.

"씻었어요? 앉아요. 아무리 그래도 어떻게 종일 한 끼도 못 먹었어요?"

그녀는 먹고살자고 하는 일에 굶고 다니면 쓰겠느냐며 라면 그릇을 식탁 위에 내려놓았다.

"김치가 없네요. 이럴 줄 알았으면 편의점에서 하나 사 올걸."

우석의 냉장고에는 최소한의 것들로만 채워져 있었다.

물, 맥주, 주스, 우유 등.

"무슨 냉장고에 음료수밖에 없어요?"

뭐가 그렇게 궁금한지 그녀는 쉴 새 없이 종알종알했다. 가끔 들어와 옷을 챙기고, 잠깐 눈만 붙이고 나가던 공간이 타인의 목소리로 채워지니 사뭇 다르게 느껴졌다.

우석은 저도 모르게 지수를 뚫어져라 바라보았다.

"뭐 해요? 얼른 먹어요."

그녀는 젓가락을 들고 눈을 치뜨며 말했다.

"어, 먹어."

우석은 그녀가 시키는 대로 입안으로 라면을 집어넣었다.

"치즈라면 같네, 꼭."

우유를 넣었다는 라면에서 치즈 맛이 나서, 치즈 맛이 난다고 했을 뿐이거늘……. 그녀는 쌍꺼풀이 없는 기다란 눈이 곱게 접히도록 웃었다. 이 여자 지금 보니 사특하게 눈웃음도 칠 줄 안다.

진득하게 시선이 얽혔다. 그녀는 생글생글 눈웃음을 머금은 채로 우석을 바라보고 있었다.

그러고 보니 지난번 본가에 데려갔을 때와는 어딘지 모르게 그녀의 태도가 달라진 듯했다. 우석은 이걸 긍정적으로 받아들여야 하는지 잠깐 고민했다. 그날 그 여자의 등장으로 마지막에는 분위기가 엉망이 되었다.

며칠 그녀의 눈을 피했던 것도 어쩌면 절대 타인에게는 보여주고 싶지 않은 치부를 갑작스레 들켜서인지도 모른다.

그때를 떠올리자 저도 모르게 미간이 구겨지고 말았다. 그 바람에 내내 미소를 머금고 있던 그녀의 얼굴이 아주 옅게 어두워졌다.

여전히 눈웃음을 머금고는 있었지만, 우석이 갑자기 표정을 구긴 이유가 뭔지 몰라 불안한 눈치였다.

"왜요? 치즈라면 안 좋아해요? 입맛에 안 맞아요? 다시 끓일까요?"

저 작은 머릿속에는 대체 뭐가 들어 있을까?

그녀는 입맛에 맞지 않으면 다시 끓여 주겠다며 미안하다는 듯 물었다.

"아냐. 맛있어."

우석이 내놓은 대답이 영 미덥잖은지 그녀가 젓가락을 내려놓으며 입술을 뾰족하게 내밀었다. 미간을 좁힌 표정이 볼만했다.

자연스레 우석의 시선은 볼록하게 튀어나온 오동통한 붉은 입술에 고정되었다. 라면을 마주했을 때보다 더 허기가 졌다.

"대표님."

그놈의 대표님 소리 좀.

우석은 한 번도 호칭을 정정해 준 적 없다는 사실을 상기했다. 그런데 여기서 호칭을 굳이 정정할 필요가 있을까 싶었다.

'대표님이라고 부르지 말고, 이름 불러.'

라고 말한다면 분위기가 정말 이상해질 것 같았다. 계약이니, 연애니 미친 소리를 적잖이 지껄였지만, 이제 와서 그게 새삼스러워졌다.

그래, 이건 차차 정리를 하는 것으로 하고.

"왜 갑자기 심각하게 불러?"

"라면은 핑계죠?"

심장이 덜컥 내려앉았다. 갑자기 이런 식으로 급작스럽게 공격이 들어올 줄은 몰랐다.

"무슨 소리야?"

"배 별로 안 고프신 것 같아서요."

그녀는 가슴 앞에서 팔을 교차시키며 팔짱을 끼더니 뾰로통한 표정을 지었다.

그러니까 지금 연우석이 이지수 엿 먹이자고 밤에 불러내서 라면 끓이게 했다고 생각하는 거다.

뭐 100% 아니라고는 할 수 없지만.

"아니거든!"

우석은 라면 한 젓가락을 푹 떠서 입안으로 집어넣었다. 스스로 생각해도 퍽이나 유치하고 어이없는 행동이었다.

그런데 그녀는 그 젓가락질 한 번에 의심을 걷어 낸 듯 내려놓았던 젓가락을 다시 집어 들었다.

아까 어떻게 수습하려고 했더라? 그래, 일 얘기!

짐짓 진지한 목소리로 우석이 입을 열었다.

"완도 쪽에 호텔 하나를 짓고 있어. 호텔 I와는 무관하게 인경개발에서 짓고 있는 거야. 들었으니 알겠지만, 호텔 I 본사를 인수하고 나면 완도에 새로 짓는 호텔도 그쪽으로 흡수시키기는 할 거야."

이야기를 꺼내 놓고 보니 그녀의 일과는 별로 상관이 없어 보였다. 이걸 어떻게 이어 가야 하나 고민하고 있는데, 그녀가 말간 눈을 동그랗게 뜨며 물었다.

"그쪽 연회장 규모는요?"

말을 꺼낸 우석보다 더 바람직한 반응을 보이는 그녀였다. 그녀는 웨딩플래너일 때도 그랬지만 호텔에서 일하는 지금도 맡은 바 직무에 대한 책임감이 대단해 보였다.

그리고 그녀가 우석의 마음에 들었던 점은 바로 반짝반짝 빛나는 두 눈동자 속에 어린 솔직한 야심이었다.

어느 순간부터인지 사회에서 성공을 좇는 사람을 부정적인 시각으로 바라보는 경향이 생기기 시작했다. 성공만 좇고 주변은 제대로 챙기지 못하는 야속한 인간이라 욕하기도 하고, 돈만 아는 수전노라며 손가락질하기도 한다. 그러다 그 사람이 성공을 이루지 못하고 무너지기 시작하면 '내 그럴 줄 알았다.'며 비웃는다.

소망을 이루고자 하는 이를 응원하는 사람은 드물고, 누군가 꿈을 접게 되면 그걸 위안 삼아 자신의 처지를 납득하려 든다.

그만큼 사회가 각박해졌다는 방증이겠지. 게다가 여자가 야심을 품었다고 하면 독한 여자, 팔자 사나운 여자라며 색안경을 끼고 바라본다.

하지만 그녀는 자신을 그렇게 바라보거나 말거나 자신이 품고 있는 야심 앞에서 당당했다. 막연하게 '꿈'이라는 말로 표현하기엔 모자라게 느껴질 만큼 그녀가 지닌 포부는 대단해 보였다.

그래서 그녀를 호텔로 불러들이고 싶었는지도 모른다. 그녀가 호텔 I의 성장에 어떤 이바지를 하게 될지 단순히 궁금했다. 인재 영입의 선에서 이루어진 일이라는 뜻이다.

그러니까 그 선을 지켰어야 했는데…….

세상에서 가장 어려운 게 선을 지키는 일이 아닌가 싶었다. 초등학교 때 짝꿍이 그어 놓은 선 넘어갔다가 싸움이 일어나기도 하고, 국경선을 잘못 넘었다가는 전쟁이 발발하기도 한다.

그리고 선을 넘은 두 사람 사이에서는 다소 야릇한 기운이 흘러넘쳤다.

분명 일 이야기를 하고 있는데 왜 이렇게 귓불이 달아오르는지 모르겠다며 우석은 쉼 없이 질문하고 떠드는 그녀의 목소리를 멈추고 싶다는 생각마저 들었다.

그녀의 맑고 고운 목소리가 울려 퍼질수록 몸이 나른해지는 착각마저 일었다.

"이지수 씨."

"네?"

완도 호텔의 연회장 활용 방안에 대해 심각하게 떠들어 대던 그녀가 또다시 말간 눈을 동그랗게 뜨며 우석을 응시했다.

까맣고 동그란 눈동자 속에 제 눈부처가 보였다. 그녀의 말간 눈동자를 통해 보이는 제 모습이 꽤 즐거워 보여서 우석은 잠시 머뭇거렸다.

"왜요?"

심각한 표정을 한 우석에게 그녀는 조심스레 물었다.

"라면 불어. 얼른 먹어."

젓가락으로 라면을 휘저은 우석은 개탄스러울 지경이었다.

말본새하고는.

고기도 먹어 본 놈이 먹는다고, 평생 로맨스와는 담쌓고 살아왔기에 로맨틱한 말이 흘러나올 리 만무했다.

아니, 잠깐 지금 굳이 내가 로맨틱한 말을 해야 하는 이유가 있나?

우석의 동공이 쉴 새 없이 흔들렸다.

내가 이 여자 꼬시자고 여기 데려온 것도 아닌데?

심장이 비웃듯 쿵쿵거렸으나, 머리는 절대 아니라며 도리질 쳤다.

정말 고개를 좌우로 움직이고 말았다. 그러자 그녀가 걱정스레 묻는다.

"어디 불편하세요?"

"아니."

퉁명스러운 대답이 즉시 흘러나왔다. 대답과 달리 불편해서 돌아가실 지경이다. 가슴과 머리 사이의 괴리감, 온도차, 불합치 등등에 혼란스러웠다.

지수는 극도의 내적 갈등을 겪고 있는 남자를 물끄러미 바라봤다.

세상에서 저만 잘난 남자라고 생각했었다. 그런데 오늘 그가 보이는 작은 행동들이 자꾸만 지수의 가슴을 뒤흔들었다.

'라면 불어. 얼른 먹어.'

남의 라면이 불거나 말거나 전혀 관심 없게 생긴 남자가 얼른 먹으라며 건넨 말에 지수는 심장이 콩콩거렸다. 그다지 로맨틱한 말도 아닌데, 심장은 머리로 받아들인 것과는 다르게 끝 간 데를 모르고 질주하려 들었다.

지수는 그가 뭐라고 더 덧붙일까 싶어서 라면 그릇에 코를 박고 후루룩 흡입했다.

"차 마실래?"

먼저 그릇을 비운 그가 불쑥 물었다.

라면과 차라……. 조합이 우습긴 하지만 거절하면 안 될 것 같은 포스를 풍기는 남자에게 지수는 고개를 끄덕여 주었다.

새하얀 면기에 겨우 라면 하나 끓여 줬을 뿐인데, 그는 프랑스 호텔 I 총지배인에게 선물 받은 거라며 말린 장미 꽃잎과 라벤더 꽃잎을 배합해서 만들었다는 꽃차를 들고 왔다.

남자 혼자 사는 집답지 않게 분홍빛 차를 담은 잔과 소서는 금빛 레이스를 그대로 옮겨 놓은 듯 아름다웠다.

"고마워요, 잘 마실게요."

마치 라면 국물로 오염된 입을 꽃물로 세척하는 기분이었다. 나트륨 덩어리로 뻑뻑해졌던 입안이 순식간에 향긋한 꽃밭이 되었다.

"흐음."

지수는 저절로 콧소리를 내며 차 한 모금 머금고는 자신이 낸 소리에 흠칫 놀라서 앞에 앉은 그를 흘끗 보았다. 그는 기다란 손가락으로 우아하게 찻잔을 들어 올린 채로 상념에 젖어 있었다.

그 모습을 지수는 홀린 듯 바라보았다. 남자가 차를 마시는 모습은 우아하다 못해 찬연한 빛을 내는 듯 아름다웠다.

그는 고개를 45도 각도로 기울인 채로 잔을 입가에 대고 있었다. 차를 한 모금 머금은 그가 지수 쪽으로 시선을 보내오자, 지수는 눈을 피했다.

훔쳐보고 있던 걸 들킨 듯 기분이 묘했다.

"다 마셨어?"

그는 찻잔을 내려놓으며 물었다. 라면으로 배도 채웠고, 저 남자는 씻고 나왔고, 차로 입가심도 했으니, 이제 뭘 해야 하지?

"네, 다 마셨어요."

지수는 이미 바닥을 드러낸 찻잔을 소서 위에 내려놓으며 대답했다. 달그락거리는 작은 소리에 심장이 요동쳤다.

"가자."

식탁 의자에서 그가 먼저 일어섰다. 지수도 그를 따라 느릿하게 몸을 일으켰다.

형용할 수 없는 아쉬움이 밀려왔다. 그래서 행동이 굼떠졌다. 그를 따라 현관 앞까지 간 지수는 저도 모르게 긴 한숨을 내쉬었다.

설거지를 못 했는데, 설거지하고 간다고 할까? 아니지, 내가 밤에 불려 나와서 라면까지 끓여 준 마당에 설거지까지 하겠다고 하면 그거 너무 이상하잖아?

신발을 신던 그가 머뭇거리는 지수를 가만히 내려다보았다. 지수 역시 자연스레 그를 올려다보았다.

현관 센서 등 아래서 보는 그의 얼굴은 마치 핀 조명을 받은 무대 위 배우처럼 잘생겼다.

"……해도 돼?"

그가 지수의 곁으로 바짝 다가섰다. 심장이 현관 대리석 타일 바닥으로 쿵 내려앉는 듯했다.

또다시 선을 넘어선다.

검고 투명한 눈동자 위로 긴 속눈썹이 은은한 그늘을 드리웠다. 그늘 속에서도 그의 눈빛은 아찔하게 빛났다.

지수는 그의 눈동자를 올려다보며 숨을 멈추었다. 그대로 굳어 버린 것도 당연했다. 숨을 멈춘 게 먼저였는지, 그대로 굳은 게 먼저였는지 모르겠다.

말을 잃은 사람처럼 지수는 빤히 그를 올려다보기만 했다.

"해도 되냐고."

그의 목소리는 정염으로 가라앉아 있었다. 늦은 시각이라 피로가 쌓여서 그렇다고 여기기에는 지나치게 농염했다.

숨을 쉬는 법과 움직이는 법을 잊었는데 어떻게 대답해야 할지 사고하는 것은 불가능할 일일지도 모른다. 그런데 본능은 이성보다 은밀하게 살아 움직였다. 지수는 저도 모르게 고개를 살짝 끄덕였다.

그의 커다란 손이 지수의 뒤통수와 뺨을 감싸고는 단번에 끌어당겼다. 뒤통수에 그의 손이 닿자마자 흠칫 놀란 나머지 입술이 벌어졌고, 그 바람에 베이비 키스도 없이 입술이 깊게 맞물렸다.

당황해서 뒤로 물러났더니 집요하게 파고들었다. 단단한 입천장을 훑고 안쪽 여린 살을 어르는 움직임에 저절로 신음이 울렸다.

"으음."

현관을 생경하게 울리는 소리에 놀란 지수가 팔을 허공에 휘젓자 커다란 손이 지수의 손을 잡아다가 그의 허리춤에 올려주었다.

그가 두꺼운 스웨트셔츠를 입고 있는데도 불구하고 손끝에서 그가 품고 있는 열기가 느껴지는 듯했다.

뒤통수를 감싸고 있던 손이 미끄러지듯 움직여 지수의 양 볼과 턱을 잡아 눌렀다. 그 바람에 입이 더 크게 벌어졌고, 그는 이제야 양껏 탐할 수 있게 되었다는 듯 고개를 비틀며 더 깊이 파고들었다.

손이 저절로 움찔거려서 스웨트셔츠를 잡고 있는 것만으로는 부족했다. 지수는 손을 올려 그의 팔뚝 언저리를 꽉 움켜잡았다.

아까는 착각했었나 보다. 델 듯한 열기를 품고 있는 것은 자신의 손끝인 듯했다. 단단한 팔뚝을 잡은 손끝이 아릿하게 저릴 정도로 열감이 돌았다.

"흐음."

또 한 번 조용한 현관에 신음이 울렸다. 목울대를 깊게 울리는 소리를 막을 수가 없었다.

등허리를 감싸고 있던 그의 손에 힘이 들어가는 게 느껴졌다. 단단한 품 안으로 지수를 바짝 끌어안은 그가 고개를 비틀며 찍어 누르듯 했다.

고개가 꺾였고 그의 어깨에 오른쪽 머리를 기댄 지수는 머릿속이 아득해지는 것만 같았다.

지수는 그의 팔뚝을 거세게 움켜잡았다. 붙잡지 않으면 나락으로 떨어져 죽을 것처럼 매달렸다.

심장이 터질 듯 쿵쿵거리고 숨이 막힐 듯했다. 서로의 코에서 얕고 빠르게 풍기는 숨결이 견딜 수 없이 뜨거웠다.

"으음."

지수가 버겁다는 듯이 고개를 뒤틀자 깊게 맞물렸던 입술이 잠시 풀어졌다. 그는 입술을 완전히 떼어 내지 않은 채로 숨을 고르고는 다시 집요하게 파고들었다.

어느샌가 현관 센서 등마저 꺼져 버렸다. 사위가 적막한 가운데 격해진 숨소리와 옷이 부대끼는 소리만 울렸다. 이곳이 어디인지조차 잊은 듯했다. 마치 캄캄한 우주에 둘만 남겨진 듯 둘은 서로의 입술을 탐했다.

"하아, 하아."

또다시 잠시 입술이 떨어지자 누가 먼저랄 것도 없이 둘은 격한 숨을 토해 냈다.

"그만……요."

우석이 다시 다가가려는데, 그녀의 손이 단단한 가슴팍을 은근히 밀어냈다.

그만하라는 그녀의 목소리가 열에 달떠 있었다. 우석은 매끄러운 코끝으로 그녀의 이마, 뺨, 콧잔등을 훑어 내렸다.

달콤하게 달아오른 숨결이 섞였다. 그 달콤함에 취한 듯 우석은 그녀의 뺨에 입을 맞추었다.

부드러운 살결에서 느껴지는 향은 마치 최음제 같았다. 강한 충동이 일었다.

당장에 그녀를 품에 안고 집 안으로 들어가 양껏 취하고 싶어졌다. 부드러운 살결에 뺨을 비비고, 입을 맞추고, 달콤한 내음을 폐부 깊숙한 곳까지 새겨 넣고 싶었다.

"그만요."

조금 전만 해도 떨리듯 새어 나오던 그녀의 목소리가 이번에는 분명하게 울렸다.

본능은 무서웠다. 순식간에 그녀를 집어삼킬 듯 몰아붙였다는 사실에 우석은 저도 모르게 그녀를 또다시 탐하게 될까 싶어서 얼른 한 발짝 뒤로 물러섰다.

꺼졌던 센서 등이 도로 환하게 들어왔다. 마주한 그녀의 얼굴은 선홍색으로 달아올라 있었고, 탐스러운 입술이 더욱 붉게 부풀어 오른 것처럼 보였다.

숨을 고르는 그녀의 가녀린 어깨가 오르락내리락했다. 저도 모르게 어깨를 따라 시선이 내려갔다. 봉긋하게 솟아오른 가슴 위에서 미키마우스가 오르락내리락하는 듯했다.

갑자기 미키마우스가 미워졌다.

우석은 퍼뜩 떠오른 엉뚱한 시기심에 하마터면 헛웃음을 흘릴 뻔했다.

내가 정말 미쳤구나.

우석은 얼른 못난 시선을 허공으로 옮겨 갔다.

"저기……."

"있잖아."

머쓱하게 목소리가 겹쳤다. 머뭇대며 우석을 '저기' 하고 부른 건 그녀였고, 너무 몰아붙여서 미안하다는 사과를 건네려고 입을 뗀 건 우석이었다.

"먼저 말씀하세요."

그녀는 민망한 듯 고개를 푹 숙인 채로 덧붙였다.

"아냐, 먼저 말해."

무슨 말을 하려는지 그녀는 잠시 시간을 끌었고, 우석은 그 찰나의 순간에 가슴이 타들어 가는 듯했다.

무슨 말을 하려는 거야. 숨넘어가겠네.

"집에……."

"얼른 말……."

또다시 목소리가 겹치자 내내 바닥을 내려다보고 있던 지수가 냉큼 고개를 들어 올리더니 상큼한 웃음을 터뜨렸다.

미소가 찬연했다. 청아한 얼굴에 흘러넘치는 달콤함에 어금니가 뻐근해지는 것만 같았다. 다시금 그 달콤함을 머금고 싶었다.

"집에 데려다줄 거죠?"

눈웃음을 한껏 머금은 채로 그녀가 부끄러운 듯 속삭였다.

당연한 질문을 하느냐고 역정을 내려다가 우석은 민망해져 버렸다. 컴컴한 속을 그녀에게 완전히 들켜 버린 것만 같았다.

조금 전까지 그녀를 집 안으로 끌고 들어가고 싶은 충동을 억누르느라 홀로 필사의 사투를 벌이며 내적 갈등을 겪고 있었던 것을 그녀가 눈치챈 듯했다.

"가자."

우석은 원래부터 그럴 마음은 없었다는 듯이 현관문을 힘껏 열어젖혔다.

"엄마야!"

문밖에 서 있던 누군가가 화들짝 놀라며 소리쳤다. 그 소리에 우석이 더 놀라 자빠질 뻔했다.

"나 아파트 동대푠데, 금연 아파트 지정하는 것 때문에 입주자 서명을 받아야 해서요."

아주머니는 서류 뭉치를 내밀며 동의 여부를 표시하고 자필 서명을 하라고 했다.

우석은 얼른 동의란에 표시라고 서명을 한 뒤 아주머니께 서류 뭉치를 넘기고는 빠르게 엘리베이터를 향해 걸음을 옮겼다.

"아니, 나는 벨 누르려고 했지. 그런데 내가 타이밍을 잡기가 참……."

현관문 앞은 방음이 잘 안 된다며 아주머니는 끝까지 첨언을 아끼지 않았다.

엘리베이터에 올라타자마자 우석은 한숨을 토해 냈다. 좋던 분위기가 이상하게 깨져 버렸다.

그냥 모른 척해 주면 안 되나?

아주머니의 오지랖에 민망해진 건 비단 저뿐만이 아닐 거라며, 우석은 곁에 선 지수를 흘끗 내려다보았다.

그녀는 고개를 푹 숙인 채로 바닥만 내려다보고 있었다. 그녀의 가냘픈 어깨가 사시나무 떨리듯 떨렸다.

울어, 설마?

우석은 갑자기 눈앞이 캄캄해지는 것만 같았다. 감히 누굴 울리느냐며 아주머니께 따지고 싶은 생각마저 들었다.

감히 누굴……?

급작스럽게 화가 치밀어 오르는 게 당황스러울 정도로 놀라웠다. 아까 그 아주머니가 이 여자 울렸다고, 내가 이렇게 화가 나?

이쯤 되면 순순히 인정해야 하는 게 맞는 거다. 언제부터인지, 왜인지, 무엇 때문인지 가릴 것 없이, 연우석이 이 여자한테 단단히 빠졌다는 사실 말이다.

"아주머니께서 좀 짓궂긴 했어. 내가 대신 사과할게."

우석은 다정한 목소리로 사과의 말을 건네며 떨리는 그녀의 어깨를 어루만졌다. 그러자 그녀가 우석의 손을 뿌리치며 엘리베이터 벽을 향해 돌아섰다.

"그래, 앞으로 그렇게 현관문 앞에서 몰아붙이는 짓은 안 할게. 미안했어."

우석은 벽을 향해 서 있는 지수의 등을 바라보며 어쩔 줄을 몰라 했고, 지수는 자신의 등 뒤에 서서 맥락을 잘못 짚고 있는 남자 때문에 하염없이 어깨를 떨어야만 했다.

급기야는 지수의 눈가에서 눈물이 찔끔 흘러나왔다. 웃음을 너무 참았더니 이제는 정말로 우는 낯이 되어 버렸다.

지수는 아주머니께서 날렸던 주옥같은 멘트에 웃음이 터질 뻔한 것을 간신히 참았다. 마치 허파에 바람이 든 것처럼 웃음이 터져 나오려고 했다.

분명 같이 민망해야 하는 상황인데 어색하게 반응하는 그의 태도마저 웃음이 났다. 아주 약간은 귀엽기까지 했다.

간신히 웃음을 참고 있는데, 엘리베이터에 오르자마자 아주머니의 행동을 정중하게 사과까지 한다.

매너 좋은 건 진작 알아봤지만, 이럴 때 각 잡고 사과할 필요까지 있나 싶었는데…… 이 남자 설마 내가 우는 줄 아는 거야?

세상 여린 여자로 여겨 주신다면야 그렇게 코스프레 해 드려야 하는 게 인지상정. 여기서 웃음을 빵 터뜨렸다가는 안 그래도 주옥같아진 분위기가 더욱 주옥같아질 것 같다.

그런데 나는 왜 이렇게 웃음이 나는 거지?

귀엽다. 귀여워서 미쳐 버릴 것만 같다. 아까는 사람 잡아먹을 듯 짐승처럼 굴더니 지금은 강아지처럼 귀를 축 늘어뜨리고 어쩔 줄 몰라 하는 모습이 못 견디게 귀엽다.

그래서 저절로 웃음이 난다.

미쳤네. 내가 미친 거야.

어느새 엘리베이터가 지하 주차장에 도착했고, 지수는 손가락 등으로 눈을 찍어 내며 호흡을 골랐다.

그는 지수가 눈물을 닦아 내는 것이라 생각했는지 등을 다독여 주었다.

"이제 좀 진정됐어?"

"……네."

웃음 섞인 목소리가 묘하게 흘러나왔는데, 그는 그마저 울음 섞인 목소리로 알아들은 것 같다.

지수는 차에 오를 때까지 바닥만 보고 걸었다. 웃음을 참기 위해 인류가 맞닥뜨린 난제들을 떠올렸다.

지구온난화로 인한 급격한 기후 변화, 미세먼지, 물 부족 현상……. 크흡.

응?

조용한 차 안에서 인류의 난제를 고민하는 와중에 '크흡' 하는 웃음 삼키는 소리가 터져 나오고 말았다. 방심한 순간 새어

나온 소리에 지수는 놀라서 운전석에 앉은 남자를 바라보았다.

"이지수 씨, 지금⋯⋯."

그의 동공이 미친 듯이 흔들렸다.

"웃었어?"

아까 다정했던 모습을 떠올리며 그가 제발 '웃으니 보기 좋네.'라고 속삭여 주길 바랐다.

그런데 애석하게도 그의 눈동자에 이채가 어리는가 싶더니 지독히도 낮게 가라앉은 목소리가 흘러나왔다.

"웃음을 참고 있던 거였나?"

그가 어이가 없다는 듯 되물었다. 지수는 조심스레 고개를 끄덕거렸다.

"왜?"

그는 이해할 수 없다는 듯이 되물었다. 이럴 때는 솔직히 말하는 게 가장 안전하다. 괜히 거짓말을 했다가는 이어지는 질문에 변명을 이어 가느라 말이 꼬일 게 분명했다.

"⋯⋯귀여워서요."

"누가? 아까 그 동대표 아주머니가?"

지수는 조심스레 고개를 내저었다.

"그럼."

그의 목소리가 황당하다는 듯이 튀어 올랐다.

"설마 내가?"

이번에는 조심스레 고개를 끄덕여 주었다.

그는 '하, 참 내. 하!' 하며 어이없어했다.

왜, 귀엽다는 말이 뭐가 어때서……?

우석이 바글거리는 비글 새끼들을 보고 '귀엽네.' 하고 내뱉었던, 그 일화를 알 리 없는 지수는 당황스러웠다.

물론 우석 역시도 지수를 보면서 '귀엽다'에 대한 정의를 조심스레 다시 내린 상태이기는 했다.

그렇다고 해도 바글거리는 비글을 보고 귀엽다고 여겼던 세월이 더 길었기에, 그 귀엽다는 말을 본인이 들었다는 데에 다소 당황스러웠다.

역시나, 물론 그걸 알 리 없는 지수는 어이없어하는 우석을 말끄러미 바라보았다.

"귀엽다는 말, 기분 나빴어요?"

지수는 조심스레 물었다.

아니. 남자가 귀여울 수도 있지, 뭐.

그는 고심하듯 미간을 좁힌 채로 뜸을 들이더니 재차 물었다.

"날 귀엽다고 생각한다, 이거지?"

묻는 목소리가 흉흉하게 느껴질 정도였다. 지수의 목소리가 기어들어 갔다.

"아니."

말끝을 길게 늘이며 지수는 괜한 변명을 할 준비를 했다.

"아까 우석 씨가 아까 당황한 모습이 좀 귀엽게 느껴졌다는 거고……."

지수가 말끝을 흐리며 그의 반응을 살폈다.

"여우 짓은 참 잘해."

"제가 뭘요."

"대표님이 아니네, 지금은?"

"그럼, 이 마당에 대표님이라고 부르는 것도 좀 우습고……."

지수가 또다시 말끝을 흐리며 그의 반응을 살폈다.

"계속 그렇게 불러."

"우석 씨라고요?"

조심스럽게 되물었더니, 그는 콧방귀를 뀌며 정색했다.

"아니. 대표님!"

그는 스타카토처럼 대. 표. 님! 이라고 끊어서 강조까지 해
주었다.

이거 지금 사람 놀리려고 그러는 건지, 아니면 진심인지…….
자기애가 강한 양반이라 진심인 것 같기도 하고…….

"아, 네, 네! 대표님."

당황한 모습도 귀엽던 양반이라 아량도 귀여운 축에 속하나
보다.

"그리고."

그는 뭔가 더 덧붙일 것처럼 굴더니 이내 입을 다물었다.

또 얼마나 대단한 말씀을 하시려고 그러실까?

"각오해, 이지수 씨."

뭘 또 얼마나 각오를 해야 하는지 모르겠지만, 그의 표정은
칼이라도 뽑아 든 장수처럼 비장했다. 마치 감히 나를 귀엽다
고 한 너를 처단하리라! 하고 칼을 휘두를 것 같은 얼굴이랄까.

그런 그의 얼굴이 대뜸 조수석 쪽으로 다가왔다. 심장이 쿵

내려앉았다. 갑작스레 다가온 탓에 지수는 몸을 뒤로 물리지도 못하고 어깨만 움츠린 채로 굳어 버렸다.

그의 숨결이 코끝에서 느껴졌다. 아까 그의 집 현관에서 맡았던 그의 숨 내음에 발끝이 오그라들고 가슴속에서 아지랑이가 피어오르는 듯 간지러웠다.

"귀엽다는 말."

그가 입을 여는 바람에 입술이 닿을락 말락 했다. 이쪽에서 조금만 입술을 내밀면 그대로 입술이 닿을 듯한 거리였다.

심장박동이 이제는 목덜미까지 차올랐다. 목이 시큰하게 아플 정도로 가슴이 두근거렸다.

"귀엽다는 말."

그는 강조하듯 한 번 더 말했다.

"쏙 들어가게 해 줄 테니까."

순식간에 그의 잘생긴 얼굴이 멀어졌다. 다시 입술을 맞대게 될 줄 알았는데, 기대와 달리 순식간에 멀어지는 그의 입술이 야속하게 느껴질 정도였다.

이미 귀엽다는 말은 쏙 들어간 것 같은데……. 그 잘 빚어 놓은 입술은 그대로 둘 건가요?

그는 정면에 시선을 고정한 채로 차를 출발시켰다. 지수는 아쉬운 마음에 운전석 쪽을 바라보았다.

심장이 말도 못 하게 떨린다. 그 떨림이 온몸을 뒤흔드는 듯했다.

"전화 오는 것 같은데?"

"전화요?"

지수는 멍청하게 되묻고 나서야 온몸을 뒤흔드는 것 같은 떨림이 롱패딩 안주머니에 넣어 둔 휴대전화에서 시작되었다는 것을 깨달았다.

발신인은 윤수였다. 잠에서 깨어나 누나가 없어진 것을 알아차리고 전화를 건 듯했다.

"어, 윤수야."

갑자기 차선이 변경되는가 싶더니 끼익— 하는 소리와 함께 차가 멈춰 섰다. 지수는 놀라서 운전대를 잡은 남자를 힐난하듯 바라보았다.

"누나 금방 들어갈게. 응. 잠깐 편의점 나왔어. 조금만 기다려."

지수는 그에게 시선을 고정한 채로 칭얼대는 윤수를 달랬다. 통화는 금방 마무리되었다.

"지금 뭐 하는 거예요?"

"대체 윤수가 누구야?"

그는 신경질적으로 물었다.

"지금 뭐 하는 거냐고 제가 먼저 물었는데요?"

"이지수 씨가 나랑 지금 뭐 하고 있는데?"

지수는 기가 막히고, 말문이 막혀 버렸다.

"그날 아침에도 이지수 씨 윤수라는 이름 부르면서 뛰쳐나갔지, 내 옆에 누워 있다가."

그랬다.

"지난번에 전화 통화할 때는 뭐 누나…… 싸…….."

그는 차마 제 입에 담지 못하겠다는 듯이 미간을 찌푸렸다.

"그리고 지금도, 나랑 있으면서."

지수는 미간을 찌푸리며 턱을 끌어당겼다.

이 남자가 지금 무슨 오해를 하는 거야?

"저기요, 대표님. 진정하시고요."

지수는 두 손바닥을 활짝 펼쳐 보였다.

"이지수, 이윤수. 무슨 관계일까요?"

"그걸 내가 어떻게 알……."

이제 알아챈 것 같은 표정이다.

"동생이에요."

개인정보 보호를 목적으로 호텔 이력서에는 가족 관계를 적지 않게 되어 있었다. 그러니 그가 가족 관계를 모를 수도 있지 싶다가도, 연인경 회장은 알고 있다는 사실에 괜히 기분이 이상해졌다.

"대표님."

지수는 진지한 목소리를 냈다. 그는 여전히 이해가 가지 않는다는 표정을 하고 있었다.

"저랑 엔조이 맞죠?"

배시시 눈웃음을 머금고 던진 그녀의 질문에 우석은 하마터면 실소를 터뜨릴 뻔했다.

"뭐?"

이 여자는 이런 말을 뭐 이렇게 아무렇지 않게 뱉어?

"왜 그런 생각을 하지?"

"저에 관한 관심이 지대하지는 않으신 것 같아서요. 제 뒷조사 안 하셨나 봐요?"

그녀는 놀랍다는 듯 되물었다.

"뒷조사?"

우석은 어이가 없다는 듯이 되받아쳤다.

"그런 시정잡배들이나 하는 걸, 내가 굳이 할 필요가 있나?"

자신은 절대 그런 무뢰배는 아니라는 듯 우석은 미간을 찌푸렸다. 덕분에 조부인 연인경 회장을 시정잡배이자 무뢰배로 만들었다는 사실은 전혀 알 수가 없겠지만.

"동생이에요. 왜 다른 남매들과 우리가 좀 다른지는…… 말하기 곤란해요."

그녀의 목소리가 차 안을 묵직하게 울렸다. 더 묻지 말아 달라는 듯 그녀는 시선을 돌려 버렸다.

우석은 가만히 그녀의 옆모습을 바라보다 차를 출발시켰다.

누구나 감추고 싶은 비밀은 있는 거고, 숨기고 싶은 가족사가 있기 마련이다.

우석에게는 그 여자가 그랬다. 그녀에게 동생이 그 여자와 같은 의미로 작용하는 것 같지는 않았지만, 당장 더 깊게 이야기해 봐야 좋아질 게 없다는 데는 동의했다.

나중에 시간이 더 흐른 뒤에.

깊은 내면에 자리 잡은 이야기까지도 털어놓을 날이 올까?

그녀의 집에 도착할 때까지 둘은 아무런 말도 없었다. 그녀는 운전 조심해서 가라는 짧은 인사말을 남기곤 차에서 내렸다.

차 문을 열어 주겠다는 제스처는 무시당했다. 아니, 무시당했다기보다 그녀가 우석의 시선을 피하고 있는 것처럼 느껴졌다.

갑자기 두려움이 엄습했다.

지난 2주, 우석은 어쩌면 같은 이유에서 그녀를 피했는지도 모른다. 누군가에게 한 번도 이야기하지 못한 것을 갑작스레 들켜 버렸다는 사실이 너무도 버거워서.

그녀도 같은 마음으로 피한다면.

갑자기 심장에서 피가 전부 빠져나가더니 말라비틀어지는 것만 같은 착각이 일었다.

다행스럽게도 오늘 아침에 예정된 조찬회는 연회 판촉팀과의 일정이다.

"실적이 나쁜 편은 아닙니다."

홍 실장이 보고를 이어 갔다.

"새로 영입된 이지수 대리 덕분에 굵직한 예식 진행 문의가 예전보다 늘었다고 들었습니다."

타인의 입에서 흘러나오는 그녀의 이름이 생경했다. 우석은 고개를 끄덕이며 엄지와 검지로 눈머리를 지그시 눌렀다.

"고단해 보이십니다."

지난밤, 답지 않게 감정을 다스리느라 잠을 이루지 못했다. 동이 터 오는 것을 멀거니 바라보며 우석은 눈부신 아침 햇살이 그녀와 많이 닮았단 생각이 들었다.

어둠을 걷어 내는 여명처럼 그녀가 곁에 있으면 상념에 빠질 새가 없었다. 그런데 곁을 물리고 나면 캄캄한 밤이라도 몰려온 것처럼 어둠이 엄습했다.

"조찬회 끝나고 잠시 2106호에서 쉴 수 있도록 준비해 놓을까요?"

우석은 고개를 내저었다. 오늘 처리해야 할 일이 산더미이기도 했거니와 푹신한 호텔 침구에 몸을 눕힌다 한들 쉽게 마음을 놓고 눈을 붙일 만큼 마음이 한가롭지도 않았다.

연회장에 도착하자마자 우석은 넓은 홀에 모인 이들의 얼굴을 살폈다. 모르는 얼굴, 모르는 얼굴 그리고 모르는 얼굴을 거쳐 드디어 아는 얼굴이 시야에 들어왔다.

그녀는 은은한 미소를 머금은 채로 서 있다가 우석과 눈이 마주치자 당황한 듯 시선을 피했다.

대표와 똑바로 눈을 마주하기 부담스러워서 시선을 돌린 게 아닌 듯했다. 분명 어젯밤의 여파가 작용하고 있는 것처럼 느껴졌다.

우석은 일단 조찬회에 집중하기로 했다. 당장은 업무를 수행하는 게 우선이었다.

조찬회는 수월하게 진행되었다. 여느 부서와 마찬가지로 의견이 원활하게 오고 갔다. 그리고 와중에 그녀가 발언권을 얻어 의견을 피력하기도 했다.

"예식 진행이 이전보다 활발하게 진행될 예정입니다. 근래에는 평일 저녁 예식도 선호하는 추세여서 평일 예식 수요도 늘어날 전망입니다. 또한 스몰 웨딩을 원하는 예비부부들을 위한 패키지도……."

호텔 I에 입사한 지 얼마 되지 않았는데도 불구하고 그녀는 제법 자세한 업무 추진 방안을 내놓았다.

묘하게 눈을 피했던 건 기분 탓이라 여겼던 순간이었다.

"이상입니다, 대표님."

대표님이라 부르는 그녀의 목소리가 미세하게 떨렸다. 내내 강단 있는 목소리를 냈던 그녀였고, 그 떨림은 아주 작아서 우석만 알아차릴 수 있는 정도였다.

순간 어젯밤에 '대표님'이라고 부르라며 나무랐던 기억이 났다. 그때는 단순히 귀엽다고 저를 놀려 대는 여자를 이쪽에서도 골려 주고 싶어서 그런 거였다.

은근히 선을 긋는 것처럼 느껴졌을까?

순간 아차 싶어서 우석은 테이블 어딘가에 시선을 고정하고 있는 그녀를 물끄러미 바라보았다.

"대표님……."

옆에서 홍 실장이 소리 낮춰 부르는 줄도 모르고 우석은 그녀를 뚫어져라 응시했다.

"대표님, 우리 이지수 대리가 언급한 내용 중에 불편하셨던 거라도……."

262

우리 이지수? 내내 그녀를 향했던 시선이 연회 판촉팀 총책 임자인 강진필 지배인을 향했다.

어딜 감히 '우리'를 갖다 붙여?

"스몰 웨딩과 관련한 패키지에 대한 세부 기획안은 이른 시일 내에 받아 봤으면 합니다."

우석의 말에 강 지배인의 시선이 지수를 향했고, 지수는 곧바로 고개를 끄덕이며 대꾸했다.

"이번 주 안으로 1차 트리트먼트 보고 드리고, 다음 주 중으로 객실 판촉부와 회의한 뒤 세부 계획안 드리겠습니다."

똑 부러지는 대답에 우석은 고개만 끄덕거렸다. 분명 흡족한 대답이었는데 어딘지 모르게 마뜩잖았다.

목소리, 눈빛, 표정, 말투……. 그녀는 대표 앞에서 긴장감을 숨기고 보고를 이어 가는 대리의 모습임이 분명한데……. 이쪽에서 감정이 뒤엉켜 있는 탓인지 무언가 명치에 걸린 듯 갑갑했다.

조찬회를 마친 뒤 우석은 여느 때와 마찬가지로 먼저 자리를 떴다가 이내 다시 연회장으로 발걸음을 돌렸다.

우석의 갑작스러운 행동의 이유가 이지수라는 것을 직감한 듯 홍 실장이 긴장하는 게 눈에 들어왔다.

"강진필 지배인, 이지수 대리."

그런데 우석의 입에서 처음 호명된 이는 강진필 지배인이었다.

"30분 후에 내 방에서 봅시다."

대표가 그리 말하고 사라지자 연회장 안에 살얼음이라도 낀 듯 긴장감이 감돌았다.

"결혼 앞두고 예민한 여자들 뒤꽁무니나 졸졸 따라다녀 봤지. 호텔 일을 해 봤어야지."

오진환 과장이 지수를 대놓고 겨냥하며 빈정거렸다. 대기업이 동네 구멍가게처럼 우습게 돌아가느냐는 둥 오 과장은 정도를 모르고 떠들어 댔다.

지수는 오 과장이 하는 말을 잠자코 듣기만 했다. 배알이 뒤틀려 떠드는 인사에게 덤벼 봤자 득 볼 게 없었다.

연회장을 나와 지하 백오피스로 향하는 내내 오 과장은 장광설을 늘어놓았다.

장인이 임원이라는 오 과장의 연줄 탓에 강 지배인도 쉽사리 입을 여는 것 같지는 않았다.

"어우, 담배나 한 대 피워야겠다."

오 과장이 사무실을 나서자마자 강 지배인은 제 집무실로 지수를 호출했다.

"어디까지 진행됐어?"

이미 한 차례 이번 스몰 웨딩 패키지 기획안에 대해서 보고를 받은 적 있었다.

"대표님께 말씀드리면 바로 찾으실 것 같아서 일전에 과장님께 드렸던 트리트먼트에 첨언 주신 내용 추가하여 작성해 두었습니다. 방금 지배인님 보실 수 있도록 이메일 드렸습니다."

지수는 입사와 동시에 예식 판촉과 관련하여서는 전권을 얻은 거나 마찬가지였다. 연회장에서 이뤄지는 일은 그 가짓수를 헤아리기 어려울 정도로 많았고, 직원마다 특화된 분야가 있었다.

강 지배인은 전반적인 연회 판촉팀의 관리를 맡은 중간관리자이므로 예식 판촉과 관련한 책임은 오롯이 지수의 몫인 셈이다.

"또 객실 판촉부서와 총괄마케팅팀에 구두로 의견을 전달해 놓은 상태입니다."

강 지배인은 말없이 고개만 끄덕거렸다. 기획안이 썩 괜찮다는 생각은 했지만, 대표가 바로 꺼내 들 줄은 몰랐다. 그리고 다행스럽게도 준비된 기획안이 생각했던 것보다 훨씬 만족스러웠다.

"조찬회나 차담회에서 나왔던 기획안 중에 대표님께서 실현 가능성이 크다고 판단하신 것들은 진행이 빠르다고 들었어. 이 대리가 예상했던 것보다 타이트하게 준비해야 할 수도 있다는 뜻이야."

"노력하겠습니다."

강 지배인은 내심 흡족했다. 다른 부서는 하나씩 꿰찬 급행 기획안이 담당 부서에서는 안 나오면 어쩌나 걱정했는데 지수가 수심을 덜어 주었다.

"이제 대표님 집무실로 이동하셔야 할 것 같습니다."

이어진 지수의 말에 강 지배인은 그러자며 고개를 끄덕였다.

잠시 강 지배인과 단둘이 할 말이 있다는 대표의 전언에 지수는 대표실 밖에 마련된 소파에서 대기해야 했다.

한편 같은 시각 대표실 안에서는 강 지배인이 공손하게 예를 갖추고 우석 앞에 섰다. 우석은 평소와 달리 정색하고 서 있는 강 지배인을 물끄러미 응시했다.

"왜 그렇게 얼굴이 굳어 계십니까, 강 지배인님?"

"따로 부르신 이유라도 있으십니까, 대표님?"

강 지배인이 대답 대신 고개를 살짝 숙이며 되물었다.

"진짜 어색해서 못 해 먹겠네."

우석은 미간을 찌푸린 채였지만 입가에는 미소를 머금고 있었다.

"오 과장 아직도 나대?"

"죽겠다, 아주."

"좀만 기다려 줘. 언젠가 오 과장이 쓸모 있을 때가 있을 테니까."

다른 직원 앞에서는 내외했지만, 우석과 강 지배인은 사립고등학교 선후배 사이로 막역했다. 우석은 그렇게 서 있지 말고 앉으라며 소파 쪽을 턱짓했다.

"왜 불렀어, 갑자기? 일 때문에 부른 거 맞아?"

"형이 협조를 좀 해 줘야겠는데……."

강 지배인은 저도 모르게 고개를 절레절레 내저으며 혀를 끌끌 찼다. 성정이 괴팍한 것은 아닌데, 우석은 이상하게 집요한 구석이 있었다.

난 한 놈만 패!

오래전 영화 속 대사가 딱 어울리는 인사였다. 어딘가에 꽂히면 질리도록 탐닉한 후에야 놓아주곤 했었다.

하지만 불행인지 다행인지 이때껏 그 대상이 사람이 되었던 적은 없었다. 영광스럽게도 그 대상이 사람이 된 것은 이지수가 처음이라는 말이다.

"무슨 협조?"

강 지배인은 눈을 치뜨며 되물었다.

"오늘 바쁘지?"

"당연히 바쁘지."

"오후에 다른 호텔 연회장 시찰 나갈 건데, 이지수 씨 도움이 좀 필요해서."

난 또 뭐라고.

강 지배인은 흔쾌히 고개를 끄덕거렸다. 서울 시내 특급 호텔의 연회장 지배인과 면을 트고 있는 그녀였기에 이런 업무라면 그녀를 대동하는 것이 어쩌면 당연해 보였다.

그런데 이걸 뭐 이렇게 정색을 하고 허락까지 받는지 알 길이 없었다. 저놈 속을 누가 알아.

"이제 됐지? 이지수 대리 불러?"

"외근에는 이지수 대리랑 나랑 둘이 가는 거고, 거기에 부서장인 강 지배인은 동의한 겁니다."

갑자기 존댓말까지 써 가며 재차 확인하니 괜히 섬뜩했다. 강 지배인은 알았다며 고개를 끄덕거리고는 밖에서 대기 중이던 지수를 불러들였다.

"이 대리, 대표님이랑 외근 좀 나가 봐야겠는데?"

"외근이요?"

지수는 마주 앉아 있는 우석과 강 지배인을 번갈아 보았다.

강 지배인은 문을 열기 전 약속했던 대로 대강의 업무 내용을 지수에게 설명해 주었다.

"점심 식사 하고, 1시에 인경개발 사옥 로비에서 봅시다."

우석 역시 업무의 영역일 뿐 사심은 없다는 듯이 굴었다. 우석의 눈동자에 잠시 이채가 어렸던 것을 지수와 강 지배인은 전혀 눈치채지 못한 채로 별다른 의심 없이 대표실을 나섰다.

우석의 곁에 선 홍 실장은 안절부절못하며 어쩔 줄을 몰라 했다.

"대표님, 지금 바로 가실 겁니까?"

"미리 연락하지 마세요. 제가 직접 가서 확인할 테니……."

우석은 대꾸 없이 고개를 끄덕거렸다.

"정말 괜찮으시겠습니까?"

홍 실장이 불안한 얼굴로 물었다.

"여러 번 말하게 하는 거 그다지 안 좋아하는데."

우석이 미간을 찌푸리자 홍 실장은 입을 꾹 다물었다.

기사도 없이 홍 실장도 물리고, 수행원 하나 대동하지 않고 대표가 직접 운전해서 완도까지 가겠다는 거다. 그룹에서 배정해 놓은 인경개발 소유의 헬기도 마다하고 굳이 운전을 왜?

완도에 새로 짓는 호텔 건설 현장 시찰은 사실 이틀 후였다. 그런데 보여 주기식 보고는 받고 싶지 않다며 시찰 일자를 오늘로 당겨 버렸다.

다행스럽게도 오늘 오후 일정 중에 특별히 신경 써야 하는 회의나 모임은 없었다. 호텔 I 본사와의 콘퍼런스 콜은 밤에 알아서 진행할 테니 걱정하지 말라는 게 우석의 말이었다.

아무리 건설 현장의 면면을 낱낱이 보고 싶어도 그렇지…… 어라?

회전문을 들어서는 이를 발견한 홍 실장은 하마터면 두 눈을 비빌 뻔했다.

저거 이지수 씨 아냐?

"죄송합니다, 대표님. 중간에 고객님 길 안내를 잠시 돕느라 늦었습니다."

시계를 바라보며 깍듯하게 인사를 건네는 이는 지수였다. 홍 실장이 지수 한 번, 우석 한 번 번갈아 보고는 무언가 깨달은 얼굴로 입을 쩍 벌렸다가 냉큼 다물었다.

그러니까…… 시찰은 핑계였던 건가요, 대표님?

사뭇 계획적인 듯 보이는 외근이었다.

홍 실장은 멀어지는 두 사람의 뒷모습을 바라보며 저도 모르게 얼굴을 붉히고 말았다.

다른 호텔 연회장을 보러 가는 것이니 당연히 움직임이 단출할 거라 여겼다. 그런데 홍 실장도 없이 단둘이 가게 될 거라는 건 예상하지 못했다.

그리고 지수가 예상하지 못한 게 하나 더 있었다.

"다른 호텔 연회장 가신다고……."

호텔을 빠져나온 차가 서울 요금소를 지나 경부고속도로에 들어섰다.

당연히 서울 내에 있는 특급 호텔을 떠올렸던 지수였다.

"아, 장소를 내가 말 안 했나?"

그가 깜빡해서 미안하다는 듯이 묻더니, 덧붙여 말했다. 그게 하도 자연스러워서 지수는 그런가 보다고 생각할 정도였다.

"완도 갈 거야."

"어디요?"

땅끝에 있는 곳을 가면서 옆 동네 가듯이 대꾸하는 통에 지수는 화들짝 놀라 목소리를 높이고 말았다.

"이지수 씨가 아침에 말했던 스몰 웨딩 패키지 말이야. 서울에 있는 호텔 I에서 먼저 시작하고, 완도 호텔에 적용하는 건 어떨까 해서."

일에 대한 그의 추진력은 놀라울 정도였다. 타이트하게 준비해야 할지도 모른다는 강 지배인의 경고가 있기는 했지만, 사무실에 앉아 있다가 갑자기 완도까지 끌려가게 될 줄은 몰랐다.

"아직 세부 인테리어 공사는 들어가기 전이야. 연회장 공사는 전면 중단하고, 이지수 씨 의견에 따라 볼까 하는데."

"제 의견을 따르신다고요?"

잘못 들었나 싶어서 지수는 제 귀를 의심하며 되물었다.

"서울에 있는 호텔에 비해 지방 호텔의 연회장 공실률은 높은 편이야. 스몰 웨딩, 하우스 웨딩 쪽으로 특화한다면 공실률을 크게 줄일 수 있고, 바닷가 호텔만의 특성을 잘 살린 로맨틱한 이미지를 구현할 수 있을 것 같은데."

지수는 잠시 머뭇거리다 입을 열었다.

"고려해야 할 게 많네요. 예를 들자면…… 대부분 결혼식이 끝나고 나면 신혼여행을 가잖아요? 스몰 웨딩을 진행하더라도 신혼여행은 거하게 가는 커플도 있는데, 완도에서 가장 가까운 국제공항이 무안인가요?"

대표 옆이라고 주눅 드는 법이 없었다. 새로운 기획안에 대해 막힘없이 의견을 피력하는 지수를 보며 우석은 흡족한 미소를 지었다.

조수석에 앉은 그녀를 흘끗 바라보았다. 이내 시선이 마주치는가 싶더니 그녀가 황급히 고개를 돌려 버렸다. 시선을 대놓고 피하는 것처럼 느껴지는 건 기분 탓일까?

"여러 각도에서 고려해야 할 게 많을 거야. 나보다는 이지수 대리가 결혼식 전문가니까 수고 좀 해 줘."

평일 낮 고속도로는 그리 막히지 않았지만 워낙 먼 거리였기에 5시간을 내리 달려서야 완도에 도착할 수 있었다.

해는 이미 져 버려서 하늘은 검은 잉크를 풀어 놓은 듯 어둑어둑했다.

헬기를 물리고 일부러 운전대를 잡은 데에 흑심이 없다고는 할 수 없었다.

좀 더 오랫동안 단둘이 좁은 공간에서 함께하고 싶은 마음에 우석은 직접 운전대를 잡았다. 그런데 조수석에 앉은 여자는 그걸 아는지 모르는지 눈에 띄게 조용했다.

평소와 다른 그녀의 모습에 우석은 내심 속이 불편했다. 우석이 묻는 말 외에 먼저 입을 여는 법이 없었고, 어쩌다 잠시 시선이 얽힐 때면 그녀는 재빨리 고개를 돌려 버렸다.

대놓고 피하는 것 같은데?

다행이라고 여겨야 하는지, 오는 내내 어색했던 기류와는 달리, 현장 시찰은 순조롭게 진행되었다. 둥근 모양으로 설계되어 어디서든 바다를 면할 수 있는 별관 연회장을 마주했을 때 그녀는 감탄사를 내뱉기도 했다.

일 얘기는 편하다? 근데 개인적으로는 불편하다?

우석은 속이 뒤틀리는 것만 같았다. 그녀는 마치 분명하게 선을 긋는 것처럼 행동했다.

그럼 어제 그러질 말았어야지.

현관에서 나누었던 농밀하고, 관능적이었던 키스를 떠올리자, 단전 아래가 묵직해지는 듯했다.

하다 하다 별.

우석은 한숨을 몰아쉬며 먼 바다를 응시했다. 겨울밤 바닷바람이 매서웠지만, 가슴이 하도 답답해서 상쾌하게 느껴질 정도였다.

"저, 대표님."

내내 묻는 말에만 대답하고, 업무 영역만 공유하던 그녀가 사뭇 다른 목소리를 낸 건 현장 시찰이 막 끝났을 무렵이었다. 그녀는 뭔가 대단히 중요한 걸 물어볼 것처럼 머뭇거렸다.

"왜?"

뜻하지 않게 딱딱한 목소리가 흘러나왔다. 좀 다정해야 하는데 자꾸만 선을 긋고 넘어오지 말라며 시위를 하는 듯해서 언짢은 기분이 그대로 묻어 나왔다.

"이제, 올라가실 거죠?"

여전히 그녀의 시선은 바닥을 향해 있었다.

"이지수 대리."

"네?"

"나는 현장 소장 좀 잠깐 만나고 올 테니까 근처에 괜찮은 숙소 있는지 알아봐 줘요. 1시간 후에 호텔 I와 콘퍼런스 콜 진행해야 합니다."

단지 업무의 연장이었다. 우석은 별다른 뜻 없이 이쪽도 업무적 지시만 내릴 뿐이니 유념하라는 듯 말했다. 그녀는 꽤 곤란하다는 얼굴을 하고 있었다.

"이지수 대리. 뭐 불편한 거 있습니까?"

우석은 평소에 쓰지 않는 존댓말을 써 가며 벽을 세웠다.

"안 잡아먹어. 걱정하지 말아."

"아닙니다, 대표님."

그녀는 오해했다는 듯 손사래를 쳤다.

"집에 미리 말을 전하지 못해서 조금 걱정이 되어서 그랬습니다. 오해하게 해 드려 죄송합니다."

그녀는 고개까지 꾸벅 숙이며 사과했다. 현장 시찰을 대표와 단둘이 나온 대리급 직원의 태도로는 어색할 게 없는데, 우석은 체기가 인 듯 무언가 명치에 탁 걸린 것만 같아서 답답했다.

"동생 때문인가?"

우석의 목소리가 낮게 가라앉았다. 상명 하달하던 딱딱했던 목소리가 아니었다.

"숙소, 바로 잡아 놓겠습니다."

그녀는 대답을 회피하고는 다녀오시라며 고개를 숙여 보였다.

숙소는 현장에서 그리 멀지 않은 곳에 있었다. 그런데 리모델링 중이라는 관광호텔에 남아 있는 방은 공교롭게도, 언제나 그렇듯이, 딱 한 객실뿐이었다.

그나마 이런 걸 불행 중 다행이라고 해야 하는지, 객실은 트윈 타입이어서 침대 두 개가 나란히 놓여 있었다.

우석은 자신이 쓸 침대 위에 슈트 재킷을 벗어 던지고는 노트북을 잡았다. 콘퍼런스 콜은 핑계가 아니라 예정된 업무였다.

"욕실은 먼저 쓰고."

일해야 하니까 먼저 볼일 보라고 배려해서 한 말인데 장소가 장소인 만큼 어색했다.

"감사합니다, 대표님."

뭐 저렇게 예의가 바르실까? 돌겠네, 진짜.

깍듯하게 예를 갖추는 게 거슬려서 미쳐 버릴 것만 같았다.

274

당장은 일을 해야 하기에 우석은 얼른 감정을 거두고 일에 집중했다.

호텔 I 본사는 여전히 강경한 뜻을 고수하고 있었다.

처음부터 협상 자체가 불가할 것 같은 강경안을 들고 나온 호텔 I였다. 우석은 그들의 제안을 열린 태도로 수용하겠다는 이미지를 심어 주며 관계를 형성해 나가는 중이었다.

협상안 자체에 문제가 있어서 협상이 결렬되는 경우는 극히 드물다. 아주 사소한 감정적 요인이 협상을 망치는 경우가 많기에 우석은 여러 가지로 신경 써야 할 게 많았다. 당연히 그에 기인하는 감정적 스트레스가 뒤따랐다.

이번에 호텔 I 본사는 그룹 인경의 재벌 세습에 관한 문제점을 지적하고 나섰다. 무능력한 사람이 핏줄 덕을 보고 경영인의 자리에 오르는 것은 아니냐며 노골적으로 우석을 비난했다.

사람이 버티는 데는 한계라는 게 분명히 존재한다. 우석은 자존심을 버리고 그 한계를 뛰어넘는 일을 몇 주째 계속하는 중이었다.

제 자존심 세우자고 승부욕 내세우며 기분 나쁜 티를 냈다가는 지금껏 쌓아 온 관계가 손상될 게 분명했다.

1시간여의 콘퍼런스 콜을 마친 우석은 손가락으로 눈머리를 지그시 누르며 답답하게 차오른 감정을 삭이려 애썼다.

일은 일일 뿐이라고 스스로 다독여 보는 것도 별 의미가 없었다. 그룹 인경은 우석에게 일을 넘어선 개체였고, 그가 자신의 인생 전부라 여길 만한 가치였다.

어릴 때부터 당연히 인경의 후계자로 자랐고, 그를 위해 수 많은 시험을 통과했으며, 죽을 때까지 그런 난관은 계속될 것 이다.

피할 수 없으면 즐기라는데, 즐기는 게 더는 즐겁지 않으면 어쩌나.

세상 저 잘난 맛에 살아온 인간이었는데, 어제부터 감정이 널을 뛰더니 이제는 만사가 부정적으로 보이기 시작했다.

우석은 눈을 감은 채로 의자 등받이에 머리를 기대었다. 답답함이 가시질 않아서 숨을 깊게 들이쉬는데, 물기를 잔뜩 머금은 꽃향기가 폐부를 깊숙이 치고 들어왔다.

갑자기 느껴지는 산뜻한 내음에 우석은 눈을 번쩍 뜨고 주위를 살폈다.

씻고 나왔는지 향기를 품은 그녀가 자신의 재킷과 코트를 정리하고 있었다. 마땅히 갈아입을 옷이 없던 탓에 그녀는 흰색 블라우스에 검은 펜슬 스커트를 입고 있었다.

"뜨거운 물은 잘 나와?"

요즘 세상에 뜨거운 물 안 나오는 호텔도 있나.

싱거운 질문을 던졌는데, 그녀는 흠칫 놀란 기색으로 머뭇거리다 입을 열었다.

"네, 잘 나옵니다. 어메니티가 일회용이 아니던데 사용하시기 불편하시면 나가서 사 올까요?"

"뭐하러 그래? 사러 가도 내가 가야지, 왜 이지수 대리가 가?"

삐딱한 물음에 그녀는 묵묵부답이었다. 향기에 잠식당한 가슴은 숨쉬기가 한결 편해진 것 같은데, 어쩐지 더 답답해진 것 같은 착각이 인다.

"나랑 있는 거, 불편해?"

곧 죽어도 당당했던 그녀였다. 여린 몸에서는 언제나 속이 꽉 찬 강단이 느껴졌고, 그게 그녀의 매력이었다.

그런데 주눅이 든 건지, 정말 피하고 싶은 건지, 답지 않은 태도를 보이는 그녀의 모습이 자꾸만 신경 쓰였다.

동생 이야기는 하지 말 걸 그랬나?

자신이 그랬던 것처럼 그녀도 피하고 싶고, 숨기고 싶어 하는 게 보였는데…… 미안한 마음마저 들어서 우석은 대뜸 사과의 말을 꺼낼 뻔했다.

"대답해. 사람 답답하게 왜 이래? 나 나갈까?"

그녀는 긍정도 부정도 하지 않은 채로 아랫입술을 꾹 깨물었다. 더는 못 견디겠다 싶어서 우석은 자리를 박차고 일어나 재킷을 집어 들었다.

"차에서 잘 테니까 그렇게 알아. 잠깐 눈 붙이고 출발할 테니까, 전화하면 내려와."

우석의 목소리가 딱딱하게 울렸다. 아까도 언급했다시피 사람이 버티는 데는 한계라는 게 분명히 존재한다.

우석은 피곤한 얼굴로 재킷을 꿰입었다. 어젯밤 한숨도 자지 못한 탓에 극도의 피로 상태였다.

"아니에요, 대표님. 제가 차에 가서 잘게요."

"뭐?"

문가로 걸음을 옮기던 우석은 그 자리에 우뚝 멈춰 섰다. 그녀의 손이 우석이 재킷 자락을 붙잡고 있었다.

"대표님 많이 피곤해 보이세요. 여기서 주무세요. 제가 밖에 나가서 잘게요."

"이지수 대리."

목소리가 자신이 듣기에도 흉흉하게 울렸다. 그녀가 잔뜩 긴장해서 어깨를 살짝 떠는 게 눈에 들어왔다.

"대체 뭐가 문제야?"

우석은 견디지 못하고 물었다.

"어제랑 온도차가 왜 이렇게 나지?"

그녀는 입술을 달싹이기만 할 뿐 대꾸하지 않았다.

"나 봐. 보고 이야기해. 왜 눈도 피해?"

아랫입술을 지그시 깨무는 모습에 본의 아니게 심장이 쿵 내려앉았다. 마음 같아서는 당장에 여린 턱을 끌어당겨 양껏 집어삼키고 싶었다.

"죄송해요. 그게 그러니까……."

"답지 않게 왜 이래?"

그녀는 자포자기했다는 듯이 눈을 지그시 감으며 한숨을 한번 내쉬고는 입을 열었다.

"대표님 입술만 보여요."

누군가 뒤통수를 세게 내려친 것 같은 기분이었다. 그녀는 두 뺨뿐 아니라 귓불까지 빨갛게 달아올라서는 우석에게 폭탄을 던졌다.

그날 밤은 그럼……. 정말 기억이 나지 않았던 거야?

멀쩡히 하룻밤을 보내 놓고도 당당하던 여자가 고작 키스 한 번에 입술만 보인다며 얼굴을 붉힌다.

환장하겠네.

"그래서?"

우석은 정말 궁금해서 물었다.

"입술만 보여서, 뭐?"

그녀는 제 입술을 말아 문 채로 잘근잘근 씹으며 대꾸했다.

"그래서…… 집중이 안 되잖아요. 일은 해야 하는데…… 자꾸 입술만 보이고."

허탈해졌다. 시선을 피하고 딱딱하게 군 이유가 이거였어?

"나도."

그녀는 흠칫 놀란 얼굴로 그제야 우석을 올려다보았다.

"나도 이지수 씨 입술만 보인다고. 미치겠네, 진짜."

이렇게 단순하고 깜찍한 이유였다니 어젯밤 잠을 설친 게 억울할 정도였다.

우석은 그녀의 곁으로 바짝 다가섰다. 그녀가 눈에 띄게 긴장하는 게 보였다.

"해도 돼?"

그녀는 새초롬한 눈빛을 빛내며 뾰로통한 목소리를 냈다.

"할 때마다 물어볼 거예요?"

이제 좀 이지수답네.

"그럼 이젠 물어보지 말고, 하고 싶을 때마다 해도 돼?"

그녀가 고운 미간을 팍 좁혔다. 딱히 그건 또 안 되겠다 싶은가 보다.

"나는 사회적 지위와 명예가 있는 사람이야. 내가 때와 장소도 못 가리고 덤빌까 봐 그러는 거야? 사람 되게 잘못 봤는데?"

마음에도 없는 소리를 잘도 떠들어 댔다. 때와 장소는 만들기 나름이다.

불과 10분 전만 해도 세상만사가 부정적으로 보였는데, 이제 다시 우주에서 제일 잘난 놈이 된 기분이다.

"알아서 해요."

그녀는 작은 목소리로 속삭이듯 대꾸했다. 그 소리가 하도 작아서 잘못 들었나 싶어서 되물어야만 했다.

"뭐라고?"

"알아서 하라고요."

"알아서라……."

이지수는 모른다. 지금 그녀가 얼마나 무시무시한 대꾸를 했는지를 말이다.

우석은 아직 물기를 머금고 있는 그녀의 머리카락 속으로 손가락을 얽어 넣으며 동그란 뒤통수를 감싸듯 쥐었다.

그녀가 흡 하고 숨을 들이마시는 게 느껴졌다. 가녀린 어깨를 어찌나 움츠리고 있는지 안쓰러울 정도다.

"이지수."

내뱉은 숨이 그녀의 입술에 닿았다가 도로 다가왔다. 그만큼

거리가 가까웠다.

"왜요."

그녀의 달콤한 숨결이 입술을 간질였다.

"무르기 없다."

우석은 그녀의 입술을 깊게 빨아들였다. 그와 동시에 그녀의 몸이 우석의 품 안으로 낭창하게 안겨 들었다.

허리를 바짝 끌어당겨 안았더니 그녀가 놀란 듯 움찔한다.

입술이 깊게 맞물렸다. 뺨에 닿은 그녀의 코끝에서 흘러나오는 더운 숨이 가빴다.

밀고 당기는 실력이 훌륭한 여우라고 해야 하는 건지, 생각했던 것보다 순수하다고 봐야 하는 건지.

고작 키스 한 번에 입술밖에 안 보여서 얼굴을 보지 못했다는 고백을 듣자마자 가슴속에 단단히 맺혀 있던 응어리가 눈 녹듯 없어져 버렸다.

하, 이 여자 정말.

우석은 지수의 등허리를 더욱 단단히 끌어안았다.

달아나려고만 해 봐, 더 꼭 붙들어 놓을 테니까.

본래 찜해 놓은 것이 제 것이 되지 않으면 견디지 못하는 성격이기는 했다. 그게 물건이건, 회사건, 지식이건. 하지만 사람에게로 발현된 것은 이번이 처음이었다.

저 자신도 놀라운 상황이었지만 놀랄 겨를조차 없었다.

이 여자가 사람 속을 좀 태웠어야지.

그렇다고 이지수가 천하의 색기를 지닌 팜므파탈, 경국지색,

화용월태도 아닌데 말이야.

그런데도 우석은 그녀 때문에 미쳐 버릴 것만 같았다. 아니 이미 미치고도 남았다. 사실 벌써 미쳤다.

입술이 깊게 맞물렸음에도 부족했다. 입안 깊숙이 밀어 넣고 있음에도 성에 차지 않았다.

더 깊이, 더 은밀하게 그녀를 차지하고 싶어서 몸속 열기가 폭발할 듯했다.

우석은 그녀의 등허리를 어루만지던 손을 들어 그녀의 턱을 움켜잡고는 끌어당겼다.

"음."

더 가까워질 수 없을 만큼 붙어 있음에도 끌어당기는 힘에 딸려 온 그녀에게서 미약한 신음이 울렸다.

턱을 움켜잡고 있던 손이 자연스레 목덜미를 쓸고 내려왔다. 전기라도 오른 듯 매끄러운 피부에 닿은 손끝이 찌릿했다.

보드라운 피부에 얼굴을 묻고 싶은 충동이 강하게 일었다. 슬며시 입술을 떼어 내자, 그녀가 가쁜 숨을 몰아쉬었다. 입가에 닿은 그녀의 숨결은 다시 머금고 싶을 만큼 달큼하고 유혹적이었다.

우석은 빨갛게 달아오른 그녀의 입술에 가볍게 입술을 댔다가 떼어 내기를 서너 번 반복했다.

부드럽게 찍어 누르듯 했던 입술이 그녀의 뺨으로 옮겨 갔다가 턱 선을 타고 내려갔다.

손끝으로 느꼈던 부드러운 살결에 입술이 닿은 순간, 깨끗하고 달콤한 향기가 폐부에 새겨지듯 했다.

몸이 딱 맞닿아 있었지만 밀어붙이는 힘은 당연히 우석이 우세했다. 그 바람에 그녀는 조금씩 뒷걸음질 치고 있었다. 그녀가 머뭇거리는 게 느껴졌다.

그녀의 뒤에는 깨끗이 정돈된 침대가 자리하고 있었다.

침대를 흘끗 본 우석은 한쪽 팔로 그녀의 등허리를 끌어안고 조심스레 뒤로 눕혔다. 그 위에 우석이 몸을 포개 엎드린 것도 당연했다.

우석은 크게 숨을 들이마시며 그녀의 목덜미에 입을 맞추었다. 입술에 감기는 살갗은 놀랍도록 부드러웠다.

손끝은 이미 그녀의 쇄골 라인을 따라 내려가 볼록하게 솟아오른 블라우스 앞섶을 더듬고 있었다. 봉긋하게 솟아오른 살점을 움켜잡은 순간 그녀가 여리게 신음했다.

"으음."

그녀가 어깨를 움츠리며 등을 말았다. 우석의 목덜미와 입술 사이에 작은 공간이 생겼고 본능적으로 입술은 달콤한 향기를 쫓아갔다.

"그만……요."

그녀의 목소리가 힘없이 울렸다. 힘이 없는 게 아니라 숨이 가쁜 탓에 목소리를 제대로 내지 못하고 있는 듯했다.

"하아."

짙은 한숨을 뱉어 낸 우석은 그녀의 옆으로 몸을 굴려 누워 버렸다.

"키스만 가능하다는 뜻이었나?"

우석은 그리 물으며 팔로 옆통수를 괴고는 모로 누워서 그녀를 내려다보았다.

그녀는 아랫입술을 한 번 잘근 씹더니 고개를 살짝 끄덕이며 되물었다.

"딴 거 해도 되냐고 물어본 적은 없는 것 같은데요?"

정염 어린 목소리가 탁하게 쉬어 섹시했다.

"해도 되냐고 물었지, 키스로 한정 지은 적은 없는데?"

"전에…… 키스하기 전에 그렇게 물어봤으니까…… 같을 거라고 생각했죠."

여전히 가쁜 숨을 할딱이고 있으면서 내뱉는 말은 당돌하기만 하다. 그 모습이 미치도록 사랑스러워서 우석의 입술 끝이 뺨을 타고 오르려고 했다.

우석은 터져 나오려는 웃음을 애써 막으며 입을 열었다.

"이지수 씨. 학교 다닐 때 수업시간마다 매일 같은 것만 배웠나?"

내내 천장 어딘가를 올려다보고 있던 그녀의 시선이 그제야 우석에게로 향했다.

그녀의 눈동자 역시 정염 어린 목소리만큼이나 유혹적인 색으로 촉촉이 물들어 있었다.

아오, 미치겠네. 정말.

우석은 천년의 인내라도 부리듯 숨을 집어삼켰다.

무슨 뜻이냐는 듯 그녀가 미간을 찌푸리는가 싶더니 이내 알아차렸다는 듯 황망한 얼굴을 했다.

우석은 그녀가 뭐라 받아치기 전에 먼저 입을 열었다.

"인생이 발전이 있어야지. 항상 제자리에 있으면 쓰겠어?"

그녀의 얼굴이 보기 좋게 일그러졌다. 뭔 개소리를 댕댕거리고 있느냐는 얼굴이다.

그래, 이지수. 지금 너 잡아먹을까 봐…… 내가 참아 보려고 개소리라도 해야겠다. 우석은 쉴 새 없이 떠들었다. 사람이 자기 계발이 중요하다는 둥, 그래서 배워야 한다는 둥.

"똑같은 것만 하고 살면 그게 무슨 재미야?"

그녀는 이렇다 할 대꾸조차 하지 못하고 우석을 빤히 바라보기만 했다.

"좀 자. 3시간 이따가 출발할 테니까."

우석은 아쉬울 것 없다는 듯이 깔끔하게 침대에서 몸을 일으켜 세웠다.

평소의 그녀라면 재치 있는 되물음을 잘 던졌을 텐데도 그녀는 묵묵부답이었다. 아마 그런 대화가 우석을 더 자극할지도 모른다고 생각했다면 정답이다.

우석은 침대에 누운 지수를 뒤로하고 쿨하게 욕실로 향했다. 단전 아래는 다소 쿨하지 못했지만.

얼굴이 따끔거리는 듯했다. 진작 잠에서 깨어난 지수였지만, 눈꺼풀을 들어 올리지 못하고 있었다.

이 남자가 왜 여기 있지?

어제 농염한 키스를 나누다 말고 장광설을 늘어놓았던 남자는 샤워를 마치고 나오자마자 옆 침대에 누워 잠이 들었다.

그러니까 지수가 그의 옆에 누워 있으면 안 된다는 말이다.

자다 일어나서 술이라도 한잔하고 또 일을 치렀거나 하는 상식 밖의 일은 없었다.

그런데 왜?

지수는 저도 모르게 미간을 찌푸리고 말았다.

"깼으면 일어나지?"

나직한 목소리가 귓가에 울리자 목덜미에 오스스 소름이 돋아났다. 말투에 불만이 가득했다.

아니, 곱게 깨우면 되지.

지수는 슬쩍 눈을 뜨고는 남자를 노려보듯 했다.

지난밤 곱게 제 침대에 가서 자는 걸 보고 안심했던 자신이 한심하게 느껴졌다.

그렇게 몰아붙였었는데.

"왜 여기서 자요?"

"누가 물을 말을?"

지수의 눈이 순간 동그래졌다. 그 모습을 보고 그가 피식 웃음을 머금었다. 분명 비웃고 있는 거다.

슬쩍 고개를 돌려 옆을 확인하니, 지수가 누웠던 침대가 텅 비어 있었다.

"침 흘리더라."

이 남자가 진짜?

지수는 당황하지 않은 척 자연스레 오른손을 들어 입을 가렸다.

"눈곱도 있어. 왕 눈곱, 안 보여?"

이번엔 왼손으로 눈도 가려 버렸다. 그러자 유쾌한 웃음소리가 귓가를 간질였다. 이쪽은 상당히 불쾌한데 말이다.

"동생이랑 같이 자나?"

한참을 웃던 그가 진지한 목소리로 물어 왔다.

그건 또 어떻게 알았데?

"왜 얼굴을 가렸는데도 난 이지수 씨 표정이 보일까? 어떻게 알았느냐는 얼굴인데?"

귀신같은 놈.

하마터면 얼굴을 가리고 있던 손을 내려 화들짝 놀란 표정을 지을 뻔했다.

아, 내가 이렇게 허술한 인간이 아니었는데.

"어떻게 알았어요?"

지수는 순순히 묻는 쪽을 택했다. 이미 뭔가 짐작 가는 부분이 있어서 그가 그렇게 물은 것 같았으니 말이다.

"밤에 화장실 가는 것 같아서 그런가 보다 했지. 그런데 이지수 씨가 나한테 달려들잖아?"

"내가요?"

침 자국이고, 눈곱이고, 나발이고. 지수는 화들짝 놀라 몸을 일으켜 앉으며 되물었다. 지금 보니 이 남자 팔을 베고 누워 품에 안겨 있었나 보다.

아, 나. 잠결에 가지가지 했네.

"그럼 다른 여자가 그랬을까?"

지수는 가볍게 눈을 흘겼다. 그러자 그가 귀엽다는 듯이 빙그레 웃으며 말을 이었다.

"윤수 이름 부르면서 날 안아 주던데?"

이래서 습관이 무서운 거다. 지수는 한숨을 내쉬며 손바닥으로 이마를 문질렀다.

"미안해요. 며칠 잠을 설쳤더니, 내가 정신이 없었나 봐요."

어린 나이에 사업 시작해서 자리 잡고 대표 소리도 들었던 지수였지만, 호텔 I 같은 대기업 직원으로 일하는 것은 처음이었다.

몸에 익지 않은 회사 생활을 하려니 신경 쓰이는 게 많았고, 지수의 생활 패턴이 달라지면서 윤수도 따라 적응하느라 고생을 좀 했다.

"미안할 거 없어. 덕분에 나도 푹 잤으니까."

놀리는 듯했지만, 그의 목소리는 세상 더없이 자상했다. 지수는 가만히 고개를 돌려 여전히 침대를 차지하고 누운 남자를 내려다보며 물었다.

"나 진짜 침 흘리고 잤어요?"

"어. 많이."

천연덕스러운 그의 대꾸에 지수는 얼른 시선을 돌렸다. 침이니, 눈곱이니 했던 남자는 이미 말끔한 모습이었다.

"얼른 올라가게 준비해."

분명 3시간만 눈 붙이고 출발한다고 했는데, 커튼을 걷어 놓은 통유리창으로 들어오는 햇살을 보니 족히 아침 9시는 넘어 보였다.

미쳤어.

"덕분에 잘 잤다고."

몸을 일으킨 그가 지수의 볼에 쪽 소리가 나도록 경쾌하게 입을 맞췄다.

지수가 흠칫 놀라 돌아보자 그가 세상 눈부신 미소를 머금고 있다.

아, 눈부신 아침 햇살이 울고 갈 얼굴이네.

잘생긴 얼굴을 넋을 놓고 바라보았다.

"그래. 나 잘생긴 거 아니까, 그만 감탄하고 얼른 준비해. 올라가게."

잘생긴 놈이 제 입으로 잘생겼다고 하면 대개 재수 없기 마련이다. 그런데 이 남자의 천재적 비주얼은 재수 없기는커녕 더 깊이 수긍하게 만든다. 설득력까지 갖춘 잘생긴 얼굴이라 할 수 있겠다.

지수는 그가 웃음을 터뜨리거나 말거나 고개를 끄덕이며 욕실로 향했다.

욕실에 들어온 지수가 제일 먼저 한 일은 입술 언저리와 눈가를 확인하는 거였다.

설마 했는데…… 나 진짜 침 흘리면서 잤어?

서울로 가는 내내 신경이 쓰여서 돌아 버릴 것만 같았다. 그는 귀엽게 봐 준 것 같았지만 침 흘리고 자는 처참한 모습을 보인 게 절망스러웠다.

그래, 고작 침 흘리고 잔 걸로 이렇게 민망해서 어쩔 줄을 모르겠는데…… 나는 대체 무슨 깜냥으로 이 남자를 이용하겠다느니, 연인경 회장한테 협조하겠다느니 깝죽댔을까?

달리는 차 안에서도 땅굴은 팔 수 있었다. 끝을 모르고 파고 들어가던 지수는 불현듯 운전석에 앉은 우석을 바라보았다.

"이 남자는 내가 그렇게 좋을까."

"……."

"……."

필터 어디 갔어요?

속으로만 생각하려고 했는데 입 밖으로 내뱉고 말았다. 세상 똑똑한 척은 다 하고 살았던 이지수였다.

처세의 여신이라며 자부하고 살았는데! 망했어! 내가 왜 이러는지 나도 정말 모르겠다!

"푸흣!"

그도 어이가 없는지 웃는다. 웃음을 터뜨린 남자가 황당하다는 듯 물어 온다.

"못 들은 척해 줄까?"

이 남자 세상 다정하구나.

"그게 가능하다면."

지수가 희망에 들뜬 목소리로 속삭였다.

"맨입으로?"

그렇지, 맨입으로 해 준다고 하면 연우석 대표가 아닌 거다.

세상 다정한 면모를 드러냈던 남자가 타고난 협상가의 기질을 발휘한다. 정말 얄밉도록 태세 전환이 빠른 남자다.

"나 그리고 아직 이지수 씨 좋아한다고 고백한 적은 없는데?"

혼자서 너무 섣불리 판단해 버렸다. 돌이켜 보니 이 남자가 좋아한다고 고백한 적은 없었다. 같이 한 번만 더 자자고 했지.

아, 왜 괜히 열 받지?

지수는 괜히 심사가 뒤틀리는 것 같았다. 입술이 샐쭉 튀어나갈 것만 같아서 지수는 윗니로 아랫입술을 지그시 깨물었다.

"어떡할까? 못 들은 척할까. 아님, 더할까?"

더 놀려 먹을 수도 있다는 말을 아주 대놓고 하시는 매너 좋은 남자 되시겠다.

그냥 못 들은 척해 줬으면 좋겠는데, 그러면 이 남자가 뭔가 요구할 것 같고. 그렇다고 여기서 탈탈 털리는 건 싫고.

당장 영혼 탈곡기로 직행하는 것보단 협상하는 게 나은 방법일까? 내가 이 남자보다 협상에 뛰어나기는 한가?

지수는 매끈하게 잘생긴 남자의 옆얼굴을 바라보다가 못 이기는 척 입을 열었다.

"알아서 해요."

차라리 결정권을 넘기는 척 지수는 작게 속삭였다. 어느 정도 약한 척 내숭 어린 목소리였다.

"그럼 난 당연히 모른 척해야지."

그게 왜 당연히야?

차가 밀리기 시작했다. 앞에 사고라도 난 건지 고속도로 상행선이 꽉 막혀 버렸다. 차가 거의 멈춰 서다시피 하자, 내내 도로를 향해 있던 그의 시선이 대번에 조수석 쪽을 향했다.

"그래야 이지수한테 제대로 고백하지."

꽉 막혀 버린 도로처럼 누군가 지수의 숨통을 막아 버린 듯했다. 갑작스런 공격에 가슴이 꽉 막혀서 숨이 쉬어지질 않았다. 그 속에서도 심장은 제 존재감을 확실히 나타내며 씩씩하게 뛰어 댔다.

심장이 너무 쿵쿵거려서 귓속까지 윙윙거리는 듯했다. 당황스러워서 뭐라 대꾸도 못 하고 있는데, 그가 피식 웃음을 머금었다.

아, 왜!

그대 앞에만 서면, 나는 왜 작아지는가!

명곡이 명곡인 데는 이유가 있는 거다. 지수는 이상하게 이 남자와 함께 있으면 또 다른 자아가 발현되는 듯한 착각이 일었다.

여장부라는 말을 듣고 살아온 인생인데, 한없이 유약한 여자가 되는 듯한 느낌이다.

수줍고, 부끄러워서 '아무것도 몰라요!'를 외치고 싶은 소녀 감성 충만한 자아가 고개를 빠끔히 내밀달까?

그가 다시 도로로 시선을 옮겨 가는가 싶더니 차가 움직였다. 그리고 지수가 심장을 토해 내고 싶을 만큼 가슴 울렁일 말이 쏟아졌다.

"고백하면 받아 줄 건가?"

이걸 이렇게 대놓고 물을 줄은 몰랐다. 그가 선전포고했듯 답도 지금 내놓으라는 건가?

어안이 벙벙하다는 말은 이럴 때 쓰는 거다. 사람을 들었다 놨다, 쥐락펴락 아주, 갖고 노는구나.

지수는 괜히 또 심사가 뒤틀렸다.

아니, 그건 님이 어떻게 하는지 좀 두고 봐야 하는 거 아닌가?

"하는 거 봐서요."

그가 제법이라는 듯 오올 하는 소리를 내며 키득거렸다.

사실 연 회장과 맺은 계약대로 하면 그 고백 안 받아야 하는 거 아닌가?

며칠 전 이 남자가 연락 한 통 없을 때, 연 회장이 연락을 취해 왔다.

계약이행 사항이 성실하지 못하다는 둥 으름장을 놓은 연 회장은 앞으로 적어도 이틀에 한 번은 전화 보고를 하라고 지시했다.

아니, 대체 무슨 보고요? 뭐 댁의 손주 놈 코빼기도 못 보는데……라고 따지려다가 지수는 알겠다며 전화를 끊었다.

순간적인 현실 자각 때문이었다.

자, 5억을 내가 모은다고 생각해 보자. 연봉 인상률을 고려했을 때 적어도 7년은 꼬박 한 푼도 안 쓰고 모아야 갚을 수 있겠지?

293

그런데 손주 정신 차리고 장가갈 수 있게 만들어 주면 그걸 다 보상해 주고 사업까지 할 수 있게 해 준다는데…….

입 다물고 하자는 대로 하는 게 지금 처한 현실로선 가장 현명한 방법이다.

어떡하겠어, 먹고살기 바쁜 소시민의 삶이 그렇지. 뭐. 정말 천하의 나쁜 년이 되고 싶지 않으면 이 남자가 하는 고백은 받아서는 안 된다.

아, 꼬인다.

심장은 핑크빛으로 내달리는데 현실은 녹록지 않다.

고민을 이어 가는 사이 차는 어느새 지수의 집 앞에 도착해 있었다.

"왜 호텔로 안 가고요?"

"오늘은 쉬어. 오늘까지 외근하는 거로 강 지배인한테 이야기해 뒀고. 내일부터 출근하면 돼."

"대표님은 어디로 가시는데요?"

"나야, 호텔…….

본인만 호텔로 돌아가면 외근 핑계가 무색해진다 싶었는지 그가 말을 잇다 말고 머뭇거렸다.

"집으로 가야겠네."

"들어가셔서 쉬세요. 많이 고단해 보여요."

"내 걱정 하는 거야?"

그는 눈썹을 치뜨며 빙그레 미소 지었다.

아니, 저기요. 시도 때도 없이 얼굴로 들이밀기 있어요?

지수는 한숨을 폭 내쉬며 대꾸했다.

"아니, 뭐 특별한 의미가 있는 게 아니라…… 최근 대표님 계속 무리하셨다면서요. 고단해 보여서 쉬시라고 한 거예요."

"누가 뭐 특별한 의미 부여해 달랬나?"

내가 말을 말아야지. 진짜. 무슨 김말이도 아니고 뭔 말만 하면 돌돌 말려 버린다.

"그럼, 들어가세요."

지수가 운전석 쪽으로 고개를 꾸벅 숙이며 퉁명스레 인사했다. 좀스럽게 굴고 싶지 않은데, 자꾸만 사람 성질을 건들고 놀려 대니 나오는 목소리가 곱지 않다.

아, 내가 이렇게 속 좁은 인간이었나?

별것도 아닌 거에 약이 바짝 오르다니, 새삼스러운 자기 발견에 황당할 따름이다.

"잠깐."

문고리를 붙잡으려는 지수를 우석이 붙잡았다.

"왜……!"

왜 부르느냐고 물으려고 했는데, 말문이 막혀 버렸다. 정확히 말하자면 그의 입술이 지수의 입술을 삼켜 버렸다.

"음."

채 내뱉지 못한 말이 입안에서 웅얼웅얼 맴돌았다.

아니, 무방비 상태인데 이렇게 갑자기 치고 들어오는 게 어딨어?

황당하고 약이 오르는 것과 동시에 심장이 쿵쿵 튀어 올랐다. 지수는 눈을 질끈 감은 채로 그의 키스를 받아 냈다.

꼭 쥔 채로 무릎 위에 얌전히 올려 둔 손에는 땀이 흥건했다. 그의 커다란 손이 지수의 뒤통수를 감싸고는 부드럽게 쓸어 내렸다. 귓가를 스치는 부드러운 손길을 따라 오스스 소름이 끼쳤다.

고개가 이쪽에서 저쪽으로 움직였다. 방향을 달리한 입술은 더 깊게 맞물렸다. 마치 호흡을 빼앗기고 있는 것처럼 숨이 가빠 왔다.

목덜미를 더듬던 그의 손길은 이제 지수의 어깨를 어루만지고 있었다.

지수는 본능적으로 손을 움직여 그의 옷자락을 움켜잡았다. 뭐라도 움켜잡지 않으면 큰일이라도 날 것처럼 애가 탔다.

"으음."

그의 입에서 신음이 울렸다. 묵직하게 울리는 낯선 음성에 지수의 손끝에 더욱 힘이 들어갔다.

순간 깊게 맞물렸던 입술이 떨어졌다. 한숨을 몰아쉬고는 나지막한 목소리로 그가 속삭였다.

"누구 목 졸라 죽일 셈이야? 키스하다 멱살 잡히긴 또 처음이네."

지수는 꽉 움켜쥐고 있던 그의 드레스셔츠 자락을 얼른 놓아 주었다. 애틋한 심정으로 잡는다고 잡은 게 하필 그의 멱살을 잡고 말았다.

아, 세상 로맨틱은 모르는 순진한 손 같으니라고.

지수는 제 손을 탓하며 안타깝게 눈살을 찌푸렸다.

"죄송해요."

일단 사과는 해야 할 것 같은 분위기여서 지수는 살짝 고개까지 숙여 보였다.

"죄송하면."

그는 끝음절을 길게 늘이며 뜸을 들였다.

아, 이 양반 참, 사람 애타게 하네.

지수가 얼른 말하라며 채근하듯 우석의 얼굴을 바라보았다.

"한 번 더 하면 되지. 손은 여길 잡고."

그가 지수의 손을 끌어다 자신의 목덜미에 척 얹어 주었다.

아니, 뭐 이런 걸 다.

그 바람에 지수는 자연스레 등허리를 꼿꼿이 세우고 옆으로 돌아앉은 자세가 되어 버렸다.

커다란 손이 지수의 옆구리를 훑고 들어가 등허리를 감싸 안았다. 그의 손길을 따라 열기가 치솟았다.

이제 대놓고 집중해서 키스 한번 해 보자고 덤비는 자세를 잡고야 말았다.

아, 이건 대체 뭐지?

황당한데 심장은 콩콩거리고 입안은 바짝 말라서 갈증이 일었다. 그의 잘생긴 얼굴이 천천히 다가왔다.

그런데 집 앞에서 이래도 되나?

머릿속에서 온갖 생각이 뒤엉켜 엉망진창이 되어 버린 순간, 그의 보드라운 입술이 닿았다. 가볍게 아랫입술과 윗입술을 차

레로 머금은 그는 입술을 가르듯 훑고 들어왔다.

그의 목덜미에 얹었던 손에 저절로 힘이 들어갔다. 지수는 본능적으로 그의 목을 꽉 끌어안았다. 운전석과 조수석 사이에 놓인 공간이 안타깝다고 느껴질 만큼 두 사람은 딱 달라붙었다.

"으음."

그가 고개를 반대쪽으로 비틀면서 잠시 입술이 떨어졌고, 지수는 그사이에 더운 숨과 함께 미성을 흘리고 말았다.

그게 자극이 되었는지, 그가 좀 전의 입맞춤보다 더욱 거세게 지수를 몰아붙였다. 코끝이 그의 매끄러운 뺨에 부딪혔다. 숨 쉴 공간조차 허락할 수 없다는 듯 그는 지수를 꽉 끌어당겨 안았다.

목덜미를 끌어안고 있던 손이 그의 뒷덜미를 더듬어 가기 시작했다. 가느다란 손가락이 보드라운 머리카락 사이사이를 파고들 때쯤 입술이 슬쩍 떨어졌다.

그는 지수의 입술에 자신의 입술을 맞댄 채로 속삭였다.

"이건 좀 위험한데?"

그의 손이 자신의 머리카락에 묻힌 지수의 손을 끌어 내렸다. 지수는 다소 의아한 표정으로 그를 바라보았다.

"이지수는 흥분하면 머리카락 잡나 봐? 저번에 침대에서도 이러던데."

이 남자는 어떻게 눈 하나 깜짝 안 하고 이런 말을 하지?

지수가 당황스러워 눈만 깜빡거리고 있는 사이 그가 덧붙였다.

"그때 생각나서 곤란하다고."

하아, 미치겠네.

지수는 저도 모르게 한숨을 집어삼켰다.

정염에 젖어 낮게 쉰 목소리, 검게 빛나는 투명한 눈동자, 붉게 달아오른 입술.

이 남자 지금…… 위험할 정도로 관능적이다.

지수는 괜히 헛기침을 한 번 하며 목을 가다듬었다. 그대로 목소리를 냈다가는 떨리는 음성이 그대로 드러날 것 같았다.

"그럼, 이제 들어가도 되죠?"

"그럼, 뭐 더 하고 들어가실래요?"

아오, 얄미워.

지수는 눈을 가늘게 뜨고 운전석에 앉아서 눈부신 미소를 짓고 있는 남자를 흘겨보았다.

"얼른 들어가. 그렇게 눈 흘기면 밉다."

그는 오른손 엄지손가락으로 뾰족해진 지수의 눈가를 어루만졌다.

밉다?

여자들이 세상 싫어하는 말을 잘도 지껄이는 너는 퍽이나 잘생겼구나. 인정.

밴댕이도 울고 갈 만큼 속이 좁아진 지수는 '잘 가요.' 하고 짧은 작별인사를 하고는 차에서 내렸다.

탁 소리가 나게 차 문을 닫고 나서 차 쪽을 향해 섰는데 차가 그냥 출발해 버린다.

어라?

조수석 차창이 내려가고, '들어가, 먼저 가세요!' 하는 애틋한 승강이라도 해야 하는 거 아닌가?

황망해서 차 뒤꽁무니만 하염없이 바라보던 지수는 헛웃음을 흘렸다.

그래, 그런 애틋함 따위 없어도 되는 관계라는 뜻인가? 그냥…… 마냥 이렇게 뜨겁기만 하면 되는 건가?

남녀 관계는 원래 한 마디로 정의하기는 어려운 거기는 하다. 애틋함이나 뜨거움, 둘 중 하나로 정의되기도 어렵다는 말이다.

그게 아니라면. 저 남자는 뭐든 타고났어? 처음이라며 밀당도 막막 잘해?

갑자기 지고 싶지 않은 천년의 오기가 생겨나는 듯했다.

5화 - 같은 감정

이 봐, 이 봐. 이 남자 연락 없는 것 좀 봐.

어제 잘 들어갔느냐고 보낸 메시지에서 1이 사라진 지 오래다. 그런데 그는 짧은 답 하나 주지 않고 있다.

점심 식사를 마치고 백오피스로 돌아온 지수는 울리지 않는 휴대전화를 만지작거리기만 했다.

"이지수 대리."

"네, 지배인님!"

넋 놓고 앉아 있는 지수를 부른 건 강진필 지배인이었다.

"아, 아직 점심시간 안 끝났네."

강 지배인은 손목시계를 한 번 확인하더니 미안하다는 듯 미간을 찌푸렸다.

"괜찮아요. 말씀하세요."

"잠깐 내 방으로 좀 와요."

점심시간도 채 끝나지 않았는데 호출이다. 밀당인 건지, 무관심인 건지 연락 없는 남자는 잊고, 출근했으니 일이나 열심히 해서 보람을 찾으라는 신의 계시인가 보다.

"어제 완도는 어땠어?"

강 지배인의 물음에 지수는 어제 보고 느낀 바를 착실히 보고했다.

근데 보고를 듣는 강 지배인의 표정이 사뭇 오묘하다. 본인이 원하는 보고가 아니라는 듯이 영 미덥지 않은 얼굴을 하고 있다.

왜 이래, 사람 불안하게.

"보고서 따로 올릴까요?"

지수의 물음에 강 지배인은 대꾸 없이 고개를 내저었다.

"전화를 한 통 받았는데……."

강 지배인은 나직한 목소리로 뜸을 들였다. 지수는 괜한 긴장감에 등골에 오싹 소름이 돋아나는 듯했다.

아, 뭐 누가 우리 키스하는 거라도 봤대요? 같이 관광호텔 들어가는 파파라치 샷이라도 찍혔어요? 어디 신문사에서 그 여자 이지수 아니냐고 물어봐요?

머릿속에 온갖 망상이 둥둥 떠다닌다. 재벌 3세랑 관광호텔 들어가는 호텔 여직원이라……. 호사가들이 좋아할 만한 소재이기는 하다.

지수가 잔뜩 긴장한 채로 서서 집무 책상 앞에 앉은 강 지배인을 바라보았다.

"이 대리, 뭐 죄지었어?"

"죄요? 아뇨!"

아, 너무 정색했나?

팔팔한 남녀 둘이 좀 붙어 있었다고 그게 죄가 된다면, 이 세상에 죄 많은 사람이 어디 한둘이야?

"근데 왜 그렇게 죄지은 사람처럼 서 있어?"

"상사 앞인데 당연히 긴장되죠."

어설프게 행동하는 건 연우석 대표 앞 한정이다. 다행스럽게도 갈고닦은 처세술은 아직 어디 가지 않았다.

웃음을 머금고 상냥하게 대꾸하자, 강 지배인의 얼굴에도 그제야 선선한 기운이 감돌았다.

"아까 받으셨다는 전화는……."

"이따 1시 10분까지 1623호로 가 봐."

대뜸 객실로 가라는 데는 이유가 있어 보였다.

"고객 하나가 결혼을 준비 중이라는데, 비밀리에 준비하고 싶대. 1623호에서 미팅하자고 하더라고. 이지수 대리만 콕 집어서 만나고 싶다고 했으니까 그렇게 알고."

선선했던 강 지배인의 표정이 또다시 미묘하게 일그러졌다.

그리고 고객 하나?

아무리 없는 데서는 나라님 욕도 한다지만, '고객 하나'라는 표현을 쓰는 건 강 지배인의 성정과는 맞지 않았다. 석연치 않은 구석이 있는 것 같은데, 그게 뭔지 모르겠다.

"어떤 분들이신지는……."

"가 보면 알겠지."

그는 이제 귀찮다는 듯이 말을 얼버무렸다.

아니, 이 사람이? 호텔에서 근무하는 직원이라고는 하지만, 아무리 그래도 여자의 몸으로 고객이 누군지도 모르고 호텔 방으로 무조건 가라고? 그러다 위험한 사람들이라도 있으면, 내 목숨은 누가 지켜 줍니까?

지수는 아연실색한 얼굴을 감추려 애썼다.

"거기서 이지수 씨 잡아먹을 위인은 아니니까 걱정 말고."

그렇게 덧붙인 강 지배인은 고개를 갸우뚱 기울였다.

"아니다. 잡아먹으려나?"

이보세요, 내가 댁 멱살 잡아 줄까요?

미묘하게 구겨졌던 강 지배인의 얼굴에 언뜻 미소가 비쳤다. 예컨대 개구쟁이가 장난기 어린 미소를 감추고 진지한 척하는 모습이랄까?

님아, 지금 이게 장난이에요?

혹시 아는 사람들인가?

"벌써 1시네. 얼른 움직여."

찰나의 미소를 거둬 낸 강 지배인이 어서 가 보라며 턱짓으로 문가를 가리킨다. 여전히 석연치 않은 구석은 남아 있지만, 강 지배인이 보인 미소가 괜히 사람을 안심시켰다.

설마 직원을 사지로 내모는 짓을 하겠나 싶어서 지수는 고객이 기다리고 있다는 1623호로 향했다. 초인종을 누르자 안쪽에서 기척이 들려온다. 철컥 소리와 함께 방문이 열렸다. 그런데 안에 있는 이가 누군지는 보이지 않았다.

지수의 눈에 들어오는 건 남자의 손이었다.

응?

커다란 손이 안으로 들어오라는 듯 움직였다. 다소 당황스럽지만, 지수는 조심스레 발걸음을 방 안으로 내디뎠다.

방문이 무겁게 닫히는 소리가 들려오자마자 지수의 허리에 단단한 팔이 휘감겼다.

"엄마야!"

다른 룸에 들릴까 싶어서 크게 소리도 지르지 못하고 지수는 흠칫 놀라 남자의 얼굴을 바라보았다. 익숙한 체취가 코끝을 스치며 이미 존재감을 과시하고 있었다.

"미쳤나 봐! 미쳤어, 진짜!"

너무 놀란 나머지 튀어나온 말이 죄 반 토막 나 버렸다. 이런 상황에 예의 갖춰서 꼬박꼬박 존대하는 미친년이 어디 있을까 싶다.

그리고 이런 핑계로 불러내는 미친놈도 어디 있을까 싶은데…….

눈앞에 서 있는 남자는 미쳤다는 소리 들어도 싼 연우석 대표였다.

"아, 비밀리에 결혼 준비하셔야 해서 메시지에 답할 시간도 없으셨구나?"

지수는 저도 모르게 삐딱한 말투로 건들거렸다. 그러자 그의 입술이 지수의 입술을 살짝 머금었다가 놓아주었다.

"바빴어, 많이."

"아, 데리고 노는 여자 연락은 씹고, 결혼 준비는 또 따로 하시느라 바쁘신가 봐요?"

여전히 뾰로통한 지수의 질문에 그는 못 참겠다는 듯 웃음을 터뜨렸다.

하나도 안 웃기거든?

곧이곧대로 말할 수는 없으니 지수는 눈을 가늘게 뜨고 우석을 흘겨보았다.

"그렇게 하면 밉다니까."

조용히 읊조린 입술이 지수의 눈꼬리에 닿았다가 떨어졌다.

"여기서 뭐 하고 있었어요?"

"이지수 기다렸지."

"아니. 그게 아니라."

끝음절을 길게 늘이는 지수의 말투에서 살짝 짜증이 묻어나기 시작했다.

"보고 싶어서 기다렸지."

이미 방에 들어설 때부터 콩콩거리던 심장이 이제는 가슴을 뚫고 나올 듯 쿵쿵 울렸다.

"이 못생긴 얼굴이 왜 그렇게 보고 싶었을까?"

이 남자가 보자 보자 하니, 진짜!

"내가, 못생겼어요?"

아, 나. 이러고 싶지 않았는데, 진짜!

새초롬한 목소리가 불쑥 튀어나왔다. 절세가인은 아니라도 예쁘장하단 소리는 꽤 듣고 산 이지수였다. 결혼 준비하던 재벌가 자제들이 친구 소개해 주겠다며 덤빈 적도 많았고, 소싯적에는 길에서 따라오는 남자들도 꽤 있었다.

번호는 몇 번 따였더라? 참 도도하게 튕기기도 튕겼지, 내가.

근데 못생겨? 세상 어떤 여자가 못생겼단 소릴 듣고 가만히 있을까? 그것도 품에 보물을 숨기듯 끌어안고서 입술을 쪽쪽거리고 있는 남자한테 말이다.

"어, 못생겼어. 그러니까 나만 봐야겠어. 이 얼굴을 다른 놈들한테 어떻게 보여 줘?"

하, 나 참 기가 막혀서.

"특히 언제가 제일 못생겨지는지 알아?"

지수는 어디 끝까지 해 보란 듯이 한쪽 눈썹만 들어 올린 삐딱한 표정으로 그를 올려다보았다.

그러자 만면에 미소를 머금은 그의 얼굴이 바짝 다가왔다. 입술과 입술이 닿기 직전 그가 속삭였다.

"침대 위에서 내 머리 움켜쥘 때."

볼은 물론이고 귓불까지 새빨갛게 물들어 가는 동안, 그보다 더 붉은 입술은 그의 입술 안으로 맞물려 들어갔다.

이 남자 진짜 사람을 들었다가 났다가.

이걸 지금 못생겼다는 말로 받아들이면 나 되게 멍청한 거고, 그렇다고 좋다고 실실거리는 것도 멍청한 거고.

사람을 신박한 방법으로 멍청하게 만드는 재주가 있는 남자다. 그런 남자가 침대 위 그 일은 처음이었다면서 키스는 끝내 주게 잘한다.

이리 헤집었다가, 저리 훑고 나가고, 쑥 빨아들였다가, 간지럽게 어르며 도망치는 통에 따라가게 하고, 숨이 턱 막히게 했다가, 정신이 혼미해지기 직전에 자비를 베풀듯 입술을 떼어 낸다.

지수는 숨을 할딱이며 부풀어 오른 그의 입술 끝을 바라보았다.

"이런 거, 곤란해요."

"이제 안 물어보고 해도 된다며?"

"때와 장소는 가리신다면서요?"

"내가 때와 장소를 지금 못 가리고 있나?"

"업무 시간에 일 핑계로 불러냈으면서."

"그거 하지 말라는 말은 안 했잖아."

이 남자 갑자기 유치원생 빙의라도 하셨나? 세상 어이없는 물음에 지수는 황당한 시선으로 그의 눈을 바라보았다. 입가엔 천진한 미소가 가득한데, 눈동자는 또 의외로 진지해서 사람 헷갈리게 만든다.

"나는 여기 호텔 대표고, 불시에 룸 점검도 할 겸 방 키 하나 받아 왔을 뿐인데."

가끔 대표가 불시에 룸 점검을 하는 경우가 있기는 했다.

"근데 하필 그때 이지수 예쁜 얼굴이 보고 싶은 걸 어떡해?"

지금 뭐라고 했니, 이 남자?

언제는 못생겼다느니, 못났다느니 사람 골려 대던 남자가 이제는 예쁘단다.

뻔한 수작에 기분이 나빠야 하는데, 왜일까?

입꼬리가 저절로 뺨을 타고 오르려는 듯해서 지수는 아랫입술을 비틀어 깨물었다. 나사 빠진 년처럼 웃지 말자, 포커페이스! 이지수, 정신 차려!

"근데."

지수는 혼자서만 억울하게 빠져 있는 듯한 위기 상황에서 벗어나기 위해 말을 돌리려 애썼다.

"강 지배인한테는 누가 전화했어요?"

"내가."

이 남자 진짜 대책 없네!

"비밀 결혼 준비하니까 이지수 대리 올려 보내라고요?"

지수의 물음에 그가 그제야 무언가 깨달았다는 얼굴로 아! 하는 입 모양을 만들더니 유쾌한 웃음을 터뜨렸다.

"난 그런 적 없는데?"

"그럼요?"

"나 1623호에 있으니까 이지수 씨 올려 보내라고 했지."

"그게 다예요?"

그는 그렇다며 고개를 끄덕거리고는 빙그레 미소를 머금은 채로 물었다.

"왜, 강 지배인이 1623호에 비밀 고객님 계시니까 가 보래?"

지수는 그렇다며 고개를 끄덕였다.

"그럼 그러기로 했나 보네."

뭘 그러기로 해? 왜 너만 알아? 나도 알려 줘!

"이지수 씨랑 나랑 그렇고 그런 사이인 거, 강 지배인은 모른 척할 테니까 너 알아서 처신해라. 그거 아냐?"

"대표님이랑 나랑…… 그렇고 그런 사이는 대체 뭔데요?"

"한 번은 자고, 또 한 번은 그냥 자고, 여러 번 키스한 사이?"

저 얄미운 조동이를 그냥!

지수는 고개를 휙휙 내저으며 빠르게 되물었다.

"근데 그걸 강 지배인이 어떻게 알아요?"

"내가 말했어."

미친놈!

"설마 나랑 잤다고 했어요?"

지수가 눈을 휘둥그렇게 뜨며 뒤로 한 발짝 물러났다. 미친 놈을 피하고 싶은 본능적인 움직임이었다. 그러자 우석이 벌어진 거리가 아쉽다는 듯 지수의 허리를 다시 끌어당겼다.

"아, 빨리 대답해요!"

"글쎄."

그는 턱을 어루만지며 능청스러운 미소를 빙그레 머금었다.

"그렇게 말하면 문제 생기나?"

"안 그래도 내가 대표님 낙하산이니 뭐니 떠드는 사람들 있단 말이에요. 그거 팩트 체크라도 해 주고 싶었어요?"

"그래? 그런 소문은 누가 흘리고 다니는데?"

그의 목소리가 낮게 가라앉았다. 형형한 눈빛은 그렇게 말한 사람 잡아다가 피의 숙청이라도 할 기세다.

'오진환 과장 놈이!'라고 일러바치고 싶었지만, 그건 말 그대로 일러바치는 거고. 그랬다가는 눈앞에 선 미친 남자가 해고 명단에 그를 올릴 것 같아서 지수는 입을 꾹 다물었다.

그의 눈빛은 진심으로 사람 하나 잡아먹을 듯했다. 순간 강지배인이 했던 말이 머릿속을 스치고 지나갔다.

'거기서 이지수 씨 잡아먹을 위인은 아니니까 걱정 말고. 아니다. 잡아먹으려나?'

했네, 했어. 이 미친놈이 나랑 잤다고 내 직속 상사한테 말했어? 이거 진짜 또라이 아냐?

지수는 눈을 흘기다 못해 부라렸다. 그런 지수를 내려다보며 그는 심각한 얼굴을 하고 있었다.

"그러니까 이지수가 낙하산이라고 소문내는 것들이 누구냐고."

그의 목소리는 점점 흉흉해졌다. 지수는 아랫입술을 잘근 씹으며 잠시 고민했다.

여기서 입 잘못 놀렸다가는 멀쩡한 직원 하나 실직 위기에 처할 것만 같았다. 오 과장이 얄미운 짓만 골라서 하는 꼰대에 하극상임에는 분명했지만, 해고에는 근로기준법에 부합하는 정당한 이유가 있어야 하는 거다.

대표 낙하산이라는 소문내고 다녔다고 해고하는 건, 좀 그렇지 않아?

"말 못 하겠어? 내가 직접 알아볼까?"

"아니, 그게. 그냥 사람들 소문이 그렇다는 거지. 누가 콕 집
어서 나 음해하려고 작정하고 소문냈겠어요?"

일단 다소 감정이 격앙된 듯 보이는 남자의 신경을 다른 쪽
으로 돌리기 위해 지수는 그의 목을 끌어안듯 했다.

낙하산 이야기가 나온 이후로 내내 얼굴을 찌푸리고 있던 그
가 빙그레 미소를 머금는다.

오오, 통하나 봐, 나도 미인계가 통하는 사람인가 봐!

지수가 속으로 쾌재를 부르고 있는데, 그가 지수의 귓가에
대고 낮게 속삭였다.

"너 말고 나."

이건 또 뭔 소리야?

"이지수 음해하려는 게 아니고 날 음해하려고 그러고 떠들고
다닐 가능성이 높다는 거지, 안 그래?"

지수는 목덜미를 끌어안고 있던 손을 스르륵 내려 버렸다.
어쩐지 잘못짚어도 한참 잘못짚은 것 같아서 수치심이 몰려왔
다.

그럼, 그렇지. 일개 대리를 음해해 봤자 얻는 게 뭐가 있을
까? 하지만 대표를 음해하는 거라면……?

그러고 보니 오진환 과장이 호텔 간부하고 무슨 관계가 있다
고 하지 않았나? 그럼 혹시 이것도 경영권 다툼의 일종인가?
이 남자 평판을 해치려는?

거기까지 생각이 미치자 이 남자가 왜 그렇게 무서운 얼굴을 하고 있는지 납득이 되었다. 그러는 사이 강 지배인한테 진짜로 말했는지, 안 했는지는 별로 중요치 않은 사안이 되어 버린 것 같아서 그에 관해서는 입도 뻥긋할 수가 없었다.

"그럴 수도 있겠네요."

지수는 미간을 좁히며 작게 대꾸했다. 그러자 주름진 미간에 그의 입술이 부드럽게 닿았다가 떨어졌다.

"이렇게 하면 못생겨진다니까."

이 남자 진짜 잊을 만하면 자꾸 이러네?

지수는 곱게 가라떴던 눈을 다시 부라리며 그를 올려다보았다. 그는 뭐가 그렇게 즐거운지 환한 미소를 지은 채였다. 그 미소에 심장이 바닥으로 쑥 내려갔다가 단번에 치고 올라오더니 빠르게 내달리기 시작했다.

아, 어떡하지, 나?

어찌 범인(凡人)이 이인(異人)을 이해할 수 있으리오?

미친놈이라고 욕하면서도 가슴이 너무 떨린다. 그저 평범한 나와 다른 특별한 형태의 한 인간을 동경하는 마음일까, 이건?

그건…… 아닌 거 같은 거 우리 모두 알겠지요?

나중에 뒷감당을 어찌하려고 심장이 이렇게 속절없이 뛰는 걸까 싶다.

아무 말 없이 굳어 있는 지수의 얼굴을 그가 커다란 손으로 부드럽게 어루만졌다.

자꾸만 마음속 한구석을 차지하려는 사람을 이용해 먹는 게 가능한 일일까? 그럼 세상 나쁜 년 아냐?

지수는 저도 모르게 한숨이 터져 나올 것만 같아서 아랫입술을 꾹 한 번 깨물었다. 그의 엄지손가락이 말아 문 아랫입술을 살살 어루만졌다.

가슴속에 꽁해 있던 응어리가 사르륵 녹아내리는 기분이다. 아, 어쩌자고 이러는 걸까?

그의 입술이 말아 문 입술 위에 가볍게 스치듯 내려앉았다가 떨어졌다.

"흐음."

그렇게 고민할 필요는 없다며 위안하는 듯한 애틋한 입맞춤이었다. 애틋함 따위는 없는 사이라 단정 지은 게 어제였던가?

지수는 가만히 두 눈을 감았다. 그의 입술이 다시금 지수의 입술을 깊이 머금었다. 입안이 엉키고 헤집어졌다. 그 움직임이 마치 가슴 깊이 들어와 마음을 헤집는 것처럼 느껴졌다.

심장에 울컥울컥 뜨거운 기운이 차올랐다. 분명 종전과는 다른 기분이었다.

왜 갑자기? 이 남자 이용해 먹겠다고 한 게 이제 와 미안해서?

어느새 깊게 맞물렸던 입술이 슬쩍 떨어졌다. 그는 손목에 있는 시계를 한 번 확인하고는 미간을 찌푸렸다.

"가야겠네."

그의 목소리가 정염에 젖어 낮게 쉬어 있었다. 그는 한숨을 한 번 내쉬고는 지수의 이마에 재차 입을 맞추었다. 짧은 입맞춤에서도 애틋함이 느껴져서 심장이 저릿할 정도였다.

그래, 내가 이 남자를…….

지수는 가만히 그를 올려다보았다. 눈이 마주치자 그가 아쉽다는 듯 미소 지었다. 지수도 그에 응하듯 최대한 환하고 예쁜 미소를 지었다.

원수는 외나무다리에서 만난다고 했던가?

백오피스로 돌아가는 길에 직원용 출입구에서 오진환 과장과 딱 맞닥뜨리고 말았다. 살짝 고개 숙여 묵례하자 오 과장이 빈정거리기 시작했다.

"누군 좋겠네. 지배인이 대놓고 밀어주고. 대표가 앉혀서 그런가?"

오 과장은 손에 담뱃갑과 라이터를 들고 있었다. 호텔 전체가 금연인데도 불구하고 떳떳하게 담배를 태우러 나가는 꼬락서니가 가관이다.

일은 구멍이 나지 않을 정도로만 처리하는 듯했다. 아무래도 연회 판촉팀에서 VIP 관련 행사를 많이 하다 보니 그와 관련해서 흘러나오는 정보들을 제 윗선에 전하는 듯한 분위기였다.

그 윗선이 대체 누구냐는 건데. 소문대로 임원 하나와 친인척 관계인 것인지, 아니면 먹고살자고 비비고 있는 건지는 더 알아봐야 할 것 같았다.

"안팎으로 아주 바쁘시겠어, 이지수 씨."

그는 은근슬쩍 지수의 허리를 팔로 스치며 지나갔다. 기가 막히는 행태에 지수는 어이가 없어서 멀어져 가는 오 과장의 뒷모습을 빤히 바라보았다.

그래, 내가…….

가슴에 애틋함이 서린 순간, 결심은 이미 굳었다. 이용해 먹겠다고 뛰어들어 놓고, 양심에 찔려서 혹은 미안해서 그러는 거냐고 묻는다면 할 말 없다.

그리고 나중에 혹여 그 남자도 이지수를 갖고 논 거라고 한다손 치더라도……. 처음엔 아무렇지 않을 것 같았는데, 그렇게 가정하니 그땐 좀 가슴이 저밀 것 같다.

지수는 오 과장의 모습이 모퉁이를 돌아서 사라질 때까지 응시했다.

오진환 과장이 얼마나 든든한 뒷배를 가지고 나대면서 미꾸라지 같은 짓을 하고 다니는지는 모르겠지만, 지수 역시도 웨딩플래너 일을 하면서 쌓은 은공이 만만찮았다.

감히 누굴 음해하려고 들어?

지수는 주먹을 불끈 움켜쥐며 걸음을 재촉했다.

사무실에 들어서자 직원들 표정이 하나같이 어둡다. 누구한테 뭘 먼저 물어야 할까 고민하고 있는데, 저쪽에서 한탄 섞인 목소리가 들려온다.

"오 과장 저러는 거 어디 하루 이틀이야? 신경 쓰지 말고 일들 해요."

팀원 중 하나가 그렇게 말하고는 바깥바람이라도 쐬어야겠다며 사무실을 쌩하니 나가 버렸다.

지수가 처음 사무실에 왔을 때 IP 전화 사용법을 알려 주었던 팀 막내 주은의 표정도 어둡기는 마찬가지였다.

무슨 일이 있었던 거냐고 물을 만큼 아직 막역한 사이는 아니어서 머뭇거리고 있는데, 주은이 먼저 바짝 다가와 말을 건넨다.

"대리님, 커피 드실래요?"

자리를 옮기자는 사인을 보내는 주은을 따라서 지수는 직원 휴게실로 향했다.

"이 커피요. 원래 객실에만 공급되던 거였거든요. 여기에는 원래 노란색 커피 믹스밖에 없었어요. 그런데 대표님이 좋은 건 직원들이 가장 먼저 접해야 하는 거라고 하시면서, 직원 휴게실에도 놔 주신 거래요."

호텔 I의 직원 휴게 공간에는 카페 시설과 더불어 전문 바리스타까지 배치되어 있었다. 원래 이랬던 게 아니라 연 대표가 취임하면서부터 바뀐 거라는 말이었다.

"연 대표님이 좀 세심하시잖아요? 직원들한테 되게 자상하시고."

지수는 부정할 수 없는 사실에 고개를 끄덕거렸다. 순간 환하게 미소 지으며 지수의 입술을 어루만지던 그의 얼굴이 떠올라서 가슴이 울컥했다.

"그런데⋯⋯."

주은은 천년의 비밀이라도 꺼내 들 것처럼 머뭇거렸다.

"무슨 일 있어요? 곤란하면 이야기 안 해도 돼요."

이러면 더 하고 싶어지기 마련이다.

"아뇨, 그게 아니라."

"임직원 조찬회랑 차담회 했잖아요. 그게 임직원 해고 명단 작성하려고 했던 거래요."

"누가 그래요?"

"오 과장님이 그러더라고요. 오 과장님은 워낙 윗선하고 줄이 닿아 있으니까."

팩트라고 믿는다는 뜻이었다. 그게 팩트건 아니건 미리 소문이 돈다면 직원들이 술렁일 게 당연했다. 흉흉한 해고 바람이 부는데 마음잡고 일하기는 쉽지 않은 법이다.

오 과장 쪽에서 일종의 여론몰이를 시작했다는 뜻인가?

"하아, 더 기가 막힌 건요. 이건 진짜 믿을 수가 없는데."

주은은 어이가 없다는 얼굴로 한숨을 몰아쉬며 말을 이어 갔다.

"대표님이 층마다 여자를 숨겨 놓고 있다는 거예요. 시찰 핑계로 룸마다 돌아다니면서 난잡하게 뒹군다고."

호텔 I 본사 인수ㆍ합병 문제로 잠까지 설쳐 가며 일하는 그였다. 소문을 만들어 낸 이가 누군지 모르겠지만, 수준 한번 저열했다.

"요즘 대표 되게 피곤해 보이잖아요. 그게 그래서 그런 거래요. 그리고 대표가 연인경 회장이랑 사이 되게 안 좋잖아요. 그래서 직원들이 뭐라는 줄 아세요?"

대표님, 대표님 하던 주은의 입에서 이제 하대가 흘러나왔다. 좀 있으면 대표가 아니라 대표 새끼라고 할 분위기다.

소문은 누가 흘리느냐에 따라 공포 조장 능력이 달라진다. 윗선과 닿아 있는 호사가 오 과장의 입김에 직원들이 흔들거렸다. 일부는 그럴 리가 있느냐는 반응이겠지만, 다른 일부는 더 부풀려서 소문을 전하고 믿을 것이다.

"뭐라는데?"

"연산군이요. 대표는 연산군이고, 호텔에 숨겨 둔 여자는 흥청망청이래요."

폭군 CEO와 여자라…… 말 전하기 좋아하는 사람들이 입방아 찧기에 좋은 소재만 모아 놨구나 싶었다.

연 대표가 취임한 이후로 크고 작은 변화들이 있었다. 직원 휴게 공간 개선과 같은 것부터 직원 혜택(Employee Benefit)과 같은, 주로 임직원 복지와 관련한 것들이었다.

그 외 다른 사항들은 순차적인 변화가 있을 거라는 공지가 있었다. 팩트라면 이게 팩트 아냐?

"에이, 설마. 그냥 이상한 소문이겠지."

지수는 말도 안 되는 소리라며 고개를 내저었다.

"진짜라니까요! 프런트 데스크에서 그러는데, 오늘 홍 실장이 내려와서 불시에 룸 시찰한다고 방 키도 여러 개 가져갔다 던데요?"

이어진 말에 지수는 하마터면 입에 머금고 있던 커피를 뿜을 뻔했다.

"그리고 그 방에 여자를 불렀대요, 글쎄!"

네, 저 찾으셨나요? 거기 불려 간 여자가 접니다. 나야, 나!

뭐 이거라면 더 묻고 들을 필요도 없이 팩트다. 하지만 여러 여자를 불렀던 것은 아니고 대표의 고정픽은 나라고 해야 해?

지수는 미지근하지만, 여전히 좋은 향기를 풍기는 커피를 한 모금 더 머금었다.

저기 바리스타 양반, 여기 냉수 한 잔 주오!

손을 뻗어 당장 얼음물 한 잔 달라고 하고 싶은 심정이었지만, 그럴 수 없었다.

"좀 충격적이죠?"

훈련된 포커페이스는 역시나 연우석 대표 앞에서만 통하지 않는 거였나 보다. 주은은 지수가 당황한 기색을 전혀 눈치채지 못했다.

다행이다. 지수는 한숨을 몰아쉴 수는 없어서 자잘하게 숨을 내뱉으며 물었다.

"그래서 분위기 저랬던 거예요?"

"네, 강 지배인님도 점심시간에 대표님 전화 받고 안색이 안 좋아지셨다고 했거든요. 분명 우리 팀에도 문제 생길 거라고……."

주은은 무슨 말을 더 하려다가 말고 입술만 달싹였다.

아, 강 지배인님 안색이 안 좋아졌던 건 그게 아니라. 이렇게 가타부타 설명해 줄 수도 없고…….

지수는 가만히 주은이 하는 양을 지켜보다가 입을 열었다.

"주은 씨는 점심 먹는데 강 지배인님이 갑자기 전화하시면 어떨 것 같아요?"

주은은 무언가 깨달은 얼굴로 지수를 응시했다.

"아마 강 지배인님도 그럼 마음 아니셨을까요? 점심시간에 전화 통화해야 할 만큼 급한 일이었을 수도 있는 거고⋯⋯. 사실관계도 모르는 상태에서 윗선들 일 넘겨짚는 거 정신 건강에 안 좋아요."

지수는 특유의 은은한 미소를 지어 보였다. 처음 사무실에 들어왔을 때부터 은근한 소문을 전해 왔던 주은이었다.

"와, 근데 신기하다. 나는 좀 소문 같은 거에 어두운 사람이거든요. 주은 씨는 이런 걸 다 어디서 들어요?"

"아, 대리님은 이런 회사 생활 처음이라고 하셨죠? 저는 공채로 들어와서, 입사 동기 정기 모임도 있고요."

각 부서에 퍼져 있는 입사 동기들과도 정기적인 모임을 가지며 정보를 공유하는 듯했다.

"사실 프런트 데스크에 있는 김윤희 매니저님이 저희 사촌 언니예요."

"사촌 언니?"

"응. 이모 딸이요. 저랑 자매처럼 지낸 사촌 언닌데요. 저희 호텔 근처 오피스텔에서 같이 살거든요. 거의 비밀이 없는 사이라⋯⋯. 프런트 데스크 방 키 이야기는 정말 쉿 하셔야 해요! 이건 절대 다른 데 말씀하시면 안 돼요! 언니가 이거 다른 데 말하면 자기 잘린다고 저만 알라고 했거든요."

너나 말하고 다니지 마!

지수는 여전히 은은한 미소를 지은 채 고개를 끄덕여 주었다.

"이런 걸 내가 어디다 말해요? 입사한 지 얼마 안 돼서 아는 사람도 없는데⋯⋯."

연우석 대표한테 조심하라고 말해 줘야겠네.

지수는 다정한 눈빛을 내기 위해 노력하며 주은을 응시했다. 조금 방향이 다르기는 했지만, 소문 물어다가 퍼뜨리는 솜씨가 수준급이었다. 오 과장이 퍼뜨리는 말을 물타기 하는 데 이용하기에 적당해 보였다.

"그런데 내가 지나가다 들은 얘기랑 좀 다르네?"

"뭐가요?"

역시나 호사가가 떡밥을 놓칠 리가 없다. 지수는 만선의 시작이 될 순진한 물고기 한 마리를 측은하게 바라보았다.

"미스터리 게스트가 우리 호텔 뜬다는 소문 있던데요? 그래서 대표님 불시에 룸 점검하신 거 아닌가?"

"헐, 대박."

호텔리어가 가장 싫어하는 고객 중 하나가 미스터리 게스트였다.

서비스 품질 향상을 위해 경영진이 고객 만족도 품질 평가사를 고용해서 미스터리 게스트를 출현시키는 경우도 있고, 한국 관광 공사에서 위탁한 전문가 1인과 일반인 1인이 미스터리 게스트, 즉 등급 평가단이 되어 호텔 평가를 위해 1박을 하는 경우도 있었다.

물론 두 경우 다 방문자는 일반 고객 행세를 하며 서비스를 평가한다. 전자는 호텔 품질 향상을 위한 기초 자료가 될 수 있지만, 후자는 호텔 등급을 좌지우지하는 단초가 될 수 있는 무시무시한 암행 평가다.

물론 암행 평가는 모든 호텔에 적용되는 것이 아니라 4~5등급의 호텔에 한해서만 이루어진다.

5성, 그 이상의 가치(Beyond the 5 stars)를 마케팅 주안점으로 삼고 있는 호텔 I가 만약 암행 평가에서 좋지 않은 점수를 얻어 4등급으로 등락하게 된다면 엄청난 손실이 야기될 것이다.

회사가 휘청하면 고정비를 줄이려 들 것이고, 사측에서는 경비 절감을 위해 해고를 단행할 수도 있는 최악의 시나리오라 할 수 있다.

"연 대표가 고용한 거래요?"

"그건 아닌 것 같고."

지수는 미소를 짓는 것으로 대답을 대신했다.

"그럼요, 등급 평가 나오는 거예요? 그거 대리님 어떻게 아셨어요? 그거 절대 모른다던데?"

딱히 내가 그걸 아는 게 아니라……. 헛소문 퍼뜨려서 직원들 직무 태도 흩트리려는 불순분자들이 있으니까. 그런 것들한테 휘둘리지 말고 일이나 열심히 하자는 의미에서. 암행 평가는 언제든 이루어질 수 있으니 딱히 거짓말을 했다고도 볼 수 없고.

"뜬소문 믿고 흔들리는 것보다, 그냥 제자리에서 충실히 일하는 게 더 낫지 않을까요? 미스터리 게스트가 아니더라도 말이죠."

지수의 말을 주은은 그대로 가서 전할 것이다. 직원 중에 호텔이 망해서 졸지에 일자리 잃고 싶은 사람은 없을 거다. 뜬소문 돈다고 해서 대놓고 일을 소홀히 할 사람도 없다.

하지만 찝찝한 마음으로 일을 하다 보면 작은 실수가 나오기 마련이고, 그 실수들이 모여 호텔의 이미지를 만들 수도 있다. 큰일이라고 반드시 큰 사건부터 시작되지는 않는다.

이탈리아 한 기자의 오보로 베를린 장벽이 무너진 것처럼 신임 대표에 대한 근거 불확실한 소문으로, 대표는 직원들의 신임을 잃고, 호텔은 손해를 떠안을지도 모를 일이다.

그리고 그 화살은 전부 신임을 잃은 대표에게 돌아갈 게 뻔했다. 이상한 대표가 경영권을 잡더니 호텔이 망해 간다고.

그게 오 과장 쪽에서 원하는 것일 터였다. 그쪽 윗선이 누군지는 모르겠지만 말이다.

"근데 오 과장님이 하는 말에 왜 그렇게 다들 동요해요?"

지수는 별 관심 없지만 네가 물어봐 주길 바라는 것 같으니 한번 물어봐 주겠다는 듯 무심한 척 물었다.

"진흥렬 전무님, 그러니까 부총지배인님 쪽인 걸로 알아요. 차기 대권주자라는 소문이 돌았었죠."

그러니까 차기 총지배인감이라는 뜻이었다. 호텔 I 정치판에 대해서는 일전에 조금 들은 적이 있었다.

호텔 I의 총지배인은 본사에서 보낸 미국인이었고, 다음 인사는 한국에서 뽑을 거라는 게 유력한 설이었다.

진 부총지배인이 유력한 총지배인 후보인데, 이유가 호텔 I

한국 지사 오닝 컴퍼니 인경개발의 전 대표였던 인사의 신임을 받고 있기 때문이라고 들었다.

총지배인 자리를 꿰차고 허울뿐인 오닝 컴퍼니 대표를 좌지 우지하며 호텔의 실질적인 대표 노릇을 할 수 있을 거라는 빅 픽처를 그렸을 것이다.

그런데 인경개발의 전 대표가 횡령 및 배임 혐의로 구속 수 감되면서 진 부총지배인은 낙동강 오리 알 신세가 되어 버렸다.

전 대표의 불똥이 자신에게 튈까 봐 두려워 전전긍긍하고 있 다는 소문도 암암리에 돌고 있었다.

그래서 역으로 연우석 대표에 대한 안 좋은 소문을 흘리고 있는 거구나.

나이도 한참 어려 보이고, 경영 일선에 나온 것은 처음인 연 대표를 방해하려는 수작이었다.

연인경 회장과의 사이도 좋지 않다고 하니, 그러다 뭐 하나 얻어걸려서 물러나면 그사이에 공을 세워 호텔을 가로챌 생각 이겠지.

지수는 머릿속으로 설계 도면을 그리듯 삼류 정치판이 되어 버린 윗선들의 세계를 그려 보았다.

아, 연 대표. 내가 좀 미안해서 지켜 주려고 했더니 쉽지 않 겠는데, 이거 소위 말하는 스펙 오버 아냐?

나중에 네가 나를 그렇게 험한 세상에서 지켜 주려고 했느냐 며, 연인경 회장과의 계약 따위 아무것도 아니라며 감동하면 곤란한데?

스스로도 어이가 없어서 헛웃음이 흘러나왔다. 그러자 주은이 눈을 동그랗게 뜨며 지수의 얼굴을 살핀다.

얘는 뭐 이렇게 호기심이 많아? 손에 메스만 쥐어 주면 머리 가르고 들어와 무슨 생각 하나 들여다볼 기세다.

"이제 들어가죠. 미스터리 게스트가 연회장이라도 들르면 어떡해."

지나가듯 한 말에 주은의 얼굴이 사색이 되었다.

"허? 그럼 어떡하죠? 와, 인제 완전 정신 차리고 일해야겠다. 그죠?"

그래, 그게 내가 바라던 바였어.

지수는 은은한 미소를 머금고 있었지만, 어째 입맛이 썼다. 이런 소문이 돌고 있다는 걸 연 대표한테 말해 줘야 하나, 말아야 하나.

퇴근 무렵, 며칠 새 낯익어 버린 번호가 휴대전화 화면에 나타났다.

아, 맞다.

지수는 오늘이 그날이라는 것을 깨닫고는 침음을 삼켰다.

"네, 이지수입니다."

– 아직 퇴근 전인가?

휴대전화 너머에서 들려온 소리는 미수 노인의 짱짱한 음성이었다.

"네, 이제 퇴근 준비하고 있습니다."

– 타워동 지하 2층 A구역 16번에 주차된 차가 있을 걸세. 그거 타고 오시게.

용건이 끝났다는 듯 전화가 뚝 끊겼다.

연 회장이 어떤 형태의 보고를 바라는지 아직 감을 잡을 수 없는 상황이다. 여태까지는 연 대표와 별다른 일이 없었기에 보고를 하지 않았는데, 마치 연 회장은 일이 없으면 부러 만들어서라도 보고를 하라는 식이었다.

그러니까, 손만 잡고 잤어요! 키스는 몇 번 했습니다!

이따위 보고를 해야 하는 거야?

일단 가 보자! 답이 없다가도 얼굴 보면 감이 올 때가 있다.

결혼한 고객들이 종종 소식을 전해 올 때가 있는데, 그중 한 고객이 굉장히 마음에 와닿는 일화를 전해 주었다.

용하다는 작명가한테 이름 서너 개를 받아 왔는데, 애가 태어나기 전에는 도무지 어떤 이름으로 해야 할지 감이 서지 않더란다. 그런데 태어난 아기 얼굴을 보자마자 이거다! 하고 감이 오는 이름이 있었다고 했다.

세상사 마찬가지다. 막상 뾰족한 수가 없다가 부딪혀 보면 답이 생겨나는 경우가 있다.

지수는 일단 연 회장이 알려 준 지하 주차장으로 향했다. 지체 높으신 양반이 차에서 기다리는 건 아닌가 싶어서 빠르게 걸음을 옮기는데 손에 쥔 휴대전화가 울리기 시작했다.

아, 하필 왜 지금.

"여보세요?"

– 퇴근 중인가?

"네, 지금 막 택시 탔어요. 와, 날씨 되게 춥다. 오늘 시베리아보다 한국 기온이 더 낮은 거 알아요? 뭐 이런 경우가 다 있어?"

– 집으로 가?

"네, 이제 가려고요. 어머. 배터리 없다. 이따 전화할게요."

길게 말하면 거짓말하는 게 들통날 것 같아서 지수는 얼른 전화를 끊었다.

지하 2층 A구역 16번 기둥 옆에 세워진 검은 세단에 지수가 몸을 실은 것은 전화를 끊은 직후의 일이었다.

"홍 실장."

지하 2층 A구역 26번 기둥 옆에 세워진 차에 타고 있던 우석의 목소리가 무섭게 가라앉았다.

"예, 대표님."

"저 차 주인 누군지 좀 알아봐요."

낮게 속삭이는 목소리에서 살기마저 느껴졌다.

지수가 올라탄 차가 출발하자마자, 우석은 차에서 내려섰다. 덩달아 옆에 타고 있던 홍 실장도 반대편 문을 열고 내렸다.

"왜 그러십니까, 대표님?"

홍 실장은 시간을 확인하며 우석의 눈치를 살폈다. 컨설턴트와의 저녁 약속 장소에 제시간에 도착하려면 지금 당장 출발해야 했다.

퇴근 시간을 피해 30분 먼저 출발할 생각이었는데, 총지배인과의 회의가 생각보다 늦게 끝나고 말았다.

서둘러서 내려온 연우석 대표의 발목을 잡은 건 어디선가 나타나 검은 세단을 타고 사라진 이지수였다.

"우린 다른 차로 가지."

우석의 말에 홍 실장은 잠시 기함했다가 운전대를 잡은 수행원에게 지시를 내렸다.

"지금 출발한 차 따라가. 어디서 내리는지, 누굴 만나는지 보고하고."

홍 실장의 지시에 무시무시했던 우석의 표정이 어느 정도 풀어지는 듯했다. 하지만 그 변화가 하도 미미해서 안타까울 따름이다.

"호텔 소유의 리무진 부를까요?"

VIP 의전을 위해 호텔에서 보유하고 있는 수입 세단을 호출하겠다는 말에 우석은 고개를 내저었다.

"늦었는데, 전철 탑시다."

성큼성큼 앞서가는 우석의 뒤를 따르며 홍 실장은 망했다는 얼굴을 했다.

심사가 뒤틀리면 어디로 튈지 모르는 인간이 오늘은 서민 코스프레를 하고 싶어졌나 보다.

보통 설득이 되지 않는 인간이 아닌데, 속이 뒤틀리면 통할 방법이 없다.

결국 우석이 원하는 대로 콩나물시루 같은 전철에 올라탄 두 사람은 약속 시간보다 10분 먼저 컨설턴트와의 저녁 식사 자리에 도착했다.

전철 안에서 시달리고 나면 정신을 좀 차릴까 싶었다. 원래 몸이 고되면 잡생각 할 겨를이 없는 법이다.

그런데 우석의 얼굴은 조금 전보다 더 흉흉했다. 손목시계를 확인하는 눈빛은 뭐 하나 때려 부술 것처럼 날카로웠다.

아까 그 차를 따라가라고 지시한 지 30여 분이 지났다. 수행원에게서 아직 연락이 없는 걸 보면 여전히 미행을 하고 있는 중인 듯했다.

아니, 이럴 거면 그 차 덮치지 그러셨어요?

대놓고 사고부터 치기엔 또 지나치게 이성적인 인간이 연우석 대표였다.

적어도 1년 전에는 약속을 해야 만날 수 있는 컨설턴트인데, 접촉을 시작한 지 한 달 만에 극적으로 저녁 식사 약속을 잡아냈다. 이 자리를 놓치면 호텔 I 본사 인수·합병에 시간이 더욱 지체될 게 뻔했다.

이윽고 유대계 영국인이라는 컨설턴트가 한식당 VIP 식사실 안으로 모습을 드러냈다.

다행히 연우석 대표의 표정이나 태도는 평소와 별반 다를 바 없어 보였다. 오는 길에 모골이 송연해질 만큼 다크한 기운을 뿜어 대는 통에 홍 실장은 그의 어둠에 잠식돼 죽는 줄 알았다.

컨설턴트와의 저녁 식사 자리 분위기가 이상하게 흘러가면 어쩌나 걱정했는데, 대표 자리에 그냥 앉은 인사는 아니라는 말은 사실이었다.

어린 나이에 그가 가지고 있는 휘황한 업적이 이를 증명하기도 했지만, 재벌 3세라는 이유로 대표 자리를 꿰찬 거 아니냐는 고까운 시선들도 더러 있었다.

하지만 연우석 대표는 능력 없는 재벌 3세의 표본과는 거리가 멀었다. 타고난 배경에 비상한 두뇌를 가지고 태어난 그가 최상위 교육 과정을 마친 뒤 미국의 호텔 체인 M사의 전략기획팀에서 쌓은 업적은 실로 놀라울 정도였다.

연우석 대표가 M사를 퇴사할 당시, 한국 재벌가 자제라는 것에 놀라워한 동시에, 왜 하필 인경그룹이 소유한 호텔이 M사가 아닌 호텔 I인지 통탄했다고 한다.

M사의 경영전략 기밀을 가지고 퇴사한다며 소송을 걸어도 모자랄 판에 M사의 경영진은 오히려 그에게 우호적인 입장을 내비치기까지 했다고. 그땐 이미 업계에서 호텔 I 본사 인수에 관한 이야기가 흘러나오고 있는 중이었다.

그럼에도 M사는 연우석 대표의 커리어뿐 아니라 그의 평판을 고려해 봤을 때 치사한 방법으로 회사를 위협할 인물이 아니라고 판단했고, 선의의 경쟁 구도에 놓였을 때 서로 득 볼 수 있는 시장을 만들 수 있는 경쟁자라고 그를 인정한 것이다.

거대 경쟁사도 인정하는 대표는 컨설턴트와의 저녁 식사 자리를 매끄럽게 이어 갔다. 호텔 I 본사에서 추접스럽게 나오는 부분을 에둘러 설명할 때, 홍 실장은 혀를 내둘렀다.

대표님, 우리 영원히 같은 편 해요. 나 대표님이랑 다른 편 되면 무서울 것 같아요.

홍 실장이 속으로 그리 생각하며 물 한 모금을 머금었을 때였다. 휴대전화 메시지가 들어오는 것 같아서 누군가 확인해 보니, 이지수의 뒤를 밟고 있는 수행원이었다.

[한남동, 백당으로 들어갔습니다.]

메시지를 확인한 홍 실장이 잠시 머뭇거렸다. 한남동 백당이라면 지금 홍 실장이 앉아 있는 곳이었다. 이제 거의 이야기를 마무리해 가는 중이던 연우석 대표가 홍 실장을 흘긋 보는 시선이 느껴졌다.

컨설턴트가 먼저 자리를 비운 뒤, 연우석 대표가 나지막한 목소리로 입을 열었다.

"아직 연락 없나?"

"예, 아직 없었습니다."

뭔가 석연치 않다는 표정이었지만, 연 대표는 고개를 주억거렸다.

"여기서 이만 들어가지. 나는 택시 타고 귀가하면 되니까."

홍 실장은 모범택시를 불러 연 대표를 배웅한 뒤, 다시 백당 안으로 들어섰다.

너른 홀 안에 낯익은 얼굴은 없었다. 연 대표가 단골로 이용하는 식당이었고, VIP 식사실은 웬만한 인사에게는 오픈되지 않는 공간이었다.

이지수 씨가 여기 VIP 식사실에 있다?

홍 실장은 곧장 식당 지배인을 찾았다.

"실례지만, 지금 저희 말고 다른 식사실에 누가 계셨는지, 혹은 계신지 알 수 있습니까?"

홍 실장의 조심스러운 물음에 지배인은 난색을 표했다. 호텔에서 오신 분이니 잘 아시지 않느냐며 고객 정보 공개는 절대 할 수 없다고 했다.

홍 실장은 일단 한 걸음 물러나는 방법을 택했다. 수행원은 혹시 몰라 백당 주차장이 아닌 근처에 차를 세우고 백당 건물 앞에 대기 중이었다.

"이지수 씨 나오면 따라가지 말고, 그 뒤에 나오는 사람들 중에 혹시 아는 사람 있는지 알아봐요."

제 눈으로 직접 확인해 보고 싶었지만, 홍 실장은 일단 컨설턴트와의 저녁 식사 자리에서 오고 간 내용을 정리하는 일이 우선이었다. 어쩐지 뒤가 찜찜한 채로 홍 실장은 백당을 떠났다.

같은 시각, 백당의 다른 VIP 식사실 안에서 지수는 흰색 생활한복을 입고 있는 연 회장과 마주 앉았다.

백발이 성성한 노인이 흰색 한복을 입고 있으니 신선이 내려온 듯 오묘한 분위기를 풍겼다.

"그래, 잘 지내셨는가?"

회장의 물음에 지수는 은은한 미소를 머금은 채로 대꾸했다.

"네, 덕분에 잘 지냈습니다. 회장님."

"내 덕이라고 할 게 뭐가 있나?"

"회장님께서 일구신 회사에서 월급 받으며 생활하고 있으니까요."

일단 듣기 좋은 소리라도 해서 비위라도 맞추자 싶었다.

"허허, 사람 참."

연 회장은 입에 발린 소리라도 기분이 좋은지 호쾌한 웃음을 터뜨렸다.

"그래, 우리 손주 놈은 잘 있나?"

"네, 잘 지내십니다."

딱 좋은 타이밍에 여직원이 노크를 하고 들어왔다. 전식을 서빙하는 여직원에게 연 회장이 자상한 목소리로 입을 열었다.

"이야기를 좀 해야 해서. 음식은 한꺼번에 내왔으면 싶은데."

정식 코스 요리를 서빙하면서 다른 사람이 왔다 갔다 하는 게 불편하다는 눈치였다.

"30분쯤 후에 한꺼번에 들이시게."

30분이나 무슨 이야기를 해야 하나? 지수는 입안이 바짝 마르는 듯했다.

여직원이 사라지고 난 뒤, 연 회장은 다시 호기심 그득한 눈빛으로 지수를 바라봤다.

"그래, 일은 할 만한가?"

"네, 회장님. 얼마 전에 완도에도 다녀왔습니다."

아, 영업으로 갈고닦은 입이 저절로 화젯거리를 내뱉었다. 잘했다, 내 입!

"완도? 혼자?"

"아니요. 연우석 대표와 동행했습니다."

아, 대표라고 하면 안 되나? 그이라고 해야 하나?

"허, 참 별일이구만."

"연회장 공사 건과 관련하여 의논할 부분이 있다고 해서 함께 다녀왔습니다."

걱정했던 것과 다르게 대화는 자연스럽게 이어졌다. 연 회장은 마치 그리운 옛날이야기라도 전해 듣는 사람처럼 아득한 시선으로 지수를 응시했다.

"그놈 참. 고집이 세긴 하지."

홍 실장의 만류에도 불구하고 불시에 차를 끌고 완도까지 내려갔다는 말에 연 회장은 흐뭇한 웃음을 터뜨리며 손자 역성을 들기 시작했다.

그래도 어릴 때부터 추진력은 있는 놈이었다는 둥, 허투루 사고 치는 법은 없다는 둥, 손주 사랑이 뚝뚝 흘러넘쳤다.

그런데 왜 만나기만 하면 서로 못 잡아먹어서 안달일까?

"좀 유약한 면만 버리면 좋으련만, 미련맞은 구석이 있기는 하지. 하잘것없는 것에도 한 번 정 주고 나면 쉽게 못 물러나는 놈이라서."

연 회장은 혀를 끌끌 차며 못마땅한 얼굴을 했다. 연 회장이 말한 그 하잘것없는 것에 자신도 속하는 것 같아서 지수는 입맛이 썼다.

하잘것없는 것이 이제 더 무슨 보고를 해야 하나 싶어서 고민하고 있는데, 약속한 30분이 지났는지 식사실 노크 소리가 들려왔다.

커다란 상 위에 과하다 싶을 정도로 많은 가짓수의 음식이 차려졌다. 음식 냄새만 맡았을 뿐인데도 체기가 인다. 식사를 마친 후에는 분명 소화제를 사 먹어야 할 것 같다.

연 회장이 집까지 데려다주겠다는 것을 극구 사양한 지수는 버스에 올라탔다. 버스 정류장에서 소화제를 사 먹었는데도 불구하고 속이 계속 더부룩했다.

식사 내내 분위기가 좋았는데도 불구하고, 하잘것없는 것이라는 말이 자꾸 저릿하게 다가왔다.

버스에서 내려 눈에 익은 골목길을 올라가는데 어깨에 힘이 쪽 빠져나갔다.

"내가 어쩌다가……."

아무도 없는 텅 빈 골목, 괜히 센치해져서 신세 한탄이라도 하고 싶어졌다.

아버지가 바람났다는 소리를 들은 날 태어나 처음 가출했고, 가출한 딸을 찾아 나섰던 엄마는 사고로 돌아가셨고, 그날 이후로 동생은 정신을 놨고. 동생을 돌보기 위해 꼴도 보기 싫은 아버지와 타협해야만 했고.

어찌어찌 삶을 이어 오다 보니 여기까지 왔구나.

불과 한 달 전만 해도 웨딩업체 대표 소리 들으며, 번듯하게 잘 살고 있다고 생각했다. 사실 남 보기에 번듯한 삶의 이면에는 언제 무너질지 모르는 아슬아슬한 위태로움이 자리하고 있었는지도 모른다.

이제는 그 번듯함조차 사라지고 위태로운 것들만 주위에 가득한 기분이었다. 힘에 부친다며 약한 척이라도 하고 싶은데, 그럴 대상조차 없는 현실이 서글프다.

"이젠 정말 개판이네."

이 깜냥에 누굴 이용하네, 어쩌네 했을까. 속이 말이 아니다.

내일 당장 호텔에서 연우석 대표를 어떻게 봐야 하나 싶다. 속상해서 확 울어 버리고 코라도 팽팽 풀어 가벼워졌으면 좋겠는데, 지은 죗값이 무거운지 눈물조차 나지 않는다.

"뭐가 개판인데."

대문 앞에 서서 문고리를 잡은 순간, 뒤에서 나직한 목소리가 들려왔다.

지금 여기서 절대 마주하고 싶지 않은 남자의 목소리였다.

"뭐가 그렇게 개판이냐고."

그녀는 잔뜩 굳어 선 채로 꼼짝도 하지 않았다. 못 들은 것 같지는 않았지만, 일종의 확인 사살 비슷하게 우석은 다시 한 번 목소리를 냈다.

가만히 서 있던 그녀가 천천히 고개를 돌렸다.

"대표님?"

사근사근한 미소를 머금었지만 동그랗게 뜬 눈과 상기된 목소리는 그녀가 적잖이 놀랐다는 것을 알려 주었다.

"왜 이제 들어와?"

기분을 반영한 듯 딱딱한 목소리가 흘러나왔다. 아직 홍 실장이나, 그녀를 뒤따랐던 수행원에게서 연락 한 통 없었다. 홍 실장이 제 선에서 연락을 막아선 건지는 나중에 확인해 볼 일이다.

당장 얼굴부터 봐야 할 것 같아서 여기까지 왔다. 이곳으로 차를 몰고 오는 동안 머리끝까지 분노가 치밀었다. 단지 그녀가 자신에게 거짓을 고하고 누군가의 차를 타고 눈앞에서 사라졌다는 이유 하나만으로.

피치 못할 사정이 있을 수도 있는 거다. 살다 보면 선의의 거짓말이 필요한 순간도 있다. 하지만 어쩐지 그녀가 자신에게 무언가를 숨기고 거짓말을 하고 있다는 사실을 용납할 수가 없었다.

오는 내내 그녀에게 전화를 걸었지만, 휴대전화는 불통이었다. 통화를 마칠 때 그녀가 했던 말처럼 배터리가 없어서인지, 아니면 일부러 피하는 것인지 알 수 없었다.

"여긴…… 어떻게……."

그녀는 아무 일도 없었다는 듯이 선선한 미소를 머금은 채로 우석에게 다가왔다.

굳이 거짓말을 한 이유가 뭐냐고, 그 차에 타고 있던 사람은 누구냐고 묻고 싶었다. 수억 원을 호가하는 B사의 시그니처 세단을 타고 만난 사람이 누구냐고.

대문 앞에 서 있던 그녀가 오렌지빛 가로등이 비추는 곳으로 걸어 나올 때까지 우석은 꼼짝도 하지 않고 조수석 차창에 기대선 채였다.

가까이 오라는 말을 하지 않았는데도 그녀가 우석의 앞으로 바짝 다가섰다.

"나 기다리고 있었어요?"

그리 묻는 그녀의 목소리가 미세하게 떨렸다.

"오래는 아니고."

긴 시간이 아니었는데도 억겁의 세월처럼 느껴질 정도였다. 그리고 누군가를 이토록 애타게 기다린 것도 평생 처음이었다. 단순히 그녀가 거짓말을 하고 누군가의 차를 타고 사라졌다는 이유 하나로.

친구를 만났을 수도 있었겠지. 아직 누군가에게 소개할 만큼 각별하고, 특별한 사이는 아니니까.

그렇게 이해하고 넘어가려고 해도, 휴대전화 너머로 들리던 맑은 목소리, 차창 너머로 보였던 천연덕스럽게 거짓말하는 표정이 가슴을 그어 놓은 듯 아렸다.

고작 이것 때문에, 내가.

우석은 오렌지색 불빛을 받아 평소보다 조금 더 따뜻하게 느껴지는 그녀의 얼굴을 가만히 내려다보았다.

"왜 그렇게 인상을 쓰고 있어요? 무슨 일 있어요?"

저도 모르게 미간에 잔뜩 힘을 주고 있던 우석은 고개를 내저으며 눈썹을 한 번 들썩였다.

"아니."

"많이 힘들어 보여요. 누가 천하의 연우석 대표님을 괴롭혔어요?"

네가.

우석은 가만히 손을 뻗어 그녀의 뺨을 어루만졌다. 따스할 거라고 생각했던 그녀의 뺨은 추위에 얼어붙어 차가웠다. 어루만지는 손길에 그녀는 슬며시 눈을 감았다가 떴다.

"손이 따뜻하네요."

마치 따스한 손길이 반갑다는 듯 그녀는 미소 지었다. 순순한 그녀의 반응에 심장이 불안한 박자로 날뛰었다.

평소 이렇게 순응하는 타입이 아니었는데, 마치 죄를 숨기는 사람처럼 누그러진 그녀의 태도에 가슴이 답답했다.

숨을 쉴 수 없을 만큼 가슴이 차올라서 우석은 크게 한숨지었다.

"진짜 무슨 일 있나 보네."

긱정 어린 목소리가 따뜻했다. 반짝반짝 빛나는 눈동자를 마주한 순간 왜 그랬는지 이유를 물어야 하는데, 갑자기 그럴 자격이 있나 하는 생각이 든다.

5억만 빌리자는 여자에게 뻔뻔하게 말도 안 되는 계약서를 들이밀며 묶어 놓을 때는 언제고, 갑자기 자격을 운운하는 자신이 우스워서 헛웃음이 났다.

그러자 그녀가 손을 뻗는다. 허공에서 머뭇거리는 손을 우석은 가만히 응시했다. 가뜩이나 좁아진 가슴이 그녀의 느릿한 손짓에 타들어 가는 듯했다.

마침내 그녀의 차가운 손끝이 뺨에 닿았을 때, 우석은 그녀가 그랬던 것처럼 눈을 지그시 감았다.

얼음장처럼 차갑게 얼어붙은 손인데 이상하리만큼 따뜻하게 느껴졌다. 뺨을 어루만지는 손길은 조심스러웠다. 두어 번 뺨을 쓸어내린 손길이 멀어지자, 공허함이 밀려왔다.

"미안해요. 내 손 차죠."

우석은 얼른 멀어진 그녀의 손을 낚아채서 잡아당겼다. 낭창한 몸이 품 안으로 쏙 들어와 안겼다.

그녀는 움찔 놀라는 듯했지만, 밀어내지는 않았다. 작은 손이 팔 언저리를 감싸 안았다.

갑자기 바람을 불어넣어 순식간에 부피가 커진 풍선처럼, 품 안에 있는 여자의 존재감도 어느새 제 안에서 커져 있었다.

조금만 더 감정이라는 바람을 불어넣으면 터질 듯 위태위태했다.

팔뚝을 안고 있던 지수의 손이 토닥토닥 다독인다. 딱딱해졌던 심장이 물러서 터지는 것처럼 가슴 언저리가 시큰했다.

"……어디 갔었어?"

조심스러운 물음에 그녀는 지체 없이 대답한다.

"잠깐 친구한테 연락이 와서……. 그때 면세점 카페에서 봤는데, 기억 안 나죠?"

조잘조잘 잘도 떠든다. 그럼 애초에 친구 만나러 간다고 할 것이지, 왜 거짓말을 했을까.

"택시 타고 갔어?"

그녀는 대꾸 없이 고개만 끄덕거렸다.

"올 때는?"

"버스 타고 왔어요."

짙은 한숨이 그녀의 정수리 위로 쏟아져 내렸다.

"근데 왜 기다리고 있었어요? 정말 무슨 일 있어요?"

그녀의 목소리에 걱정이 한가득이다. 우석은 안고 있던 그녀를 품에서 살짝 떼어 내고는 말간 얼굴을 내려다보았다.

"어디 아파요? 안색이 안 좋은데."

그녀의 손길이 다시금 우석의 뺨에 닿았다. 누가 시킨 것도 아닌데 마치 마법이라도 걸린 것처럼 저절로 눈이 감겼다.

어린아이들이 보는 동화 속 주인공이라도 된 듯했다. 요정이건 마법에 한순간 정신을 차리지 못하고 사랑에 빠지는 개연성 없는 왕자 캐릭터라도 된 기분이었다.

가만히 눈을 감고 있으려니 뺨에 느껴지는 그녀의 손길이 생생했다. 어루만지는 손길이 계속 이어지자 가슴속을 시큰하게 만들었던 것들이 연기처럼 하나둘 사라지고 텅 비어 버렸다.

휑해진 가슴 때문인지 괜한 한기마저 느껴지는 듯했다. 뭐가 이렇게 갑자기 복잡해졌다가 한순간에 허무해지는지.

어느새 이렇게 마음을 빼앗겨 버렸는지…….

이게 소위 말하는 속앓이인가 싶은 순간, 말캉말캉하고 부드러운 무언가가 입술 위를 살짝 스쳤다. 텅 빈 가슴이 갑자기 찰랑거리며 차오르기 시작했다.

놀랍도록 따뜻한 촉감에 눈을 떴을 때, 그녀가 수줍은 듯 얼굴을 내렸다.

우석은 내려가는 턱을 부여잡았다. 그대로 얼굴을 내려 깜찍한 짓을 저지른 입술을 단번에 머금었다.

잠깐의 고백이 무색하리만큼 달콤했다. 그녀는 자신의 집 대문 앞이라는 사실을 인식한 탓인지 아주 잠깐의 입맞춤 끝에 우석을 슬쩍 밀어냈다.

　우석은 몸을 떼어 내자마자 그녀를 품에 안고 뒤돌아서서 조수석 문을 열었다.

　"타."

　그녀가 미미한 미소를 머금으며 조수석에 올라탔다. 이제 왜 거짓말을 했는지, 누구를 만났는지는 하나도 중요하지 않았다.

　중요한 것은 오로지 이지수가 연우석 옆에 있다는 사실뿐이었다.

　우석은 운전석에 오르자마자 조수석 쪽으로 몸을 돌려 지수의 어깨를 끌어안았다. 한기를 머금은 그녀의 향기가 폐부 깊숙이 시리도록 파고들었다.

　짧은 입맞춤이 아쉬웠던 듯 우석의 입술은 자연스레 그녀의 입술을 머금었다.

　윗입술과 아랫입술을 번갈아 머금은 우석은 고개를 비틀어 그녀의 입 안쪽을 어루만지듯 파고들었다.

　"흐음."

　감정이 격앙된 것은 우석뿐만이 아닌 듯했다. 그저 키스가 시작되었을 뿐인데, 그녀에게서 신음이 쏟아졌다.

　우석은 그녀의 어깨를 끌어안고 있는데도 불구하고 더 깊이 맞물리고 싶은 충동에 조수석 등받이를 뒤로 젖혔다.

　자연스레 그녀가 우석의 품 안에서 반쯤 누운 상태가 되었다. 우석은 그녀의 어깨를 안고 있지 않은 왼손으로 그녀의 코트 단추를 급하게 풀어 내려갔다.

코트 안쪽의 재킷 단추까지 풀어 헤친 우석의 손이 매끄러운 실크 블라우스에 닿았다.

얇은 천 하나를 사이에 두고 따스한 온기를 품은 그녀의 살 갖이 느껴졌다. 우석은 가냘픈 허리를 바짝 끌어당겨 안았다.

똑바로 눕혀 있던 그녀의 몸이 우석을 향해 돌려졌다.

"으음."

그녀가 또다시 신음을 흘리며 우석의 목덜미를 움켜잡듯 끌어안았다. 우석은 잠시 입을 떼어 내고 숨을 골랐다.

"하아, 하아."

덥고 달콤한 숨결이 입술과 입술 사이에서 맴돌았다. 우석은 그 숨결이 주변으로 흩어지고 사라지는 것조차 아쉽다는 듯 다시금 지수의 입술을 양껏 머금었다.

우석은 몸의 반 이상을 조수석 쪽으로 넘긴 상태였다. 차에 시동을 걸어 놓지 않았는데도 훈기가 가득 차올랐다.

그녀의 허리를 어루만지고 있던 우석의 손이 옆구리를 타고 오르기 시작했다. 목덜미를 잡고 있던 그녀의 손이 내려와 우석의 팔뚝을 움켜잡았다.

잠시 입술이 떨어졌다. 무엇을 원하고, 무엇을 저지하는지 정확히 아는 눈빛이 허공에서 부딪혔다.

우석은 천천히 몸을 떼어 냈다. 조수석 등받이를 바로 세워 주자, 그녀가 옷매무새를 만졌다.

"진짜 무슨 일 있어요?"

지수는 재킷 단추를 채우고는 운전대를 잡은 우석을 가만히 응시했다. 그는 앞 유리창에 시선을 고정한 채로 거친 숨을 가다듬고 있을 뿐 대꾸가 없었다.

이윽고 차에 시동이 걸렸다. 당장 집에 들어가야 하는데, 눈앞에 있는 남자가 너무 위태로워 보여서 꼼짝도 할 수가 없다.

어느새 이렇게 마음이 움직인 걸까?

조금 전 그의 얼굴을 마주했을 때, 머릿속을 복잡하게 물들이던 상념 따위 햇살 아래 눈이 녹듯 사라져 버렸다.

아픈 표정을 하고 있는 그를 바라보자, 지수는 처음으로 먼저 그에게 다가섰다.

그의 따스한 손길이 얼굴에 닿았을 때는, 괜히, 왈칵 눈물이 쏟아져 내릴 것만 같았다. 그의 손길이 주는 위안은 대단했다.

너무 제멋대로 해석하는 건지 모르겠지만, 그가 아무래도 괜찮다고 말해 주는 것만 같아서 저녁 내내 느껴지던 극도의 긴장감이 단번에 풀어졌다.

그래서였을까. 지그시 눈을 감고 있는 그의 입술에 위무하듯 입맞춤을 해 버렸다. 이후 차에 오른 지금에 이르기까지 순식간에 달아오른 열기가 두 사람을 에워쌌다.

이윽고 차가 출발했다. 어디로 가는 거냐고, 집에 들어가 봐야 한다고 말해야 하는데 그러고 싶지 않았다.

오늘만큼은…….

얼마간 달린 차가 도착한 곳은 그의 아파트 지하 주차장이었다. 그는 주차를 마치고도 한참 동안 시동을 끄지 않고 앞을 응시했다.

한참의 침묵 끝에 그가 입을 열었다.

"……가자, 다시."

그가 기어 위치를 바꾸며 운전대를 돌리려 했다. 지수는 얼른 손을 뻗어 기어 로브를 쥐고 있는 그의 손을 감싸 쥐었다.

미미하게 찌푸린 미간이 위태롭다. 지금 당장에라도 무너져 내릴 것 같은 남자가 안간힘을 다해 버티고 있는 게 눈에 보였다.

결국, 충동적인 말이 튀어나오고야 말았다.

"안 갈래요."

그리 말한 지수는 내내 그를 바라보던 시선을 내려 버렸다. 어쩐지 엄청난 말을 해 버린 것 같아서 그의 얼굴을 똑바로 바라볼 수가 없었다.

조용한 차 안, 안 간다고 말한 제 목소리가 메아리가 되어 울리는 듯했고, 심장은 쉴 새 없이 두근거렸다.

대문 앞에서 얼굴을 마주한 순간부터 그는 내내 위태로운 모습이었다. 한 회사의 오너로 강인한 인상을 주는 그였지만, 오늘은 그를 혼자 두면 그대로 무너져 내려 버릴 것처럼 불안했다.

오후에 주은에게서 그를 음해하려는 뜬소문을 들은 이후로 그에 대한 마음이 더 측은해져서 그런 건지 막연히 그를 지키고 싶다는 생각이 들었다.

지키고 싶다라…….

이제껏 가족 외에, 아니, 윤수 외에 누군가를 지켜야 한다는 생각을 했던 적은 추호도 없었다.

그런데 왜 이 남자는 지키고 싶어질까.

주은과의 대화에서도 당장에 있을지 없을지도 모를 미스터리 게스트의 방문까지 끌어오며 그를 보호하려 애썼다. 단지 이 남자를 지키고 싶다는 이유 하나만으로.

그가 한숨을 몰아쉬며 손으로 운전대를 탁탁 두드렸다. 그 소리에 맞춰 심장은 쿵쿵 박자를 올렸다.

"여기까지 와서, 왜 다시 가요?"

당찬 물음을 던지기는 했지만, 여전히 그의 얼굴을 바라볼 수는 없었다. 그리고 묻는 말끝이 미세하게 떨렸다.

뜨거운 열기에 목 안까지 잠식당한 듯했다. 크게 숨을 들이마셨다가 자잘하게 내뱉었지만 차오른 열감은 가라앉지 않았다.

"내가 올라가서 무슨 짓을 할 줄 알고."

그의 목소리도 정염으로 달아올라 있기는 마찬가지였다. 열기 속에 갇힌 듯 그의 목소리는 낮게 쉬어 있었다.

"설마, 죽이기야 하겠어요?"

분위기가 너무 딱딱하게 달아오른 것 같아서 던진 농담이었다. 부드럽고 말랑말랑해도 될 것 같은 상황인데, 첨예하게 대립하고 있는 칼날처럼 날카롭고 위태로워서 견딜 수가 없었다.

기어들어 가는 목소리로 간신히 던진 농담에 그가 웃기 시작했다. 처음엔 어이가 없다는 듯이 작게 웃음을 터뜨리더니 이제는 너무 유쾌하게 웃어서 당황스러울 정도다.

그 웃음소리에 바짝 졸아들었던 가슴이 유연해지는 기분이었다. 말랑말랑한 탱탱볼이 가슴속을 통통 튀어 다니는 듯 심장도 기분 좋게 두근거렸다.

"진짜 쥐도 새도 모르게 죽이기라도 하려고 했나 보네."

지수는 좀 전보다 조금 더 장난기 짙은 목소리로 농을 걸었다. 그러자 웃음기를 가득 품은 시선이 이쪽으로 향해 왔다.

어두운 지하 주차장을 환하게 밝힐 것처럼 따뜻한 빛이 느껴지는 웃음이었다. 그는 커다란 손을 뻗어 손가락 등으로 지수의 뺨을 쓸어내리듯 어루만졌다.

"이지수."

우석은 그녀의 이름을 낮게 불러 보았다.

이곳으로 오는 내내 오직 한 가지만 생각했다.

이지수와 함께 있고 싶다고.

그런 생각을 아는지 모르는지 그녀는 오는 길 내내 침묵을 지켰다.

그런데 아파트 주차장에 도착하자마자 정신이 번쩍 들었다. 지금 집 안으로 그녀를 들이면 왠지 앞으로 영원히 그녀를 자신이 정해 놓은 선 밖으로 내놓지 못할 것 같은 생각이 들었다.

우석은 가만히 그녀를 바라보았다.

그녀와 알고 지낸 시간이 고작 한 달도 채 되지 않는다. 그런데도 이렇게 욕심이 나는데……. 더 다가가면 자신이 어떤 탐욕을 부리게 될지 두렵기까지 했다.

인간에 대한 탐욕이 얼마나 처참한지 우석은 잘 알고 있었다. 그로 인해 한 인간이 망가져 가고, 그 주변이 얼마나 황폐해질 수 있는지를 지금까지도 지켜보고 있는 그였다.

쓴웃음이 났다. 자신은 이런 종류의 탐욕에는 진절머리가 나서 절대 관심을 두지 않을 거라고 여겼다.

절대 한 사람에 대한 탐욕으로 무너지는 일은 없을 거라고 다짐했다.

그런데 눈앞에 있는 여자가 욕심을 부르고, 탐하고 싶게 만들었다.

우석은 손가락 등으로 쓸어내리던 그녀의 볼을 손바닥으로 감쌌다. 장난기 어렸던 그녀의 얼굴에 따스한 미소가 감돌았다.

또다시 이런 기분이다. 뭘 그렇게 복잡하게 생각하느냐는 듯 가슴이 녹아내렸다. 이거면 된 거 아니냐고, 그리 말하듯 심장이 두근두근 세차게 뛰었다.

"……올라갈래?"

그녀로 인해 무너져 내릴까 두려운 남자와 곧 무너질 것처럼 위태로운 남자를 지켜 주고 싶은 여자의 시선이 드디어 마주쳤다.

우석은 그녀가 대답할 때까지 가만히 기다렸다. 지금이라도 그녀가 오늘은 안 되겠다며 돌아가겠다고 한다면 데려다줄 생각이었다.

"……올라가요."

그녀가 조용한 목소리로 속삭이듯 대꾸했다. 우석은 운전석을 박차고 나와 조수석 문을 열고 내리는 그녀의 허리를 끌어당겨 안았다. 그녀가 미처 바닥에 발을 내리기도 전에 우석의 품에 안겼다.

"성격이 왜 이렇게 급해? 문 열어 줄 때까지 기다리지도 못하고."

우석이 나무라듯 말하며 그녀를 내려다보았다.

"평생 제 손으로 차 문 열고, 타고 내렸으니까, 버릇이 돼서 그렇죠."

그 버릇 고쳐 주고 싶네.

우석은 새초롬하게 대꾸하는 그녀의 예쁜 얼굴을 가만히 내려다보았다.

"그리고 문 정도는 내가 열 수 있거든요. 내가 손이 없어, 발이 없어."

오물오물 귀엽게 잘도 떠든다.

"누가 손이 없고 발이 없대? 내가 대접해 주고 싶다는 거잖아."

그러자 그녀가 입술을 샐쭉 내밀며 대꾸했다.

"그러니까 그런 대접은 어색하다니까요. 문은 내 손으로도 열 수 있는 거잖아요?"

말이 많네, 참.

눈치가 없는 건 아닐 텐데, 수줍게 달아오른 얼굴로 콕 집어서 대답해 보라는 듯 묻는 얼굴이 깜찍했다.

우석은 그대로 얼굴을 내려 샐쭉한 입술을 부드럽게 머금었다. 입술 맛이 이렇게 감미로울 수가 있나. 입안 가득 퍼지는 달콤한 기운이 마치 꽃잎 아래 꿀을 머금은 듯한 착각이 일 정도다. 그녀의 보드라운 입술에서는 향기마저 나는 것만 같았다.

가슴이 저릿할 정도로 아쉽게 짧은 입맞춤을 한 뒤, 입술을 떼어 낸 우석은 가만히 그녀를 내려다보았다. 당장에 그녀를 집어삼키고 싶은 욕구가 피어올라서 우석은 열기를 가라앉히기 위해 안간힘을 써야만 했다.

아마 자신이 사회적 지위와 명예를 조금 덜 고려해도 되는 위치에 있었다면, 지금쯤 그녀를 보닛 위에 눕혀 놓고 게걸스럽게 탐했을지도 모를 일이다.

"계속 여기 있을 거예요?"

그녀가 눈도 마주치지 못한 채로 물었다. 우석은 대답 대신 그녀의 허리를 더욱 끌어당겨 안으며 주차장 공동 현관 쪽으로 걸음을 옮겼다.

지난번 이곳에 그녀를 데려왔을 때와는 사뭇 그 느낌이 달랐다. 그땐 작은 손을 잡고도 어쩔 줄을 몰라서 돌아 버릴 것 같았는데, 지금은 다른 이유로 돌아 버릴 것 같았다.

열기를 가라앉히려 하면 할수록 더 뜨겁게 타올랐다. 이미 진작부터 단전 아래가 묵직했고, 걸음을 옮기는 게 어색할 만큼 바지 속이 꽉 들어차 있었다. 그녀의 허락이 떨어진 순간부터 주체할 수 없는 기대감이 어린 정욕이 몸을 뒤덮었다.

계속 억눌러 오기만 했던 열기를 당장에 발산할 수가 없어서 가슴이 갑갑했다. 이제 곧 집 안으로 들어설 터인데 자꾸 안달

이 났다.

엘리베이터를 기다리는 동안 우석은 쉴 새 없이 더운 숨을 몰아쉬었다. 내쉬는 한숨의 온도가 이렇게 뜨겁다 느껴지는 건 태어나서 처음이었다. 입술에 닿는 제 숨결의 온도가 뜨거워서 숨이 턱 막힐 지경이었다.

우석은 옆에 가만히 서 있는 그녀를 내려다보았다. 제 숨결이 이렇게 뜨거운데, 그녀는 얼마나 뜨거운 숨결을 품고 있을지 상상하자 더는 참을 수 없는 지경에 이르고 말았다.

엘리베이터에 몸을 싣자마자, 우석은 옆에 선 지수를 자신의 품으로 더욱 바짝 끌어당겨 안으며 그녀의 작은 턱을 잡아끌었다.

조금만 힘을 주면 으스러져 버릴 것처럼 여린 턱을 움켜쥐고, 우석은 그녀의 붉은 입술에 자신의 입술을 맞물렸다.

입술을 부드럽게 어르는 베이비키스 따위는 없었다. 꽃잎처럼 다소곳이 닫혀 있는 보드라운 입술을 혀끝으로 그대로 가르고 들어가 샅샅이 핥았다. 예상했던 것보다 그녀의 입안은 훨씬 뜨거웠기에 극심한 갈증이 일기 시작했다.

우석은 그녀의 입안을 깊게 빨아들이며 혀를 감았다. 달콤한 타액이 넘어왔지만, 그것만으로는 부족해서 힘껏 들이마시자, 그녀의 작은 손이 허리춤을 절박하게 잡는 게 느껴졌다.

더욱 깊숙이 차지하고 싶은 열망이 치솟은 순간, 엘리베이터 문이 열렸다. 엘리베이터가 제때 멈춰 서지 않았다면, 하마터면 비상 정지 버튼을 누르고 그녀를 탐했을지도 모른다.

우석은 그녀의 동그란 이마에 입술을 붙인 채로 현관문을 열었다. 잠시도 그녀의 보드라운 살결에서 입술을 떼어 내고 싶지가 않았다. 어떻게 해서든 그녀를 머금고 싶은 생각에 조바심이 났다. 그런데 손에 땀이 찬 탓인지 도어록 지문 인식이 자꾸만 오류가 났다.

상스러운 말을 입 밖으로 내뱉는 일이 드문 우석이었다. 그런데 가슴이 타들어 갈 듯한 조급증에 욕지거리가 튀어나올 것만 같았다. 여러 번의 시도 끝에 결국 현관문이 열렸고, 우석은 벼랑 끝에 서 있다가 안쪽으로 한 발짝 내딛게 된 사람처럼 안도의 한숨을 내쉬었다.

급하게 집 안으로 몸을 밀어 넣은 우석은 현관문이 쿵 하고 닫히는 소리가 들려오자마자, 그녀를 벽으로 밀어붙였다. 높이를 맞추기 위해 다리를 벌려 선 채로 그녀의 입술을 또다시 집어삼키려 고개를 내렸더니, 작은 손이 가슴을 툭 밀어낸다.

"들어가서 하면 안 돼요?"

누가 들을세라 묻는 목소리가 조심스럽다. 미세하게 떨리는 그녀의 목소리에도 정염이 가득했다. 그녀가 무엇을 얼마나 기대하고 있건 간에 그 이상을 채워 주고 싶은 마음까지 들었다.

우석은 그녀의 목덜미에 입술을 묻으며 낭창한 허리를 안아 들었다.

그녀의 발이 허공으로 떠오르자, 작은 몸이 움찔하는 게 느껴졌다. 그 미세한 반응에도 심장이 요동을 쳤다. 그녀가 보이는 반응 하나하나가 기폭제가 되어 우석의 심장을 터트려 버리려는 듯했다.

제멋대로 쿵쾅거리는 심장 때문에 숨 쉬기가 버거울 만큼 가
슴이 뻐근했다. 우석은 한숨을 몰아쉬며 성큼성큼 발을 옮겼다.
침실 안으로 곧장 들어가자 그녀가 또다시 어깨를 떨며 몸을
움츠렸다.

불현듯 그녀와 첫 밤을 보냈던 날의 기억이 머릿속을 스치듯
지났다. 그녀는 그날 몹시도 적극적인 모습으로 우석을 리드했
었다. 그녀의 손끝에서 열기가 치솟았고, 그녀의 입술에서 정
욕이 타올랐었다.

"왜 이렇게 쫄아 있어, 전투적이던 사람이."

"내가 언제요?"

새초롬한 질문을 던지며 그녀가 눈을 가늘게 뜨고 노려보았
다. 그녀의 뺨은 수줍다는 듯이 붉게 상기되어 있었다. 언제인
지 그녀도 알고, 우석도 알고 있었지만 모른 척 시치미를 떼는
모습이 귀엽기까지 했다.

"그렇게 하면 밉다니까."

우석은 뾰족해진 그녀의 눈꼬리에 부드럽게 입을 맞추며 자
신의 침대 위에 그녀를 살포시 내려놓았다.

팔꿈치로 상체를 지지하며 반쯤 누운 그녀의 모습은 미치도
록 관능적이었다.

자연스레 흐트러진 긴 웨이브 머리, 숨이 가쁜 듯 들썩이는
어깨와 봉긋 솟아오른 가슴, 유려한 하체 라인을 고스란히 드
러내는 H라인 스커트 아래로 드러난 매끈한 정강이와 긴장감

에 곱아든 발가락까지.

우석은 말 그대로 머리끝부터 발끝까지 그녀를 샅샅이 훑어보았다.

은은한 할로겐 벽등만이 켜진 적당히 어두운 침실 안. 제 침대에 다른 사람이, 그것도 여자가 누워 있는 모습을 보는 것은 상당히 이채로웠다.

결혼 생각은 없는 비혼주의자면서 인생을 즐긴답시고 이 여자, 저 여자 난잡하게 노는 건 사양이었다. 그런데 팔자에 들여놓을 일 없을 것 같았던 여자가 갑자기 연우석의 인생에 끼어들더니 지금은 제 침대 위에 누워 있다.

우석은 넥타이를 풀어 헤치고 재킷과 드레스셔츠를 한 번에 벗어 던졌다.

그녀의 시선이 우석의 쇄골 아래로 내려갔다가 얼른 다시 올라왔다. 다시 그녀의 시선을 마주한 우석이 야릇한 미소를 지으며 물었다.

"휴대전화 어디 있어?"

"여기요."

그녀는 코트 주머니에서 주섬주섬 휴대전화를 꺼내 들었다.

"일단 집에 연락하고. 오늘 일 때문에 못 들어갈 거라고."

"지금요?"

"그럼 집에 연락 안 해도 돼?"

"아……."

그녀는 아버지로 보이는 사람에게 전화를 해서 회사 일 때문에 그렇게 됐다고 설명하는 듯했다. 윤수한테 주말에 액체 괴물 만들어 주겠다는 약속도 꼼꼼히 한 그녀는 통화를 마치자마자 한숨을 내쉬었다.

"액체 괴물?"

우석이 미간을 찌푸리며 이름조차 요상한 그 괴물은 대체 뭔지 물었다.

"그런 게 있어요. 막 끈적끈적한 장난감."

장난감? 우석은 그렇게 되물으려다가 말았다.

그녀의 동생을 보았던 홍 실장의 설명에 따르면 허우대 멀쩡한 20대 청년이었다. 그런 동생이 어린아이들이 가지고 놀 법한 끈적끈적한 장난감을 만들어 달라고 조르고 있었다.

이제야 동생이 어디가 불편한지 대충 감이 왔다. 그리고 '윤수'라는 이름만 나오면 예민하게 구는 것도 어느 정도 이해가 갔다.

휴대전화를 손에 꼭 쥐고 있는 그녀를 내려다보며 우석이 손을 내밀었다.

"줘 봐. 여기 올려놓게."

우석은 테이블을 가리키며 말했다. 순순히 휴대전화를 넘기는 그녀를 내려다보며 우석은 사악한 미소를 지었다.

휴대전화를 건네받자마자, 우석은 그녀의 휴대전화로 강 지배인에게 문자를 보냈다.

"뭐 하는 거예요?"

침대에 누워 있던 그녀가 벌떡 몸을 일으켜 세웠다. 그러더

356

니 휴대전화를 빼앗아 가서는 우석이 보낸 문자메시지를 소리 내 읽기 시작했다.

"독감인 듯하여 내일은 출근 못 합니다……?"

그녀가 침대 위에 무릎으로 선 채로 눈을 휘둥그렇게 뜨며 의문 어린 눈빛으로 우석을 바라보았다.

"이지수 내일 못 일어날 것 같으니까."

우석은 그녀의 정신을 빼앗고 있는 휴대전화를 가로채 침대 끝으로 던져 버렸다.

"지금 뭐……!"

따져 물으려는 입술을 단숨에 머금었다. 코트를 벗겨 내고, 재킷을 걷어 내자 매끄러운 실크에 휘감긴 여체가 품 안에 쏙 들어왔다.

살갗과 살갗이 실크 블라우스 하나를 사이에 두고 맞닿았다. 봉긋 솟아오른 그녀의 가슴이 얇은 천 하나를 사이에 두고 우석의 단단한 가슴에 닿은 채였다.

지수의 몸과 함께 우석의 몸이 자연스레 침대 위로 기울었다. 블라우스 위로 드러난 하얀 굴곡 위로 얼굴을 묻자 그녀의 진한 체취가 묻어났다. 도회적인 느낌의 플로랄 계열 향수에 달콤한 그녀의 향내가 어우러져 몹시 관능적이었다.

우석은 그녀의 향기를 폐부에 새겨 넣듯 깊게 숨을 들이마셨다.

블라우스 단추를 풀어 내려가자, 새하얀 젖무덤을 아슬아슬하게 덮고 있는 베이지색 브래지어가 드러났다. 그녀는 부끄러운 듯 자잘하게 숨을 내뱉으며 어깨를 움츠렸다. 우석은 그녀의 몸짓 하나하나를 기억하고 싶어서 조바심이 날 정도였다.

눈앞에, 또 품 안에 있는 여자인데도 불구하고 순간이 아쉽고, 안타깝고, 소중해서 온몸에 힘이 들어갈 정도였다.

블라우스를 벗겨 내자 그녀가 비스듬히 기울이며 빙그레 미소 지었다. 수줍은 듯 여린 미소를 우석은 가만히 내려다보았다.

마치 다시는 보지 못할 미소처럼 우석은 가슴속에 새겨 넣으려 그녀를 집요하게 응시했다.

"왜 그렇게 심각하게 봐요?"

그러느라 뜻하지 않게 심각한 눈빛으로 그녀를 내려다보고 있었나 보다. 우석은 끓어오르는 정욕을 감추듯 연한 미소를 머금으며 대꾸했다.

"왜 이렇게 못생겼나 싶어서."

그녀의 작은 손이 우석의 팔뚝을 찰싹 소리가 나도록 내리쳤다. 당연히 그녀의 눈꼬리도 뾰족해져서 우석을 노려보고 있었다.

"나 안 해. 갈 거야."

상체를 일으키려는 그녀의 이마를 장난스레 검지로 꾹 눌렀다. 그녀는 입술 끝을 아래로 길게 늘이며 '으으.' 하는 이상한 소리를 내더니 침대에 도로 머리를 기댔다.

"아, 진짜."

나무라듯 말하며 입술을 실룩거리고는 짜증을 내는 모습조차 예뻤다.

안 하기는.

"뭘 안 해?"

우석은 뽀얗게 솟아오른 가슴 위에 입을 맞추며 물었다. 입술이 닿은 순간, 그녀가 숨을 멈추는 게 느껴졌다. 그녀의 살결은 놀랍도록 부드러웠다.

입술이 닿았다 떨어질 때마다 그녀의 살갗에 소름이 돋아나는 듯 오스스 일어나는 게 눈에 들어왔다. 눈에 보이는 그녀의 성적 긴장감에 흡족해진 우석이 낮은 목소리로 물었다.

"어딜 가?"

그녀의 허리 뒤로 손을 넣어 스커트 지퍼를 잡았다. 그녀가 허리를 뒤채며 우석이 스커트 지퍼를 수월하게 내릴 수 있도록 도왔다. 지퍼를 끝까지 내리자 손끝에 그녀의 엉덩이가 스쳤다. 스커트를 밑으로 잡아당기자 그녀가 엉덩이를 들어 올리며 옷자락을 밀어 내렸다.

투명한 스타킹 아래로 보이는 그녀의 살결을 미치도록 탐하고 싶었다. 우석은 내친김에 스타킹과 베이지색 팬티까지 전부 벗겨 버렸다. 그러는 사이 그녀는 브래지어 호크를 풀어서 침대 밑으로 떨어뜨렸다.

이러면서 뭘 안 해, 어딜 가?

자꾸만 웃음이 비집고 나왔다. 우석이 그녀의 가슴골에 입술을 묻은 채로 웃어 대자, 그녀가 또다시 엄한 눈초리로 쏘아보았다.

"못됐어, 진짜!"

"그렇게 삐진 척해도 소용없어. 내 침대 위에서 홀딱 벗고, 내 밑에 누워 있으면서."

앙탈은.

우석은 나신이 된 그녀의 모습을 물끄러미 내려다보았다. 그녀의 이런 모습을 처음 마주하는 것도 아닌데, 자꾸 가슴이 벅차서 뻐근해질 정도였다. 여자의 벗은 몸을 보고 평생 이토록 흥분했던 적이 없었다.

사춘기 때 남들 다 보는 야한 사진이나 동영상에도 감흥을 느끼지 못했던 우석이었다. 자신이 혹시 무감증이거나 섹스 혐오증을 앓는 인간은 아닌지 의심했던 적도 아주 찰나 있었던 것 같다.

그런데 그런 얼토당토않은 의심이 무색하리만큼 그녀의 몸을 집어삼키고 싶은 충동에 온몸을 잠식당했다. 우석은 그녀의 뺨에 일어난 솜털부터 꽃잎처럼 피어난 유륜의 모양, 납작한 배에 세로로 길게 팬 관능적인 배꼽 모양 그리고 보드랍게 일어난 음모까지 망막에 전부 새겨 넣고 싶은 욕구에 그녀를 샅샅이 훑어보았다.

한없이 내리쬐는 집요하고 농밀한 시선이 부끄러운지 그녀가 고개를 비틀어 시선을 피했다.

피하지 마, 이지수.

단지 그녀가 고개를 돌려 시선만 피했을 뿐인데, 그게 몹시 마음에 들지 않았다. 우석은 그녀의 작은 턱을 움켜잡아 시선을 바로 했다.

"딴 데 보지 마. 눈도 감지 마. 계속 나 보고 있어. 내가 널 얼마나 간절하게 어루만지는지, 내가 널 파고들 때 어떤 얼굴인지, 너를 원하는 내 눈빛이 얼마나 집요한지."

우석은 가만히 그녀의 입에 자신의 입술을 맞물리며 팬츠 버클을 풀었다.

키스는 금세 농밀해졌고, 가쁜 숨이 새어 나오기 시작했다. 누구의 것인지 모를 신음이 울렸고, 두 사람 사이에 열기가 고이기 시작했다.

우석은 그 열기가 빠져나갈세라 그녀를 더욱 꽉 빈틈없이 안고 싶었다. 하지만 품 안에 있는 여자는 부서질 듯 연약하게 느껴졌다. 그녀를 안고 있는 팔에 조금이라도 더 힘을 주면 큰일이라도 날 것만 같았다.

입술을 붙인 채로 말랑말랑한 젖가슴을 움켜쥐자 손바닥 가득 부드럽고 뜨거운 기운이 감겨들었다.

"으음."

그녀가 여린 신음을 내뱉으며 몸을 움찔했다. 그녀의 반응을 더 끌어내고 싶어서 우석은 엄지와 검지로 딱딱하게 솟아오른 정점을 잡아 비틀었다.

"흐으음."

그녀의 신음이 입안으로 쏟아졌다. 작은 몸이 품 안에서 움찔거렸고, 감겨 있던 그녀의 혀가 뒤로 물러났다. 우석은 고개를 비틀어 입술을 더욱 깊게 맞물리며 그녀의 혓바닥을 집어삼킬 듯이 빨아들였다.

그러자 그녀가 어쩔 줄을 몰라 하며 작은 손으로 단단한 어깨를 꽉 움켜잡았다. 그러다 어깨를 움켜잡는 것으로 모자랐는지, 그녀의 손이 성마르게 우석의 팔뚝을 오르내렸다. 그녀의 손길에 따라 피부가 불에 덴 듯 따끔거렸다.

아직 그녀의 안을 파고든 것도 아닌데, 사정감이 몰리는 듯했다. 그녀의 여린 반응과 손길만으로도 쾌락의 끝으로 내몰리는 것만 같았다.

슬며시 입술을 떼어 낸 우석은 그녀의 다리 사이를 어루만지기 시작했다.

"흐응."

그녀가 신음을 내뱉으며 젖은 눈동자로 우석을 올려다보았다. 그녀는 우석이 한 말을 기억하고 있다는 듯 눈길을 돌리지 않았다. 그리고 키스할 때를 제외하고는 눈을 감지도 않았다. 오롯이 자신을 올려다보는 눈동자는 정염으로 물들어 있었다.

언제까지고 그녀의 검은 눈동자를 바라본다고 해도 질리지 않을 것만 같았다. 우석은 그녀의 깊은 눈을 내려다보며 한숨을 몰아쉬었다. 우석의 손끝은 그녀의 젖은 살점을 파헤치고 안을 탐하고 있었다.

그녀의 숨소리가 점점 거칠어졌다.

"하으응, 으응."

그녀는 우석의 목덜미를 주무르듯 어루만졌다. 그녀가 거친 숨을 내뱉는 간격이 점점 좁혀지는가 싶더니 그녀의 속눈썹 끝이 파르르 떨렸다. 그녀는 눈을 가늘게 뜨며 입을 벌린 채로 신음도 내지르지 못하고 우석을 올려다보았다. 손가락 두 개가 들어찬 그녀의 안쪽이 경련하는 게 느껴졌다.

오롯이 쾌락을 관통하고 있는 그녀의 표정을 내려다보는 것만으로 숨이 막혀 왔다. 우석은 그녀의 열락이 가라앉기를 잠시 기다렸다. 손가락을 쑥 빼내자, 애액이 울컥 흘러나왔다. 흥건히 젖은 손가락을 입에 넣자, 그녀가 헉 하는 표정으로 우석을 올려다보았다.

뭐든 아까웠다. 그녀에게서 흘러나와 사라져 버리는 여린 목소리와, 뜨거운 온도를 지니고 쏟아져 나와 공기 중에서 차갑게 식어 버리는 숨결과, 자신으로 인해 잔뜩 젖어 내리는 액까지도 모조리 제 것으로 만들고 싶었다.

우석은 그녀의 안을 차지했던 손끝으로 잔뜩 성이 난 채로 울고 있는 페니스를 움켜잡았다. 아래에서 위로 한번 쓸어 올린 우석은 그 끝을 그녀의 입구에 가져다 대고는 비벼 댔다.

"아, 아."

그녀가 신음을 내뱉으며 우석의 목을 더 꽉 끌어당겨 안으려 했다. 신음 소리가 이전의 것과는 달랐다. 더 큰 쾌락을 얻기 전 성적 기대감이 고조된 달뜬 소리였다. 우석은 그녀가 버겁지 않도록 천천히 제 물건을 밀어 넣었다.

"으읏."

손가락 두 개와는 감히 비교조차 되지 않는 부피감에 그녀가 미간을 찌푸렸다. 단번에 깊이 파고들고 싶었지만, 우석은 숨을 고르며 타이밍도 골랐다. 그녀의 숨결이 부드럽게 가라앉으면 파고들 생각이었다.

마침내 끊어질 듯 위태롭던 숨을 고르던 그녀가 길게 한숨을 내쉰 순간, 우석은 뿌리 끝까지 박아 넣으며 신음했다.

"으음."

"하웃."

낮게 쉰 신음을 내뱉자, 그녀 역시도 신음하며 고개를 뒤로 젖혔다. 그 바람에 그녀의 새하얀 목덜미가 드러났고, 우석은 그녀의 목덜미를 베어 물 듯 입을 맞추었다.

"하앙."

그녀의 손끝이 등에 박히는 듯했다. 우석은 침대 매트리스를 짚은 채로 추삽질 속도를 높여 갔다. 우석의 힘에 받쳐서 그녀의 몸이 점점 위로 솟구쳤다. 우석은 매트리스를 짚고 있던 오른팔을 내려서 그녀의 왼다리를 팔뚝에 걸었다. 그러자 그녀의 몸 안쪽 더 깊숙한 곳까지 닿는 듯했다.

"흐응, 아앙. 아아앙!"

그녀의 교성이 더욱 높아졌다. 이지러지는 그녀의 안쪽이 무척이나 뜨거웠다. 마치 제 물건을 집어삼킬 것처럼 빨아들이는 느낌에 정신을 차릴 수가 없었다. 뒤로 물릴 때는 몸 일부가 뽑혀 나갈 것만 같았다.

숨이 끊어질 듯했다. 죽을 만큼의 쾌락과 죽기 직전의 두려움과 죽음을 앞둔 안락함이 공존했다. 우석은 그녀의 양다리를 내려놓으며 양팔로 그녀의 몸을 와락 끌어안고는 빠르게 밀어 붙였다.

"으웃. 하웃. 아앗! 너무……. 하웃. 아!"

그녀가 감당할 수 없는 쾌락에 잠식당한 듯 소리쳤다.

"하아, 우석 씨……."

한없이 떨리는 목소리로 그녀가 우석을 부르는 순간, 그녀의 안이 아까와는 비교가 되지 않을 정도로 크게 떨렸다. 마치 남자의 물건을 비틀어 버릴 것 같은 아찔한 감각에 우석은 몸을 뒤로 물렸다.

그녀의 배 위로 울컥울컥 하얀 액체가 쏟아져 나왔다. 그녀는 가슴이 크게 들썩이도록 숨을 몰아쉬며 우석을 올려다보았다. 우석은 고개를 뒤로 젖힌 채로 숨을 골랐다. 하마터면 그녀의 안에 그대로 모든 것을 쏟아 내 버릴 뻔했다.

"하아."

더운 숨이 쏟아져 나왔다. 우석은 그녀의 옆에 몸을 눕히며 끊임없이 흘러나오는 거친 숨을 몰아쉬었다. 그녀가 우석의 어깨를 위무하듯 가만히 끌어안아 주었다. 가슴이 울컥했다.

우석은 고개를 돌려 그녀를 바라보았다. 그녀의 눈가에 물기가 어려 있었다.

같은 감정이겠지. 벅차고, 감격스럽고.

상체를 살짝 들어 그녀의 눈가에 부드럽게 입을 맞추자 그녀가 조용히 속삭였다.

"이 정도면 출근할 수 있겠는데."

신음을 내뱉을 때와 별반 다르지 않은 떨리는 목소리로 그녀가 우석을 도발하듯 읊조렸다. 절박하게 단단한 어깨에 매달려서 울부짖었던 게 조금 전인데, 그녀가 겁도 없이 우석을 도발했다.

"누가 이 정도로 끝낸다고 했는데?"

우석은 은밀한 웃음을 지으며, 그녀의 입술을 머금었다. 그녀의 입술은 말도 못 할 정도로 달았다. 충분히 들이마셨다고 생각했는데도 해갈될 정도는 아니었는지 입술을 맞대자 또다시 갈증이 일었다.

입술을 맞댄 채로 우석은 손을 뻗어 침대 발치에 아슬아슬하게 걸려 있는 제 드레스셔츠를 집어 들었다.

하얀 셔츠로 그녀의 배에 흩어져 있는 정액을 닦아 내자, 그녀가 고개를 비틀어 입술을 떼어 내고는 나무라듯 말했다.

"씻고 싶어."

"누구 맘대로?"

우석은 절대 그럴 수 없다는 듯이 고개를 가로저으며 드레스셔츠를 바닥으로 떨어뜨렸다. 그녀는 눈을 가늘게 뜨고 우석을 노려보았으나, 밀어내지는 않았다.

"자고 싶어."

그런데 그녀가 우석을 등진 채로 모로 누우며 새침한 목소리를 냈다.

"누구 맘대로?"

우석이 다시 똑같은 질문을 되풀이하자, 그녀가 웃고 있는지 어깨가 흔들렸다. 우석은 파르르 떨리는 그녀의 어깨에 입을 맞추며 그녀와 같은 자세로 모로 누우며 그녀의 등에 자신의 가슴이 맞닿도록 끌어안았다.

아랫배부터 천천히 쓸어 올린 손이 그녀의 가슴을 움켜잡았을 때, 그녀가 신음인 듯 더운 숨을 내뱉었다.

"하아."

이미 우석의 분신은 부풀 대로 부풀어서 그녀의 다리 사이를 파고들고 있었다. 천천히 허리를 뒤채자 흥건하게 젖은 살점 사이로 빨려 들어가듯 몸이 흡수되었다.

"으음."

"흐응."

두 사람의 입에서 만족스러운 신음이 동시에 튀어나왔다. 우석은 그녀의 어깨에 입술을 묻은 채로 허리를 움직이기 시작했다. 중심을 잡기 위해 다리가 얽혔고, 그녀의 몸이 달아나지 못하도록 우석은 그녀의 납작한 배를 감싸 안았다.

마치 그녀의 배를 뚫고 나올 듯, 제 물건이 들락날락하는 게 손끝에서 느껴졌다. 그녀의 몸 안이 빈틈없이 자신으로 차오르는 것 같아서 만족스러웠다. 그녀는 골반을 적당히 흔들며 보조를 맞추었고, 살이 리드미컬하게 부딪쳤다.

수천, 수만 번을 이렇게 몸을 섞는다 해도 질리지 않을 것 같았다. 질리기는커녕 앞으로 그녀를 시도 때도 없이 탐하고 싶어질 것만 같아서 머릿속이 아득해졌다.

우석은 그녀의 가슴이 바닥에 닿도록 밀어붙였다. 그녀가 베개를 끌어안으며 고개를 뒤로 젖혔다.

"흐응."

그녀는 고개를 뒤로 한껏 젖힌 채로 우석을 바라보았다. 우석은 그녀의 턱을 움켜잡으며 지지대로 삼고는 그녀의 입술을 머금은 뒤 박차를 가했다.

"으응, 으으응."

맞물린 입술 사이로 신음이 흘러나왔다. 그녀의 몸에는 어느새 절정이 스며들고 있었다. 생각보다 빠르게 찾아오는 그녀의 열락에 우석은 박자를 맞출 수밖에 없었다. 그녀를 더 밀어붙였다가는 부서져 내릴 것 같아서 그럴 수가 없었다.

또다시 우석이 몸을 빼내자, 그녀가 아쉬운 듯 신음을 내뱉었다. 이번에는 그녀의 등허리가 하얗게 물들었다.

"씻고 싶어."

그녀가 이번에는 원망 섞인 눈빛으로 돌아보며 말했다.

"씻겨 줄게."

물론 곱게 씻겨만 줄 생각은 없었다.

"출근 못 한다더니, 나왔네?"

일찌감치 사무실에 나온 지수를 보고 강 지배인이 걱정스러운 얼굴로 물었다.

"독감이라며?"

지금 보니 걱정하는 얼굴이 아니라 경계하는 얼굴이다.

"응급실 가서 검사했는데, 그냥 감기더라고요. 약 먹고 좀 잤더니 괜찮아서 나왔습니다."

지수는 안심하라라며 빙그레 미소 지었다.

"헐. 대리님. 독감 검사 하셨어요? 그거 완전 아프죠? 저는 그 검사하는 면봉이 이마까지 올라오는 줄 알았다니까요? 막 쑤셔 대지 않아요?"

"어, 어. 그러게."

태어나서 독감 검사를 단 한 번도 해 본 적이 없으니 면봉이 이마까지 들쑤시는 느낌은 모르지만, 말만 들어도 아플 것 같다.

"근데 대리님 진짜 많이 앓으셨나 보다. 얼굴이 반쪽이에요."

그러면서 주은은 부산스럽게 핸드백을 뒤졌다. 숨겨 둔 비타민이라도 꺼내 주려나 싶었는데, 주은이 꺼내 든 것은 하얀색 스틱이었다.

"어우, 우리 대리님 다크서클도 장난 아니에요. 이거 컨실런데 눈 밑에 좀 칠하셔야겠어요."

조용히 주면 되지, 남들 다 듣도록 말할 건 뭐니.

그러더니 주은이 컨실러 사용법을 알려 주겠다며 지수를 일으켜 세웠다. 굳이 파우더룸으로 가겠다는 심산인 듯했다.

안 일어나면 일어날 때까지 떠들어 댈 것 같아서 지수는 주은을 따라 사무실을 나섰다.

"대리님."

복도로 나오자마자 주은이 주변을 한 번 둘러보더니 아무도 없는 것을 확인하고는 조용히 속삭였다.

"어제 외박하셨어여어?"

말끝을 애교스럽게 늘리며 주은이 두 눈을 반짝반짝 빛냈다.

응? 애, 뭐야. 무서워!

"아잇, 정말. 대리님 턱 밑이 빨개요! 막! 아우, 진짜."

지수는 얼른 손을 들어 턱 밑을 가렸다.

"막 알레르기니, 긁었다느니 하지 마세요. 그게 알레르기나 긁은 거랑은 다른 거 다 아니까."

어제 그렇게 물고 빨고 하더니 결국 흔적을 남기셨구나. 지수는 크게 한숨지었다.

"많이 티 나?"

쫑알쫑알 주은이 떠드는 소리를 누가 들으면 어쩌나 걱정했는데 다행스럽게도 파우더룸은 텅 비어 있었다.

"턱 들어 보세요."

"내가 해도 되는데……."

"제가 해 드릴게요."

굳이 안 그래도 되는데, 턱 아래는 잘 안 보이지 않느냐며 주은은 유난을 떨어 댔다.

너는 고개 들면 네 턱 아래가 안 보이니? 나는 보이는데…… 이상하다.

그리 생각하면서도 지수는 순순히 고개를 뒤로 젖히고 주은 앞에 섰다. 스틱형 컨실러로 지수의 턱 아래를 열심히 두드려 대던 주은이 혼잣말처럼 지껄였다.

"아오, 빨개라."

아오, 민망해라.

"다 됐어요!"

컨실러질을 마친 주은이 칭찬을 바라는 눈빛으로 지수를 바라보았다.

얘, 좀 부담스럽고, 무섭고, 막 그렇다.

"어, 고마워."

"이따 지워지면 또 발라 드릴게요!"

그럴 필요 없다고 하는데도 주은은 전투적으로 나왔다.

얘 진짜 왜 이러니.

"저 실은요. 그 소문 들었거든요."

또 무슨 소문?

"대리님."

파우더룸 거울을 통해 마주치는 시선이 사뭇 진지했다. 그런데 그 진지한 주은의 시선 속에 묘한 욕망이 이글거렸다.

"단도직입적으로 말할게요. 저 돌려 말하는 거 잘 못 해요."

얘, 완전 무서워!

"대리님 웨딩플래너 하시면서……."

그러면서?

누군가에게 책잡힐 만한 실수를 한 적은 없었다.

아, 혹시 티아라 얘기를 들었나? 얘가 어디서?

직장 생활 하는 친구들이 그랬었다. 회사 벽에는 눈과 귀가 달려서 소문은 어떻게든 퍼진다고. 이 호텔 벽도 마찬가지인가 보다고 생각하며 지수는 잔뜩 긴장했다.

"결혼정보업체 뺨치는 정보도 갖고 계신다면서요?"

응? 무슨 정보?

지수는 가만히 주은을 바라보았다. 주은의 눈동자 안에 타오르는 불길은 무언가에 대한 갈망이었다.

"대리님, 제 목표가 뭔지 아세요?"

"글쎄."

주은은 비장한 얼굴로 입을 열었다.

"진짜 멋진 놈하고 진하게 연애하는 거요!"

아, 이제야 감이 왔다. 그러니까 결혼정보업체 뺨치는 정보로 누구 소개해 달라고?

"소개팅해 달라고?"

지수의 단도직입적인 질문에 여태껏 직설적이었던 주은이 갑자기 말을 빙그르르 돌린다.

"아니, 꼭 뭐 그런 건 아니고요."

그러면서 몸도 비비 꼰다.

"그럼, 말……."

말고, 라는 말이 나오기도 전에 주은이 재빨리 끼어든다.

"저는요, 대리님. 이렇게 생긴 남자요! 눈썹은 짙은데, 숱이 너무 많아서 막 엉켜 있는 눈썹 말고요. 결 좋게 한 방향으로 가지런한 눈썹이요. 매끈한 피부하고 확연히 대조되는 그런 눈썹. 그리고 콧대는 아그리파처럼 막 두꺼운 콧대 말고 남자다운데 선이 고운 그런 코?"

주은의 얼굴 설명은 계속해서 이어졌다.

"눈은 우수에 찬 것처럼 깊고. 그 검은데 투명하게 반짝거리는?"

투명한 검정에서 지수는 잠시 우석을 떠올렸다.

"그리고 인중이 분명해야 섹시해요. 그래야 입술 선이 더 분명해 보이거든요. 입술은 적색. 아, 이게 느낌이…… 붉은색 말고 적색이요. 레드 말고 버건디! 아시죠, 대리님?"

아니, 모르겠어.

"이왕이면 카리스마도 좀 있었으면 좋겠고. 뭐 그 카리스마로 회사 휘어잡는 사람이면…… 더 좋고…….""

주저리주저리 조건이 상세하기도 하다.

"그리고 중요한 거! 저 굴 못 먹거든요? 해산물 좋아하는 사람은 아니었으면 좋겠어요. 그게 식성이 비슷해야 연애할 때 재미있다고 하잖아요?"

얘, 좀 감이 오는 것 같죠?

지수는 어떻게 에둘러 물어야 상처가 되지 않을까 고민했다. 그런데.

"제가 사실 보기와는 다르게 연애를 한 번도 못 해 봐서요오."

또 애교스럽게 말끝을 길게 늘이며 제 입으로 불어 주신다.

아냐, 그냥 보기에도 주은 씨 연애 안 해 본 것 같아. 그러니 그런 남자가 세상에 있다고 믿지. 쯧쯧.

주은이 말하는 남자는 지수가 가진 정보력을 총동원하고 말고를 떠나서 지구상에 존재하지 않는 남자 같았다.

"그런 남자가 있기는 해?"

사무실로 향하는 길, 가만히 듣고만 있던 지수가 조용히 물었다.

"사실, 있어요."

"누구?"

지수는 조심스레 되물었다. 누군가를 염두에 두고 늘어놓은 설명이었다니 괜히 웃음이 났다.

네가 말하는 그 남자를 언니가 잡아다 줄 수 있을는지는 모르겠지만, 들어나 보자.

"누군데?"

주은은 부끄러운 듯 얼굴을 붉혔다.

"제가 사실 그래서 이 호텔 들어왔거든요. 여기 그분 오신다는 소리 듣고 진짜 얼마나 기대했다고요."

그런데 기대와 달리 실망했다는 듯 주은은 입술을 샐쭉 내밀었다.

너, 설마…….

언제나 설마는 배신을 때리는 놈이다.

"설마 주은 씨……."

지금 연우석 대표를 나한테 소개시켜 달라는 거야?

"하아, 역시 대리님은 눈치가 빨라서 털어놔야겠다고 생각했어요. 제가 조심한다고 해도 티가 날 것 같아서."

"대표님?"

"네. 연우석 선배, 아니, 대표님이요."

선배?

"제가 선배님 만나려고 연애도 안 하고 참고 있었는데! 진짜 나쁘지 않아요?"

낯선 후배 주은에게서 낯익은 친구의 냄새가 났다. 덕질 하다 기자 된 친구 은경의 냄새가.

얘는 덕질 하다가 호텔리어가 됐구나. 둘 다 성덕이라고 해야 하나?

가만. 근데 선배?

지수는 가만히 주은이 했던 말을 되짚으며 일단 천천히 묻기로 했다.

"어제는 연산군이라고 욕하더니?"

눈을 가늘게 뜨고 주은을 응시하자, 주은이 손사래를 치며 고개를 마구 휘저었다.

"아, 그건 소문이 이상하게 돌아서 너무 속상한데, 어디 털어 놓을 곳은 없어서였고요."

연우석 대표 좋아하는 거 티 날까 봐 실드도 칠 겸 일부러 요즘 떠돌고 있는 소문을 털어놓은 거란다.

깜찍하게 계산적이기까지 하네! 무서운 아가씨야!

"진짜 속 터질 것 같았는데, 대리님 말씀 듣고 완전 사이다 마신 기분이었어요. 제가 이상한 소문 더 안 돌게 여기저기 미스터리 게스트 소문 다 냈어요. 일이나 열심히들 하라고."

그래, 잘했다. 머리라도 쓰다듬어 줘야 하나 싶었다.

"근데 대표님이 주은 씨 선배야?"

"저 중학교 때, 같은 재단의 고등학교 다니셨어요. 그때부터 저는 그분만 팠는데……. 히잉. 요즘 이상한 소문만 몰고 다니고."

주은이 진심으로 속상해하는 듯했다.

"근데 진짜 이상해요. 선배님 분명 모태 솔로거든요? 여자 안 좋아해요."

그래, 안다. 네 선배님 얼마 전까지 모태 솔로였던 거.

지수는 그에게 얽혀 든 일련의 사건들을 떠올리며 침음했다.

하지만 어쩐다, 지금은 모태 솔로는 아닌……가? 솔로의 반대말이 꼭 커플인가? 그럼, 나랑 그 남자랑 이제 커플인가?

지난밤을 함께 물들여 놓고도 확신이 서질 않는다. 저래 놓고 뒤돌아서서 '그냥 잔 거지, 사랑한다고 했나?' 하고 손바닥 뒤집듯이 사람 놀려 댈지도 모르니까.

아, 생각만 해도 열 받네.

할 수만 있다면 미리 가서 따져 묻고 싶은 심정이다.

우리 무슨 사이죠?

그런데 또 커플로 정의되는 것은 뭔지 모르게 부담스럽다.

나도 참, 변덕은.

지켜 주고 싶고, 곁에 있고 싶고, 안기고 싶은데, 특별한 사이가 되는 것은 부담스럽다? 스스로 생각해 놓고 뭔 개소린가 싶지만, 세상에는 다양한 형태의 인간관계가 있는 거다. 사랑해서 헤어지는 거지 같은 경우도 있기는 하니까.

"근데 주은 씨, 진심으로 나한테 대표님 소개해 달라는 건……. 아니지?"

지수가 조심스럽게 묻자 주은이 미간을 좁히며 목소리를 낮쳤다.

"어려울까요?"

"……."

순간 어안이 벙벙해서 할 말을 잃어버렸다.

"대리님, 농담이에요!"

아니, 너 진담이잖아!

"근데 대리님 남자 친구는 뭐 하는 분이세요?"

그놈이 그놈이다!

라고 말할 수 있나? 남자 친구라…….

뭔가 낯간지러운 표현에 괜히 얼굴이 붉어졌다.

"어머! 대리님! 얼굴 빨개졌어요! 만난 지 얼마 안 되셨죠? 완전 연애 초기 좋아 죽는 거 티 나요."

"내가?"

모태 솔로라며 대체 뭘 안다는 건지, 주은이 세차게 고개를 끄덕거렸다.

사무실에 돌아와 자리에 앉았는데도 주은은 뭐가 그렇게 좋은지 어깨춤을 덩실덩실 춰 댔다. 머리에 상모 씌워 주면 점프까지 해 가며 돌릴 기세다.

아, 프런트 데스크에 내 목덜미에 있는 생채기에 관한 소문이 점심시간쯤이면 쫙 퍼지고, 퇴근 무렵에는 호텔을 떠나는 모범택시 기사님들도 알 것 같은데?

지수는 한숨을 폭 내쉬었다. 하지 말란다고 안 할 것 같지도 않지만, 입단속이라도 해야겠다 싶었다.

"주은 씨."

"네?"

"아까 컨실러 고마웠어."

그러고는 조용히 해 달라는 의미로 검지를 입술에 가만히 가져다 댔다. 주은의 눈이 반짝반짝 빛난다. 알았다는 듯 고개도 끄덕인다.

마치 무슨 전우애라도 생긴 것처럼 주은의 눈동자가 이글이글 타올라서 지수는 흠칫했다.

"이지수 대리."

내내 방에 있던 강 지배인이 지수를 찾았다.

"네, 지배인님."

"D전자 차남 결혼식, 이지수 대리 일이었어?"

웨딩업체 대표로 있을 때 받아 놓은 일이었다. 결혼식이 코앞이었고, 마무리 단계였다. 즉, 결혼이 임박했다는 뜻이었다.

"그 건으로 대표님이 좀 보자시네? 이 대리가 갑자기 호텔에 들어오는 바람에 대표님한테 직접 컴플레인이 들어갔나 봐."

그럴 수도 있겠다며 다른 팀원들이 고개를 주억거리는 게 눈에 들어왔다.

"대표님 집무실로 가면 되나요?"

"어. 얼른 가 봐."

날도 추운데 힐 신고 한참 걸어야겠네.

대충 하던 업무를 정리하려는데, 의자가 돌돌돌 밀려오는 소리가 들린다.

"대리님."

머리에 축 처진 귀만 달아 주면 불쌍한 강아지가 따로 없다. 주은이 촉촉이 젖은 눈을 반짝반짝 빛내며 눈꺼풀을 깜빡거렸다.

"왜."

지수가 조용히 되묻자, 주은이 깜찍하게 대꾸를 시작했다.

"저 진짜 대리님한테 일 배우고 싶었거든요. 연회장의 꽃은 결혼식이잖아요. 그죠? 그거 처음부터 끝까지 조율 다 하시고. 진짜 대리님 대단하세요. 어떻게 그렇게 여리고 우아한 몸에서 그런 파워가 나오는 거죠? 근데 대리님 미모에 신부들 기죽지 않아요? 아무리 예쁘게 꾸미면 뭐해요? 웨딩플래너가 이렇게 예쁜데."

갑자기 주은이 지수를 열심히 찬양했다.

어이, 입에 침이나 발라.

"저는 입사한 지 얼마 안 돼서 연회 관련 업무도 별로 못 해 봤고요. 열심히 공부해서 입사했는데, 허드렛일이나 하고 있고……. 아, 저는 언제쯤 대리님처럼 연회 기획도 해 보고 그럴까요? 실무를 익힐 기회가 좀처럼 없네요."

그러니까 데려가 달라는 말을 이렇게 어렵게 한다.

"코트 입어. 같이 가자."

계속 이렇게 시달리느니 한 번 데리고 갔다 오는 게 낫다.

어차피 일 이야기를 하는 거니까 같은 팀원과 가는 것도 좋을 것 같았다. 호텔 직원으로 일한 경력은 그래도 주은이 더 긴 편이니 자신이 놓치는 부분을 주은이 챙길 수도 있을 터였다.

"이 대리, 주은 씨랑 같이 가?"

조용히 지켜보던 강 지배인이 고개를 비스듬히 기울이며 물었다.

"네."

"그래. 주은 씨가 배울 게 많을 거야. 같이 다녀와."

빙그레 미소 짓는 강 지배인의 얼굴이 어쩐지 사악해 보이는 건 기분 탓일까?

지수가 다녀오겠다며 고개를 한 번 숙여 보이고는 뒤돌아섰을 때였다.

"무슨 심각한 일이기에 대표가 여직원을 방으로 직접 불러? 주은 씨, 꼭 같이 들어가. 이 대리 혼자 들여보내지 말고."

여직원이 아니라 그냥 같은 직원인 거다, 이 새끼야! 너는 남직원이 뭐가 그렇게 꿍한 말을 많이 하냐고 하면 기분 좋겠냐?

지수는 속으로만 열심히 쏘아붙이고는 못 들은 척 사무실을 나섰다.

"어우, 진짜 저질이야. 확 성희롱으로 신고해 버릴까요? 하긴 신고하면 뭐 우리 편 들어 주기나 하나."

씁쓸한 현실에 괜히 입안이 껄끄러웠다.

"그래도 대표님 바뀌었으니까 낫겠죠? 아닌가, 우리 선배님 정말 홍청망청인가. 히잉."

이랬다가 저랬다가 왔다 갔다. 대표 집무실이 있는 빌라 구역 가장 안쪽까지 들어가는 내내 주은의 기분은 널을 뛰었다.

마침내 인경개발 사옥 로비에 도착했을 때, 주은이 우뚝 멈쳐 서더니 깊게 숨을 들이켜며 두 눈을 지그시 감았다.

애 또 왜 이래. 무서워!

그러더니 눈을 번쩍 뜨고는 전투적인 아우라를 발산하기 시작한다.

"가죠, 대리님."

누가 보면 너 대표한테 떼인 돈 받으러 가는 애 같아.

집무실 앞에 도착했을 때, 홍 실장이 마중 나와 있었다. 굳이 안 이래도 되는데, 왜 이러는지 모르겠다.

"아, 이런."

지수와 함께 온 주은을 바라보며 홍 실장이 곤란하다는 눈빛을 지수에게 보냈다.

어쩔 수 없었다며 지수가 고개를 내젓자 홍 실장이 한숨을 푹 내쉰다.

"들어가시죠. 대표님께서 기다리고 계십니다."

집무실 문을 열어 주는 홍 실장에게 가볍게 묵례를 하고 발걸음을 옮겼다.

그는 모니터에 시선을 고정한 채로 무언가를 타이핑하느라 바빴다. 그의 등 뒤에 자리 잡은 통 유리창에는 시리도록 푸른 겨울 하늘이 펼쳐져 있었다.

그는 흰색 드레스셔츠 차림이었는데, 흰 셔츠와 푸른 하늘의 대비가 극명해서인지 날 선 기운이 물씬 풍겼다.

"대표님, 이지수 대리와 같은 부서 김주은 사원 왔습니다."

모니터를 바라보던 그의 시선이 단번에 이쪽을 향해 왔다.

미간에 미미한 주름이 잡히는 게 눈에 들어왔다.

"이지수 대리 혼자 오라고 했을 텐데?"

그의 목소리가 공간을 서늘하게 울렸다. 지수는 냉기를 한껏 내뿜고 있는 남자를 가만히 응시했다.

"죄송합니다, 대표님. 호텔 일과 관련하여서는 아무래도 저보다 김주은 사원이 더 많이 알고 있는 듯하여 함께 왔습니다. 제가 부족한 탓입니다."

매끄러운 대답과 함께 고개를 숙이기까지 했는데, 그의 대답은 더욱 날이 섰다.

"누가 호텔 일 논의하자고 이지수 대리 불렀답니까? 컴플레인 들어왔다는 소리 못 들었어요? 대표한테 깨지는 거 부하 직원한테 자랑이라도 하려고 데려왔습니까?"

찬 서리가 내려앉기라도 한 듯 대표 집무실 분위기가 순식간에 얼어붙었다.

"김주은 사원은 나한테 같이 찍히고 싶어서 따라왔습니까?"

그 질문에 주은은 울 것 같은 얼굴로 도리질을 쳐 댔다.

"아닙니다, 대표님."

대표한테 안 좋게 찍히는 건 죽어도 싫다는 거부반응과 자신의 이름을 불러 주었다는 희열이 뒤섞인 주은의 얼굴이 볼만했다.

"그럼, 김주은 사원은 그만 가 봐요."

그는 짧게 일갈하고는 모니터로 시선을 돌렸다. 홍 실장이 주은을 데리고 나갔다. 울상을 하고 있던 주은이 돌아서자마자 황홀경에 빠진 눈빛을 빛낸다.

재, 진짜 이상해!

지수는 흠칫 놀랐지만, 애서 평정을 유지하려 노력하며 그를 향해 조심스레 입을 열었다. 뭔가 단단히 화가 난 것 같아서 극존대가 흘러나왔다.

"D전자 차남이 컴플레인을 해 왔다고 들었습니다. 제 불찰입니다. 송구합니다, 대표님."

"송구하면."

그의 목소리는 여전히 차가웠다. 어제 그렇게 자신을 붙들고 물고 빨던 남자가 맞나 싶다.

"와서 키스 좀 해 줘."

여전히 차가운 목소리로 내뱉은 말에 어안이 벙벙했다.

저 남자 지금 뭐랬어? 뭐 이렇게 온도 차가 커?

지수가 멀뚱히 서 있자, 그가 여전히 날 선 시선으로 지수를 바라보았다.

"이지수, 누가 저런 무서운 혹을 달고 다니래?"

어머! 재 무서운 거, 님도 알아?

"이리 오라니까 오지도 않네."

그는 자리를 박차고 일어나더니 성큼성큼 빠른 속도로 지수에게 다가갔다.

"그럼 아쉬운 사람이 가야지, 뭐."

어제와 다른 향수를 뿌렸는지 그에게서 나는 향기가 조금은 낯설었다. 달라진 그의 체취가 눈에 보이지 않는 선을 긋는 것 같아서 기분이 이상했다.

멀뚱히 서 있는 지수의 입술에 그의 입술이 가만히 내려앉았다. 지수가 아무런 반응도 보이지 않자 그가 미간을 구기며 지수의 허리를 당겨 안았다.

"D전자 차남 컴플레인 건은요?"

"내가 알아서 처리했어."

오뚝한 그의 콧날이 지수의 매끄러운 코끝을 쓸어내렸다.

"왜 이렇게 딱딱해?"

우석은 그녀의 말랑말랑한 입술에 한 번 더 입을 맞추었다. 혼자 오랬더니 하필 김주은을 달고 와서 엄한 척했더니, 토라졌나 싶었다.

"연우석 대표님, 정신 차리세요."

우아하지만 강단 있는 그녀의 목소리가 조용히 울렸다.

다음 권으로 이어집니다.